De cursus 'Omgaan met teleurstellingen' gaat wederom niet door

Herman Finkers

De cursus 'Omgaan met teleurstellingen' gaat wederom niet door

Verzamelde vertelsels en verzen

2022
THOMAS RAP
AMSTERDAM

'Als niets meer zijn zal...' is al eerder verschenen in het programmaboekje bij *Na de pauze*.
'The High-Higher-Highest-Church' verscheen eerder in *Liefde is vreemd*.
'Koo wit de floo' is een liedje van de cd *Koo wit de Floo in Almelo*.

Eerste druk oktober 2014
Vierendertigste druk augustus 2022
Omslagontwerp Moker Ontwerp
Vormgeving binnenwerk CeevanWee, Amsterdam
Druk Wilco, Zutphen
ISBN 978 94 004 0500 4
NUR 502

thomasrap.nl

FSC
www.fsc.org
MIX
Papier van verantwoorde herkomst
FSC® C004472

Bij de productie van dit boek is gebruikgemaakt van papier dat het keurmerk van de Forest Stewardship Council (FSC®) mag dragen. Bij dit papier is het zeker dat de productie niet tot bosvernietiging heeft geleid.

Inhoud

Ter verantwoording

In deze bundel zijn *De cursus 'Omgaan met teleurstellingen' gaat wederom niet door* en *Poëzie, zo moeilijk nie* samengevoegd. Ter gelegenheid van het een en ander is vanaf de 22ste druk de oudejaarsconference 2015 toegevoegd, alsmede twee extra verhalen en een liedje.

De inhoud is – op een enkel verhaal na – een weerslag van wat ik ooit eens op een podium heb uitgesproken voor een microfoon. In eerdere uitgaves en in een andere vorm zijn deze conferences al eens in boekvorm verschenen. In deze bundel heb ik de geselecteerde teksten waar nodig aangepast, ingekort en losgemaakt van de context van de voorstelling.

Een aantal verhalen bevat bijdragen van mijn broer Wilfried. In de uitgebreide inhoudsopgave staat vermeld welke pagina's teksten bevatten die in samenwerking met mijn broer tot stand zijn gekomen.

Een spreekwoord uit m'n geboortestreek luidt: 'Et mut wa nen helen besten sprekkerd ween den nen zwiegerd verbettern kan.' Hier zit in zoverre wat in dat, als je je mond opendoet, je het risico loopt de plank mis te slaan. Niettemin is de kans wel degelijk aanwezig dat je een opmerking plaatst die hout snijdt. Interessant wordt het echter pas wanneer je met een opmerking de plank zódanig misslaat, dat het een uitspraak die werkelijk ergens op slaat overtreft.

Indien deze bundel u af en toe het gevoel geeft dat dit punt wordt bereikt, dan is mijn missie geslaagd.

Najaar 2019
Herman Finkers

De cursus 'Omgaan met teleurstellingen' gaat wederom niet door

Eén boek zegt meer dan duizend woorden.

Mijn kinderjaren

Ik ben in 1954 geboren, in de mooie stad Almelo. Ik werd zeven dagen te vroeg geboren. Dat vonden mijn ouders niet erg. Stel dat ik zeven dagen te lááat was geboren; die eerste week is juist zo leuk en die hadden ze dan moeten missen.

Ik ontpopte me al snel als een braaf kind. Abnormaal braaf. Mijn ouders hebben me zelfs een keer gebeden en gesmeekt of ik alsjeblieft toch ook eens ondeugend wilde zijn, maar ik trok me er niets van aan.

Het enige dat op mij viel aan te merken was dat ik nogal dromerig van aard was. Wat heet dromerig: ik heb een keer een half uur aan de kapstok gehangen omdat ik vergeten was mijn jas uit te trekken. Zo dromerig was ik in die tijd.

Mijn moeder sprak bezorgd: 'Oons Herman is kats op 't rabat!' Bij ons thuis sprak men erg plat. Nu spreekt men in Twente toch al erg plat, maar bij ons thuis sprak men wel héél erg plat. Kijk: de heer en mevrouw 'Huiskes', dat wordt in het plat heel eenvoudig: de heer en mevrouw 'Huuskes'. Maar bij ons thuis werd 'Janssen' al 'Huuskes'. Zo enorm plat spraken wij thuis.

En in 1968, u weet wel, toen Jan Huuskes de Tour de France won, stond ik weer eens te dromen in de slagerij. 'En, wat zal het wezen?' riep de slager mij wakker. 'O, meneer, mijn moeder wou graag een zelfgemaakte rookworst.' 'En wat heb ík daarmee te maken?' 'O, dat weet ik niet, meneer.' Ik had daar weer eens geen antwoord op en liep onverrichter zake naar huis.

Die middag schafte de pot wederom boerenkool zonder worst. Ik keek naar mijn bord en zag tussen de boerenkool een levende slak kruipen. Klinkt gek, maar nú nóg lust ik geen slakken.

Wonderlijk

Ik ben zo'n trage, slome geest,
wat was dat voor wonderlijk sperma,
dat van de paar duizend zaadcellen
ik de snelste ben geweest?

Mijn schooljaren

Ik heb het grootste deel van mijn leven in het onderwijs gezeten. Ik was een bijzonder trage leerling.

Ik lag er ook een beetje uit op de hbs want de jongens daar praatten toch voornamelijk over voetbal, brommers en meisjes, terwijl mijn belangstelling uitging naar borduren. En ik borduurde dan wel harde porno, maar toch bleef ik ergens een buitenbeentje.

Bovendien was ik op school een zeer zwijgzaam tiep. Ik durfde nooit wat te zeggen in de klas. Pas in het tweede jaar begon ik een beetje te praten. Mijn eerste woordjes waren mama en papa. 'Wij zijn jouw mama en papa niet,' zeiden mijn klasgenoten. Van schrik was ik weer een jaar stil.

Na de middelbare school heb ik werkelijk op alles gesolliciteerd, maar nergens werd ik aangenomen. Ik denk dat dat kwam, omdat ik geen briljant prater was. Steevast kreeg ik tijdens zo'n sollicitatiegesprek te horen: 'Wij zijn jouw mama en papa niet.'

Sollicitatiebrieven

1.
Mijne heren,

Reagerende op uw advertentie waarin u personeel vraagt, overwegende en aanvaardende zulks door u omschreven, mede overwegende voetnoot TWEE van uw vacature en wel zodanig dat derhalve concluderende als ondergetekende een dergelijke functie te ambiëren, verblijf ik.
Hopende hiermee een sollicitatiebrief te hebben geschreven, teken ik.
In afwachting van uw afwijzing, et cetera, et cetera.

2.
Geachte sollicitatiecommissie,

Bij dezen reageer ik op uw advertentie waarin u vraagt om obers met ervaring. Ik deel u mede dat ik geen belangstelling heb.

3.
Mijne heren,

Bij dezen solliciteer ik naar de functie van Algeheel Directeur van uw bedrijf. Naar mijn mening ben ik zeer geschikt voor deze functie en ik verwacht u morgenochtend om tien uur op mijn kantoor.

Verkoopt u kussentjes?

Naar een idee van Hans Roosen

Bij V&D liep de verkoop van kussentjes slecht. Dat kwam omdat V&D ze slechts in twee kleuren kon leveren, terwijl de Bijenkorf er recht tegenover, keus had uit maar liefst tién verschillende kleuren. In plaats van er acht kleuren bij te bestellen zette V&D een verkoopcursus op touw getiteld: *Doe en Denk Richting Klant.*

Allereerst *Doe* richting klant: 'Goedemiddag.'

Vervolgens *Denk* richting klant. De klant wil waarschijnlijk iets kopen dus je vraagt hem: 'Waarmee kan ik u van dienst zijn?' De klant zegt dan bijvoorbeeld: 'Ik zoek een kussentje.' Jij als verkoper legt hem dan uit dat hij de keus heeft uit maar liefst twéé verschillende kleuren. De koper maakt zijn keus en weer verlaat een tevreden klant het pand. De praktijk:

– Verkoopt u kussentjes?
– Goedemiddag!
– Ja, goedemiddag. Verkoopt u kussentjes?
– Waarmee kan ik u van dienst zijn?
– Verkoopt u kussentjes?
– Eh...
– Ja, verkoopt u nou kussentjes of verkoopt u geen kussentjes?
– Nou, we hebben ze wel, maar we verkopen ze nooit.
– Hoe komt dat dan?

– Wij hebben keus uit maar liefst twee verschillende kleuren, maar de Bijenkorf heeft tien verschillende kleuren!
– Is dat hier ver vandaan, de Bijenkorf?
– Nee hoor, het is hier recht tegenover.

En weer verlaat een tevreden klant het pand.

De kledingzaak

– Goedemiddag. Waarmee kan ik u van dienst zijn?
– Nou, ik zoek niets speciaals, hoor.
– Dan bent u aan het goede adres. Welke maat heeft u?
– 32.
– Komt u dan maar mee. Hier heb ik een leuke broek voor u.
– Ik vind het een zeikerige broek.
– Ja, 't is echt iets voor u.
– Nou vooruit, dan pas ik hem even.
– Hoe zit hij?
– Ik krijg hem niet dicht.
– Dat is het model, hoor. Hoe vindt u hem?
– Lijzig.
– U moet het ook zien met zo'n lullig shirtje erboven.
– Heeft u dat?
– Ja hoor, alstublieft. Hoe zit het?
– Het zit wel goed, maar het staat als een idioot.
– Tja, het komt weer terug, hè. Tommy Cooper had ook al zoiets. Het haalt op als u er wat bij goochelt. U moet het een paar keer wassen, dan krimpt het wat en dan kleedt het u nog slanker af.
– Krimpt het ook nog?
– Nou, als u het liever niet heeft, dan krimpt het niet, hoor.

Stoplicht -1-

Eén stoplicht springt op rood,
een ander weer op groen,
in Almelo is altijd wat te doen.

Lopen wij in gedachten door het centrum van Almelo, dan zien wij zegge en schrijve één ratelapparaat. Wij van de EHBO zien het liefst op elke hoek van de straat een voetgangersoversteekplaats voorzien van voetgangerslicht én ratelapparaat. Een ratelapparaat maakt een ratelend geluid dat bedoeld is voor blinden. Blinden komen namelijk bij zo'n oversteekplaats, zien dat hele licht niet, maar die horen dan dat ratelapparaat en denken: hé, een ratelapparaat! Uitkijken! Ik bedoel natuurlijk: Uitkijken dat ik er niet met de kop tegenaan loop. Nu heb je ook mensen, die zijn niet blind, die zijn doof. Horen dus dat ratelapparaat niet, maar daarvoor hebben we dan weer dat lampje. Dove mensen zien dat lampje en denken: hé, een lampje! Wat een lawaai!

Nog even kort samengevat: een lampje is voor doven, een ratelapparaat voor blinden. Het mooiste is natuurlijk een combinatie van beide: lampje plus ratelapparaat voor het geval er iemand langskomt die én blind én doof is.

Stoplicht -2-

Naar een idee van Gerard Winkels

Bij een voetgangersoversteekplaats wacht ik voor het rode licht. Links van mij: twee langharige bizons waarvan over het algemeen wordt aangenomen dat ze al lang zijn uitgestorven. Het licht springt op groen en ik steek over. Door stom geluk ontwijk ik nog net de van rechts aanstormende Mitsubishi die dwars door het rode licht stuift en vervolgens frontaal inrijdt op de reeds vermelde en nu definitief uitgestorven langharige bizons.

De cursus ‘Omgaan met teleurstellingen’

De cursus ‘Omgaan met teleurstellingen’ gaat wederom niet door.

Feestje in Amsterdam

Excuses dat ik zulke onsmakelijke bewegingen maak, maar ik heb vannacht een belangrijk feestje in Amsterdam. En ik wil er wel graag een beetje netjes bijlopen daar in Amsterdam. Dus ik heb zojuist even m'n scrotum geschoren. Vandaar...
Maar het is wel wennen...

Dat feestje wordt gegeven door een bevriend homostel. En die jongens zijn niet zomaar een béétje homo... nee: vaklui!

En dan ben je als boerenkinkel uit Almelo toch altijd een beetje benauwd dat je er niet kinky genoeg bijloopt. Vandaar dus.
Maar ja, het is wel noodzakelijk, want Amsterdam is wel het Gordon en Somorra van Nederland...

En Almelo... ja, wees eerlijk:

Bestaat er groter armoe, bestaat er groter pijn,
Dan een verfijnde nicht in Almelo te zijn.

Nee, de geboren en getogen Amsterdammer is een wezenlijk ander mens dan de geboren en getogen Almeloër. Zo is men in Amsterdam nogal lichamelijk en knuffelig met elkaar. Dat zijn wij in Almelo niet zo. Mijn vrouw ziet me al aankomen, zeg.

Glad

Jarenlang ben ik met mijn voorstellingen door weer en wind van schouwburg naar schouwburg gereden. In de winter van '85 was het een keer zo verschrikkelijk glad dat ik totaal geen controle meer had over het stuur en mijn auto allerlei richtingen in schoot, waar ik helemaal niet heen wilde.
Men vraagt mij wel eens: 'Treed je in het hele land op?'
Nou, als het glad is wel.

Trage zaal

Ik vind het heerlijk om op te treden voor een spontane zaal. Soms heb je van die trage zalen; ik had ooit een keer een zaal die was zó verschrikkelijk traag...
De volgende avond bij Seth Gaaikema begonnen ze pas te lachen.

Zelfbeeld

Ik heb geen hoge pet op van mezelf.
Als ik mezelf op televisie zie dan denk ik: dat kan ik ook.

Afwijzing Leids Cabaretfestival

Het is geen cabaret wat je doet.
Je hebt het meer op de humor gegooid.

De beginnend cabaretier

Goedenavond. Mijn naam is Herman Finkers en dat kan toch dacht ik lang niet van iedereen in de zaal gezegd worden. Ja, dames en heren, ik ben mij er eentje.

Mijn beroep is grappenmaker, men noemt dat ook wel cabaretier. Volgens een zekere definitie is een cabaretier iemand die mensen aan het denken zet over taboes die er heersen in de samenleving. Voorbeeld: ik heb mijn vrouw al dikwijls aan het denken gezet over vrijwillige euthanasie. Ja, ik ben mij er eentje.

Nog een voorbeeld: ik wil speciaal mijn vader, mijn moeder, mijn broertjes en mijn zusjes bij u onder de aandacht brengen, want het leuke is dat een optreden van mij meestal ook een familiegebeurtenis is. Net zoals Kerstmis en incest. Over incest gesproken: ik ben mij er eentje.

Ik word als cabaretier soms al in het openbaar herkend. Zo zijn er alleen bij ons in Almelo al twee winkels waar ik niet meer word geholpen.
Wanneer men mij herkent probeert men leuker te zijn dan ikzelf. Voorbeeld: ik vraag in de winkel om een pond jong belegen.
'Een onsje meer, is dat erg?'
'Nee hoor,' zeg ik, 'is helemaal niet erg.' Waarop de verkoper een onsje extra op de weegschaal legt.

Dames en heren, u bent mij er eentje.

Laatst werd ik op de fiets herkend. Dat komt, ik fiets nogal veel. En u kent dat wel, fietsen in Nederland, wind tegen, regen tegen, hagel tegen. Gelukkig heb ik zo'n kindje voor me op het stuur... Wij hebben twee kindjes, ook een voor mijn vrouw...

Het zit namelijk zo, een auto kunnen we ons niet veroorloven, dus fietsen we nogal veel, en met dat weer in Nederland mag u wel stellen dat we heel bewust voor kinderen hebben gekozen.

Maar goed, ik viel laatst met mijn nageslacht van de fiets en we bleven hulpeloos gewond op straat liggen. Dus ik riep naar een willekeurige voorbijganger:
'Majesteit, zoudt u ons overeind willen helpen?'

De koningin zag ons liggen, herkende mij onmiddellijk en zei: 'Zo, kijk eens aan! De humor ligt op straat! Ja, meneer Finkers, wij zijn ons er eentje!'

Ik stelde me netjes voor aan de koningin: 'Herman Finkers.'
'Ja,' zei ze, 'ik vind uw programma's altijd heel leuk.' En ik had nog wel zó duidelijk mijn naam gezegd.

Of ik niet een optreden wilde verzorgen op het koninklijk huis. Nou, als er iemand is die gemakkelijk lacht, dan is het de koningin wel, dus ik antwoordde: 'Ja, graag, majesteit.'
'Leuk!,' zei ze, 'ik moet nou al lachen!'

Nog geen week later belde ik bij het koninklijk huis aan. Ik belde eerst nog bij het verkeerde nummer, ik zat bij de buren, maar die wisten wel waar ik moest wezen.

En terwijl ik daar zo op de stoep van Huis Ten Bosch stond, dacht ik: wat heb ik toch eigenlijk mooi werk! Ik kom nog eens ergens waar iemand anders niet zo gauw komt. Verhalen over hoe moeilijk het artiestenleven is, vind ik dan ook behoorlijk overdreven. Zo heb ik al ergens het verhaal gelezen dat de gemiddelde artiest drieëndertig maal zoveel zelfmoord pleegt als de gemiddelde arbeider. Wanneer een arbeider één keer zelfmoord had gepleegd, dan had een artiest dat al drieëndertig keer gedaan. Kijk, je zou ook gewoon kunnen concluderen dat een arbeider wat handiger is.

En om u verder nog eens een indruk te geven van de luxe in de showbusiness: ik heb in uw jongerencentrum de beschikking over een kleedkamer met een wastafel en een wc. Ja, het lijkt mij ook wat dubbelop, maar het is er toch allemaal maar.

En zoals ik al zei, je komt nog eens ergens. Zo heb ik al een keer opgetreden in Duitsland, waarbij ik me nogal versprak. Ik spreek überhaupt maar één woord Duits en ik had daar een act waarbij ik een stuk muziek draaide: de Peer Gynt Suite van de componist Edvard Grieg. Omdat dat nogal een vrij lang stuk is, wist ik niet of ik nu de gehele suite zou draaien of een gedeelte ervan. Dus ik vroeg in al mijn onschuld aan die Duitsers: 'Wollt ihr ein kleines Stückchen oder wollt ihr den totalen Grieg?'

Ja, ich bin mir einer.

Mijn beroep is dus grappenmaker, het is niet anders, ik ben ook allang blij dat ik werk heb. Zo heb ik een spreuk bedacht voor aan de wand. Die spreuk luidt:

Niets zo charmant
als een spreuk aan de wand

Ik dacht dat 't wel aardig was. Teksten heb ik ook, zoals deze:

Je vroeg een gitaar en een goochelspel
maar wat denk je wel? Ik ben Sint niet, Piet

Van die korte dingetjes, wee'j nie?

Teksten van anderen heb ik ook wel, zoals deze, van IGLO:

Thuismenu

'Een thuismenu is erg gemakkelijk te bereiden en het is even smakelijk als een maaltijd die u zelf heeft gemaakt...'
Gadverdamme!
'Zoals gezegd, de bereiding is erg gemakkelijk. Haal na veertig minuten de maaltijd uit de oven. Houd uw vingers tien minuten onder de koude kraan.
Warm de maaltijd weer op.
Neem met een ovenhandschoen de maaltijd uit de oven.
Houd uw vingers tien minuten onder de koude kraan.
Warm de maaltijd weer op.
Haal nu de maaltijd uit de oven met twee ovenhandschoenen.'

Mislukte apologetiek

– Sinterklaas is eeuwenlang beschermheilige van de schippers op zee geweest.
– Er zijn er ook knap wat verzopen in de loop der jaren.

Interview met groep 8

Wat is uw lievelingsdier?
HF: Paard.
Wat is uw hobby?
HF: Paardrijden.
Wat is uw grootste wens?
HF: Een paard.
Wat is uw lievelingseten?
HF: Paard.
Waar baalt u van?
HF: Als het paard op is.

Paard

Een paard is de parel aan de kroon der schepping.
Of zoals de Schotten dat zo mooi kunnen zeggen: horse.

Fluiten op toneel

De toneelmeester:
'Dames en heren artiesten, wilt u niet fluiten op het toneel? U weet toch dat het theater de regel kent dat er niet gefloten wordt op het toneel!?'

De artiest:
'Hoe gaat dat dan als Berdien Stenberg hier optreedt?'

De toneelmeester:
'Toen hebben we die regel ook ingesteld.'

Geen voorstelling

Goedenavond dames en heren.
Ik heb het idee dat de voorstelling van vanavond wat aan de te korte kant is. Verder heb ik het idee dat het wat flauw is hier en daar... Ook heb ik het idee dat het een stuk minder is dan m'n voorgaande programma's... o, ik zit weer vól ideeën...
Ik zit zó vol ideeën, je kunt er geen voorstelling van maken.

Ik zal daarom maar proberen er het beste van te maken. De piano is vanmiddag nog gestemd, dus daar zal het niet aan liggen. De mensen van de techniek zijn heuse vaklui, dus ook daar zal het niet aan liggen. Het zal allemaal wel weer van míj moeten komen.

Het is mijn zesde alweer, om Hendrik VIII staande naast het schavot, maar eens te citeren... Ik ben gek op het citeren van mensen... Of zoals president Kennedy al zei: 'Was het Homerus niet die schreef: "Originaliteit is het mooiste wat er is"?'

Of, zoals ze in de rugbywereld zeggen: 'De bal is rond.'

U ziet dat ik de voorstelling nog van papier doe. Dat is niet vanwege de try-outfase maar ik weet nooit goed wat ik met mijn handen moet doen. Ja, ik weet wel wat, maar dat staat zo schunnig.

Dus als u mij een momentje wilt verexcuseren...

Aftrekbaar

Het belangrijkste in het vak van cabaretier is de totstandkoming van een stuk marktgerichte policy waarbij je alle facetten van de markt de revue laat passeren en in vergelijking met je collega's tot een zo hoog mogelijke rentabiliteit probeert te komen zonder daarbij overigens de verantwoordelijkheden naar de toeschouwers toe te veronachtzamen, namelijk door in te spelen op het behoeftepakket dat op dat moment bij het publiek leeft.
'Goh, het stelt dus eigenlijk helemaal geen reet voor?'

Welnee, het stelt geen reet voor. Je moet alleen zorgen dat je zakelijk alles een beetje op een rijtje hebt. En dat heb ik nu. Het decor bijvoorbeeld is volledig aftrekbaar voor de belasting. En ja, bij mij maakt het eigenlijk niet uit wat voor decor ik heb. Als er maar wat staat. Daarom had ik onlangs nog een zeiljacht als decor, want zo is dat ding fiscaal aftrekbaar, je krijgt de btw terug en 's zomers kun je mooi met je decor gaan varen.

Daarna had ik op aanraden van mijn tandarts een gouden kies als decor genomen. Ik kreeg er premie op, fiscale aftrek en een kleinschaligheidstoeslag en vanavond laat ik u deze parketvloer zien want ik heb de volgende maand een kleine verbouwing gepland.

Het staat allemaal wel niet zo stijlvol, maar ja, wat maakt het uit, u komt toch wel. Het is een gekkenhuis. Altijd uitverkocht. Terwijl er vroeger zo weinig belangstelling was dat er wel eens een voorstelling moest worden afgelast wegens ziekte van de toeschouwer.

Bent u Gerard Cox?

Ik ben een bekende Nederlander. Jazeker wel! Niet alleen bij u in de buurt, nee tot in Almelo aan toe. En in de Randstad... Om u een indruk te geven: ik was een keer in Den Haag en 's middags liep ik zo'n beetje door het centrum te dwalen. Opeens begon er een wildvreemde vrouw enorm naar mij te zwaaien. Echt, ik had geen idee wie het was. Ze zat in zo'n gouden koets.

Ik zal u nog een voorbeeld geven van hoe bekend ik ben als Nederlander:
Ik zat laatst in de trein en halverwege de reis stapte er een groep vrouwen in. De groep passeerde mijn coupé, wierp een stoïcijnse blik naar binnen en nam plaats in de coupé naast mij. De dames waren nog niet in hun coupé of ze barstten in een luid gegiebel uit omdat er 'een bekende Nederlander' in de trein zat. Uiteindelijk stapte één vrouw mijn coupé binnen en vroeg mij zo stoer mogelijk om een handtekening. Eenmaal terug in haar eigen coupé barstte het gegiebel weer los. De man tegenover mij in de coupé zag dit alles zéér bedenkelijk aan en zei: 'Bent u Gerard Cox?'
Ik zei: 'Nee.' Hij zei: 'Ik wel.'

Zó bekend ben ik als Nederlander. Maar het mooiste was, Cox blééf mij maar aankijken en uiteindelijk zei hij: 'Weet je, je hebt een bekend gezicht.'

Ik zei: 'O, dat weet ik niet.'
'Jawel, je hebt een héél bekend gezicht.'
'Och ja, dat zou kunnen.'
'Man, je hebt een enórm bekend gezicht. Hoe is je naam?'
Ik zei: 'Herman Finkers.'
'Toch heb je een bekend gezicht.'

Herkend worden in Almelo

– Hé! Ie verdeent meer geld as ik.
– Meent u dat?
– Joa, ie verdeent meer geld as ik.
– Nou, dank u wel.
– Wat goa'j doon, Finkers, a'j straks één miljoen guld'n hebt?
– Dan ga ik me afvragen waar de rest is gebleven, meneer.

Herkend worden in de Randstad

– Jai hep een bekend gesich.
– Meent u dat??
– Ja, jai hep een bekend gesich.
– Ben ik bekend van tv?
– Ja, jai ben bekend van teivei.
– Ben ik een sportman?
– Nei, jai ben gein spojtman.
– Zit ik in de politiek misschien?
– Nei, jai zit auk nie in de polletiek.
– Ik geef het op.
– Jai ben Herman Fillekers! Jai kom uit Olmelau, en dat is luik, Olmelau, want dat leg in de Achterhoek en daar kaumu wai vaak in die Achterhoek bai femilie in Kampu en die pratu met datzelfde grappige Drentse taaltje as jai. Is luik, dat Hauge Naurdu. Ja, Olmelau boppe!!

De Herman Finkers-Fuchsia

'O nee, dat doet hij niet. Nee, dat weet ik wel zeker. Nee, echt niet. Het is heel lief dat u het aanbiedt en ook een grote eer, maar hij krijgt zoveel verzoeken, ik weet heel zeker dat hij dit niet doet. Dus helaas.' En ik hoorde mijn vrouw de voordeur weer dichtdoen.

'Wie was dat?' vroeg ik.

'O, twee heren die iets wilden, maar ik heb al gezegd dat je het niet doet.'

'Wat wilden ze dan?'

'Er is een nieuwe fuchsia gekweekt en die wilden ze naar jou vernoemen.'

'WAT!?!' Ik sprong op en herhaalde: 'WAT!?! Een Herman Finkers-Fuchsia?' Ik was net aan het somberen over de zin van het bestaan en kwam er weer eens niet uit, maar nu verscheen zomaar opeens een heleboel licht in het leven. Een licht dat beelden tevoorschijn toverde van een wereld die mooi was en klopte. De wereld van een terras vol blije rustige mensen met nieuw gewassen kleertjes aan; van blaasmuzikanten die glunderend in hun eerste welverdiende pilsje hapten; en van een lief applausje op een fuchsiatentoonstelling voor een mooie toespraak over de op punt van onthulling staande Herman Finkers-Fuchsia. Anders gezegd: ik vond dat nog niet zo verkeerd, een fuchsia. Bovendien, kinderen heb ik niet en zo kan ik me dan toch een beetje voortplanten. Maar dit terzijde dus.

'Ik geloof dat ik het verkeerd heb ingeschat,' zei m'n

vrouw. 'Geeft niet,' zei ik en ik vloog naar buiten om de Goddelijke Boodschappers achterna te gaan. Ze waren al weg, maar binnen een dag lukte het ze te achterhalen en aan de telefoon te krijgen. Mijn nazaat was gelukkig nog niet vernoemd naar een verkeerd persoon en een droom, waarvan het zelfs niet in me opgekomen was dat je hem zou kunnen of durven dromen, mocht werkelijkheid worden. Ik legde de hoorn weer op de haak, of hoe dat inmiddels in dit gsm-tijdperk is gaan heten, en in mij borrelde een mooi couplet voor een liedje op.

Als de tijd verstrijkt, het leven uit me wijkt,
en Petrus aan me vraagt wat ik op aarde heb bereikt,
dan is het eerste dat door mij wordt opgenoemd:
er is een fuchsia naar mij vernoemd.

Er is niks mis met een mooie fuchsia zeg ik altijd en ik dank zelfs een bijzonder mooie ervaring aan deze sympathieke plant. Ik had ooit de eer samen met Willeke Alberti, onder begeleiding van het Metropole-orkest, 'Stekkie van de fuchsia' te zingen voor een speciale cd-productie rond Annie M.G. Schmidt. Ik stond alleen met Willeke in een aparte inzing-cel. Ik liet dat moment en die situatie heel diep in me doordringen. Willeke, waar ik als kleine jongen op zaterdagavond voor mocht opblijven om in pyjama naar te kijken, 'Dag mevrouw, dag meneer, ja hier zijn we dan weer', stond met mij alleen in een inzing-cel. En dat niet alleen, Willeke was ook nog eens heel aardig voor mij. Hoe ze dat deed weet ik niet, maar het was net of het helemaal niet waar was dat er van alles aan mij mis was. En of dat nog niet genoeg was, stelde ze ook nog voor om het ‘fuch’ van het zinnetje ‘fuch-fuch-fuchsia’ om en om te zingen. Dus Willeke zou ‘fuch’ zingen en dan zong ik ‘fuch’ en dan Willeke weer, zo was dat de bedoeling. En zo ook geschiedde. En toen ze er ook nog eens heel warm en geruststellend bij keek, zoals Willeke dat kan... Ja, toen heb ik wel heel sterk vermoed wat mensen bedoelen als ze zeggen dat ze gelukkig zijn.

In nieuw gewassen kleertjes en met m’n gitaar aan de ene en m’n vrouw onder de andere arm betrad ik het terrein van de fuchsiatentoonstelling. Het was het weer dat goed past bij een eerste-communiefeest. De tentoonstellingsleiding, die haar zware verantwoordelijkheden vakkundig en luchtig verborg, stelde me voor aan de bloemenkweker die mij gekweekt had. Hij bleek een bijzonder aardige, warme Limburger te zijn.
‘Ben ik mooi geworden?’ vroeg ik. Mijn fuchsiavader maakte een bepaald soort gebaar en zei: ‘Ach, oordeelt u straks zelf maar.’ Ik was te opgewonden om niet door te vragen en na mijn zoveelste aandringen verzuchtte hij: ‘Ach, meneer, het is een héél moeilijk fuchsiajaar geweest.’ De tentoonstellingsleiding en een aantal fuchsiakwekers die uit Limburg meegekomen waren, knikten alarmerend enthousiast van ja. Een moeilijk fuchsiajaar, dat was het!
De onthulling van de Herman Finkers werd in de toespraak van de voorzitter van de fuchsiavereniging consequent en zonder ironie ‘de onthuldiging’ genoemd. Een nog niet zo’n verkeerde verspreking, zo bleek even later.
Terwijl het publiek klaarstond voor een klaterend applausje en bijpassende kreten van bewondering trok ik het doek weg van de boerenkar waarop de nieuwe fuchsia

stond opgesteld. Het applausje kwam, maar een stuk voorzichtiger dan het plan was. De lichte luchtdruk die door het weghalen van het doek werd veroorzaakt maakte dat de eerste blaadjes en bloemetjes al naar beneden kwamen gedwarreld en men was kennelijk bang dat de niet al te talrijk overgebleven blaadjes en bloemetjes een vol applaus niet aan zouden kunnen. De kreten van bewondering werden geluiden die men maakt bij het zien van een jong vogeltje dat uit het nest is gevallen.
De Herman Finkers-Fuchsia bleek erg grote bladeren te hebben en heel kleine bloempjes.
'Hij doet me denken aan een klein geschapen man met een zakbreuk,' zei m'n vrouw, die in de verpleging heeft gezeten.
Wie in de verpleging heeft gezeten raakt bepaalde oorlogsbeelden nooit meer kwijt, dat weet ik, maar toch kwetste haar opmerking mij. Zij merkte dat en haastte zich om de mooie kant van mijn naamgenoot te benadrukken: 'Door dat kleine bloempje en dat grote blad lijkt hij niks bijzonders, maar als je dieper kijkt zie je dat hij hele tere en verfijnde kleuren heeft.' En dat was ook zo! Zijn weinig imponerend voorkomen was bescheidenheid. Ik zag het opeens. 'Let maar op,' fluisterde ik terug, 'dat wordt later een hele grote.'
'Vast,' zei ze, en streek bemoedigend over m'n rug.

In de weken na de onthuldiging bleek de kleine Herman een lastig kind te zijn waarbij je het gauw verkeerd deed. We gaven hem alle aandacht van de wereld, maar de ruimtes tussen te veel zon en te weinig zon, te veel water en te weinig water, te warm en te koud, bleken nog kleiner

te zijn dan de bloempjes. Het duurde dan ook maar even of alle blaadjes en bloemetjes lagen op de grond. Van de plant zelf was niet meer overgebleven dan drie kale stengeltjes. Kortom, hij was dood. Dat er een levend wezen naar je is vernoemd heeft een keerzijde: als de Fuchsia Cordifolia doodgaat dan is dat niet meer dan dat. Maar als de Herman Finkers overlijdt dan beland je toch in een soort van rouwperiode. Hij moest eigenlijk in de groene bak, maar dat konden we niet over ons hart verkrijgen.
Een dierbare overledene die in een potje is gestopt zet je normaal gesproken weg op een rustige plek in de kamer. Daarom hebben wij de pot met de drie stengelresten maar boven op de kast gezet. Een moeilijk fuchsiajaar, dat was het...

Weken later kwam m'n vrouw hoog opgewonden de kamer uitgelopen: 'Je doet het weer,' hijgde ze.
'Hoe bedoel je, je doet het weer?'
'Je doet het weer, kijk!' Ze pakte een stoel en liet me de fuchsia zien. Het wonder was groot. Ik had overal aan m'n dode stengels frisse groene blaadjes gekregen en ook waren er al een paar bloemknoppen te zien. Binnen de kortste keren zat de plant vol bladeren (van die mooie grote) en bloemen (van die hele mooie kleine, met tere verfijnde kleurtjes).
'Weet je wat het is,' zei m'n vrouw, 'hij is niet moeilijk. Hij is alleen wat gevoelig en je moet hem z'n gang laten gaan, dat is alles.'
'Zo is dat,' zei ik. En zo was dat precies. Het was een gevoelig fuchsiajaar. Zo eentje dat zijn eigen gang ging.

De triatlon

Ik heb me over laten halen mee te doen met de Drielandentriatlon. De organisatie zei mij dat ze het zo'n grote, grote eer zou vinden als de zeer, zeer bekende Nederlander Herman Fillekers mee zou doen met de Drielandentriatlon.
Bovendien was ik niet de enige bekende Nederlander want de bekende Bos deed ook mee. Ik vroeg: 'Welke bekende Bos? Ruud, Stef of Erik Hulse?' Het bleek *Conny van den* te zijn.

Ik zei: 'Dat is leuk, dan doe ik ook mee.' Dus ik mee met de Drielandentriatlon. We waren amper gestart of ik kreeg een lekke band; bij het zwemmen kreeg ik een lekke band.

Dat is sport, hè, je kunt pech hebben. Dus ik had al direct een flinke achterstand en die moest ik zien in te halen bij het onderdeel fietsen. En fietsen mag ik graag doen. Ik fietste mooi op met Conny van den Bos... Ik maakte mij, dames en heren, op een gegeven ogenblik lós van Conny van den Bos... Ik maakte mij nóg verder los van Conny van den Bos... Op een gegeven ogenblik bedroeg mijn achterstand zo'n twaalf minuten.

Dus dat moest ik weer zien in te halen bij het onderdeel lopen. En lopen mag ik graag doen. Zo heb ik ooit de vierdaagse gelopen. In twee dagen. Dat klinkt een beetje raar natuurlijk, maar ik kan het wel uitleggen. Ik mag bij sport graag alles doen in de helft van wat er voor staat, dat is het. Zo heb ik die veertig kilometer van de triatlon gelopen in de helft van wat er voor staat. Snapt u? Nee. Ik zal het u uitleggen: voor een goede veertig kilometer hardlopen staat, voor iemand die net begint met hardlopen, zeg maar: vier uur. Maar ik was na twintig kilometer al bij vier uur. En toen moest de rest nog es ééns zo ver.

Ik ben momenteel aan het trainen voor de dubbele mijl. Dat is een hele mooie afstand, die dubbele mijl, je kunt hem namelijk heel goed doen in de helft van wat er voor staat.

En wat ook zo mooi is aan die dubbele mijl: er heeft jarenlang een premie klaargelegen van één miljoen dollar voor de atleet die als eerste niet te beroerd zou zijn om die dubbele mijl onder de acht minuten te lopen. Een zekere Selassie uit Ethiopië liep verdorie op één seconde na onder die acht minuten! Dus: als die Selassie uit Ethiopië één secondetje harder had gelopen, dan had hij één miljoen dollar verdiend! Dus die negers zijn zó verrekte lui...!

Even mijn mond spoelen...

Sterrenslag

Een leuke ervaring, zo'n sportdag. Het leukste vond ik wel na afloop: met z'n allen onder de douche. Met al die bekende gezichten.
Ik stond pal naast Herman van Veen. Dat vond ik een dubbel gekke ervaring. Ik kende hem alleen maar zónder haar.

Der löp hier zonnen zwart'n

In een dorpje vlak bij Almelo liep voor het eerst in de geschiedenis een heuse 'neger' over straat. Meteen werd er vanuit dat dorpje naar het politiebureau in Almelo gebeld: 'Eh, joa… ik wol mer effen zegg'n, der löp hier zonnen zwart'n.'
'Wat zegt u?'
'Der löp hier zonnen zwart'n.'
'Ja ja, er loopt bij u een zwarte man over straat.'
'Joa! Joa, dat döt he!'
'Nou én?'
'Nô ja, ik dachen: ik bel mer effen.'

Doctorandus Janmaat zag 'den zwart'n' ook. Hij ging op die man af en gíng me toch tekeer: buitenlanders dit en buitenlanders dat…!
Dus die man zei: 'Hé man, jij discrimineert mij!'
'O ja?,' zei Janmaat, 'o ja? En waarom zou ik jou níét discrimineren en een ander wél!?'

En hij ging maar door: 'Weet je wat het is met jullie buitenlanders? Jullie buitenlanders komen allemaal uit landen waar negentig procent van de bevolking uit een minderheid bestaat! Ja!?

Dus die zijn allemaal te lui om te werken! Allemaal! En al die lui die te lui zijn om te werken komen hiernaartoe om onze banen in te pikken. Al die lui die te lui zijn om te werken...

En als ze dan eenmaal hier zijn, dan vragen ze snel asiel aan, en als ze dan als asielzoeker zijn uitgeprostitueerd... dan stappen ze gauw op een vliegtuig met ons geld, en al dat geld brengen ze naar de derde wereld! Alles! Terwijl onderzoek heeft uitgewezen dat in de derde wereld vijfennegentig procent van het inkomen aan voedsel wordt besteed!! En maar proppen en maar proppen!!!

En dan hebben ze nóg niet genoeg, nee, dan komen ze weer terug naar Nederland en dan zitten ze onderhand zó vol dat ze in een of andere kerk achtenveertig dagen lang geen hap meer door de keel kunnen krijgen!'

En dat gíng zo maar door, hè. Dus die Surinamer – het was een Surinamer waar Janmaat zo tegen tekeerging – die Surinamer zei: 'Hé, man! Oeweet jij oewel,' (sorry, een accent is nooit mijn sterkste kant geweest), 'Hé man, oeweet jij oewel tegen oewie jij praat, man? Jij praat tegen Stanley uit Paramaribo.'
'O ja?' zei Janmaat. 'So what?'
'Ja,' zei Stanley, 'pikzoewât.'

En toen werd Janmaat zó giftig dat hij Stanley een gebroken neusbotje bezorgde: Stanley had zo'n botje door zijn neus en dat heeft Janmaat doormidden gebroken.

Geacht theater,

Al enige tijd sta ik bij u te boek als 'vriend van...' en geniet als vriend enige privileges ten opzichte van niet-vrienden. Regelmatig maak ik als vriend een bepaald bedrag over aan uw theater. Mijn vraag is wat er gebeurt als ik niet meer betaal. Ben ik dan niet meer een vriend? Met andere woorden, heb ik mijn vriendschap gekocht?
Indien mijn vriend-zijn inderdaad samenhangt met mijn regelmatige geldstorting dan verzoek ik u om mij niet langer vriend te noemen, maar donateur.
Indien dat niet mogelijk is, zie ik af van verdere geldstortingen en de daaruit voortvloeiende privileges. Het begrip 'vriend' is in deze verweekte tijden al genoeg gedegenereerd.
Hopelijk heeft u begrip voor mijn vraag en bijbehorend standpunt.

Hoogachtend,

Donateur(?) Herman Finkers

Autovakantie

Een paar honderd kilometer met je vrouw in één auto; dan wordt je huwelijk behoorlijk op de proef gesteld. We reden nog niet of ze zei: 'Je moet hier rechtsaf.' Ik zei: 'Dat maak ik zelf wel uit!' Dus ik ging rechtsaf en meteen kwamen we in een file terecht. Maar gelukkig, we waren niet de enigen.

Met aan mensen de weg vragen heb ik wel vaker slechte ervaringen gehad. Ik had een keer een stotterende Chinees naast me in de auto. Die Chinees zou me de weg wel wijzen: 'We moeten hier l-l-l-l, we moeten hier l-l-l-l,' dus ik linksaf. Hij zei: 'Lechtsaf!' Kijk, dan kom je er niet, hè.

De weg vragen

– Mevrouw, weet u waar hier in Almelo het Acaciaplein is?
– Acacia*plein* of Acacia*straat*?
– Acacia*plein*.
– O, dan is 't goed, want een Acacia*straat* dát hébben we toch niet in Almelo.

Politiecontrole

Ik reed laatst in de auto van mijn vrouw. Ik keek eens achterom naar m'n vrouw; ik zette hem in z'n twee, ik zette hem in z'n drie, ik zwaaide nog een keer naar m'n vrouw, ik zette hem in z'n vier en ik startte hem.

Ik zette hem in z'n twee, zette hem in z'n drie, deed de handrem eraf en ik zette hem in z'n vier.

Terwijl ik zo reed, zag ik langs de kant van de weg een politieagent op rolschaatsen, die een shagje stond te draaien. Met dat ik langs hem reed, likte de agent aan zijn shagje en hij keek me aan zo van: hé...! Ik dacht: ik ben er bij! Ik ben er als de kippen bij!

En jawel hoor, de agent gaf mij het stopteken. Afijn, ik stopte en die agent vroeg: 'Heeft u misschien een vuurtje voor mij?'
'Goh, jawel.' Ik gaf hem een vuurtje.
'Weertje, hè!' zei hij.
'Ja, lekker schaatsweertje.'
'Nog zo'n uurtje of twee en dan zit het er weer op voor vandaag.'
'Zo, kijk eens aan.' Ik dacht: wat een rare kerel. Ik zei: 'Zoudt u mij niet eens vragen of ik wel een rijbewijs heb?'
'Hoe bedoelt u dat?'
'Gewoon, vragen of ik wel een rijbewijs heb.'

'Heeft u een rijbewijs?'
'Nee, hoezo?'
'Tja, dan zal ik u een fikse bekeuring moeten geven!'
'Daar was ik al bang voor!'

En terwijl de agent mij een bekeuring uitschreef, vroeg hij: 'En zoudt u mij niet eens vragen waarom ik op rolschaatsen rij?'
'Ik zou niet weten waarom.'
'U kunt toch wel even vragen waarom ik op rolschaatsen rij!'
'Ik zou niet weten waarom.'
'Moet u eens luisteren,' zei hij, 'wat is dat nou voor moeite om mij even te vragen...?'
'Volgens mij bent u hartstikke gek.'
'Zeg dat nog eens.'
'U bent hartstikke gek!'
'Die bekeuring,' zei hij, terwijl hij de bon aan stukken scheurde, 'daar kunt u naar fluiten!'
Ik dacht: snotdomme, eerst dat gedonder met dat rijbewijs en nou gaat me die bekeuring ook nog mijn neus voorbij!

Met dat ik verder wilde rijden dacht ik: stom! Verder rijden... ik kan veel beter de auto aan de kant zetten en gaan lopen. Omdat ik ja geen rijbewijs heb, ja. Dus ik deed dat. Het is maar goed ook dat ik ging lopen, want nog geen tweehonderd meter verder stonden langs de kant van de weg twee agenten in burger. Ik wist dat het agenten in burger waren, want ze hadden geen uniform aan.

Afijn, ik liep naar die lui toe en vroeg: 'Zoekt u iemand?' Een beetje jennen, hè!
'Zoekt u iemand?' En zij heel interessant doend: 'Ja, wij zoeken iemand.'
'Kijk eens aan, mag ik ook weten wie?'
'Ja, wij zoeken iemand die hier rondrijdt zonder rijbewijs, kent u die?'
'Die ken ik heel goed zelfs.' Uitlokken, hè, uitlokken! 'Die ken ik heel goed.'
'Zo, dat treft. Weet u waar die woont?' 'Ja, kom maar mee!'

Wij met z'n drieën naar mijn huis. Ik belde aan... Er deed geen mens open, wat heel vreemd is, want normaal gesproken ben ik om die tijd altijd thuis.

Ik zei: 'Doe maar kalm aan! Ik loop wel even achterom.' Dus ik liep achterom en ging bij mezelf de keuken in. Eenmaal in de keuken hoorde ik de bel, ik ging naar de voordeur, deed open, wat denk je? Politie!

Dus, ik sméét de deur weer dicht... Had me toch een van die agenten zijn rolschaatsen ertussen gezet!
Hij greep me in mijn kraag en nam me mee naar het bureau...

Nu kan ik me voorstellen dat u denkt: is dit verhaal niet een beetje overdreven? En jawel, op zich wel, maar niet als je het vergelijkt met het volgende verhaal.

Tommy Cooper

Tommy Cooper loopt op straat en hij denkt: wat raar dat alles duurder wordt behalve de melk. Denkt ie, hè. Denkt ie.

Afijn, om een lang verhaal kort te maken: Tommy Cooper wil zich onder de trein gooien en een koe die langs de spoorbaan staat ziet dat Tommy er aan komt en dwars op de rails gaat liggen. Dus, die koe denkt: hé, een verzetje. Maar, hoelang Tommy Cooper ook op de rails ligt: geen trein. Tommy Cooper denkt: mooi blijven liggen: wéér geen trein. En op het laatst gebeurt dat wel tien keer in het uur.

Dus die koe baalt als een stier.

Waardoor al die andere koeien denken: hé, een stier! En al die koeien lopen naar die ene koe toe, zien wat er aan de hand is en al die koeien balen als een stier. In de hele wei blijft geen koe meer over. Waardoor Tommy Cooper denkt: ja, als dat zo doorgaat, dan wordt de melk ook duurder.

Dat denkt ie, hè, denktie, denktie. Op dát moment komt de boer er aan. Wil gaan melken, kan niet, allemaal stieren.

Tommy Cooper ziet dat, en denkt: laat ik de man even uit de doeken doen wat er aan de hand is. Dus hij staat op, stapt van de spoorbaan af: intercity Zwolle.

Tommy Cooper had het helemaal niet verwacht dat die trein alsnog langskwam, dus hij schrikt zich een aap. De machinist kan dat beest niet meer ontwijken en schrikt zich een ongeluk.

Nu kan ik me voorstellen dat u denkt: is dit verhaal niet een beetje overdreven? En jawel, op zich wel, maar niet als je het vergelijkt met het volgende verhaal.

Cafetaria in Aadorp

Ik heb gedroomd dat ik meehielp een vereniging op te richten van mensen-die-niet-weten-of-er-een-cafetaria-in-Aadorp-zit.

De ledenwerving van de vereniging-van-mensen-die-niet-weten-of-er-een-cafetaria-in-Aadorp-zit was goed opgezet met als gevolg dat de oprichtingsvergadering druk werd bezocht. Allereerst werd overlegd wat de leden van hun vereniging verwachtten. Na langdurig overleg kwamen er drie wensen naar voren: uitstapjes overal naartoe, af en toe een feestje voor de leden en eenmaal per jaar met Sinterklaas surprises maken.
Om te bepalen wat men per se níét wilde was nauwelijks overleg nodig. Unaniem was men het erover eens dat als er één ding is wat de vereniging niet wilde dan was het wel: weten-of-er-een-cafetaria-in-Aadorp-zit. Dan zou namelijk de vereniging uit elkaar vallen en konden de leden fluiten naar de feestjes en de uitstapjes overal naartoe (behalve naar Aadorp natuurlijk).

Tegen het feit dat de uitstapjes overal naartoe zouden gaan, behalve naar Aadorp, maakte één lid bezwaar. Deze was vertegenwoordiger van de middenstand in Aadorp en vond dat de middenstand van andere steden met deze uitstapjes bevoordeeld werd boven de middenstand van Aadorp. Weliswaar zou dit worden gecompenseerd door de vestiging van een gloednieuwe cafetaria, maar dit feit wilde de vereniging niet weten en mocht dus ook niet als tegenargument gebruikt worden.

Gelukkig werd dit probleem snel opgelost. Eenmaal per jaar zou er een uitwisseling plaatsvinden tussen onze vereniging en een vereniging in Lattrop die zichzelf vereniging-van-mensen-die-niet-weten-dat-er-een-fietsenmaker-in-Tubbergen-zit, noemde. Ook deze vereniging stuitte bij haar voorgenomen uitstapjes op bezwaren bij de middenstand. Als nu eenmaal per jaar de mensen uit Lattrop naar Aadorp gingen en onze vereniging naar Tubbergen dan was het probleem opgelost.

Erg leuk vond men de binnengekomen adhesiebetuiging van de Almelose organisatie-van-mensen-die-dicht-bij-het-station-wonen.
Deze wilde afschaffing van de stadsbussen. 'Als wij van het station naar huis kunnen lopen dan kunnen andere mensen dat ook wel', aldus de organisatie en ergens hadden we het gevoel dat zij op dezelfde golflengte zaten als wij.

Nog leuker was de binnengekomen uitnodiging van de bond-van-mensen-die-niet-weten-hoe-zwaar-de-motor-is-die-in-een-Peugeot-304-zit. Op hun uitnodiging om samen met hen een uitstapje te maken naar het bowlingcentrum gaven wij graag gehoor. Een week later zaten we al in de bus, onze vereniging en de bond-van-mensen-die-niet-weten-hoe-zwaar-de-motor-is-die-in-een-Peugeot-304-zit. Bijna ging de bowlingavond niet door toen de chauffeur omriep dat hij ons van harte welkom heette in deze spiksplinternieuwe bus met een vermogen van maar liefst 260 pk, precies 4 x zoveel als de motor van bijvoorbeeld een Peugeot 304. Na een korte periode van stilte die nodig was om uit te rekenen hoeveel 260:4 is, ging er een golf van ontzetting door de bus. De bond die ons zo vriendelijk had uitgenodigd, was door de opmerking van de chauffeur automatisch opgeheven en het bowlingavondje dreigde niet door te kunnen gaan. Gelukkig kwam iemand op het idee om de bond om te dopen in een bond-van-mensen-die-niet-weten-hoe-zwaar-de-motor-van-een-deux-chevaux-is. Een beetje sneu was het wel dat één lid, een leraar Frans, wél wist hoe zwaar de motor van een deux-chevaux is en uit de bus moest worden gezet.

Tegen het einde van de bowlingavond deed zich nog een incident voor tussen de voorzitter van onze vereniging en mij. Tijdens de finale, die ging tussen de subgroep van mensen-die-werkelijk-niet-zouden-weten-wat-ze-hoorden-als-ze-hoorden-dat-er-een-fietsenmaker-in-Tubbergen-zit, en de subgroep van mensen-die-denken-haast-wel-na-te-kunnen-gaan-hoe-zwaar-zo'n-motor-is-maar-het-toch-niet-zeker-weten, wilde ik naar de wc. Dit kon makkelijk dacht ik, want onze subgroep van mensen-die-zelfs-nog-nooit-van-Aadorp-gehoord-hebben waar ik in zat, was toch al uitgeschakeld. Onze voorzitter dacht er kennelijk anders over want op het moment dat ik de zaal wilde verlaten beet hij mij toe: 'Waar denkt dat heen te gaan?'
'Eh, ik wilde vast koffie bestellen en even naar de wc.'
'Koffie bestellen heb ik al gedaan,' zei de voorzitter.

'En naar de wc gaan?' probeerde ik nog.
'Heb ik ook al gedaan.'

Schaamtevol werd ik wakker.
De hele daaropvolgende dag dacht ik niet meer aan deze droom en ik zou hem ook allang vergeten zijn als ik niet nog diezelfde avond op een sterke manier eraan herinnerd werd. Ik las namelijk de krant en daarin stond niets vermeld over een cafetaria in Aadorp.

Telefoonnummers

Ten tijde van mijn grootouders had bij ons in Almelo de familie Ten Cate telefoonnummer 1. Dat betekent dus dat er destijds hooguit negen abonnees kunnen zijn geweest in Almelo. Ik heb het nagezocht en het blijken er precies negen geweest te zijn.

Die abonnees in Almelo waren allereerst dus de familie Ten Cate, die had telefoonnummer 1; Hofkes had 2; Bendien had 3; Smits had 4; Salomonson had 5; Palthe had 6; Hospers had 7; Ter Beek had een geheim telefoonnummer en Dijkers had 9.

Telefoon

– Met Hans.
– Ja, goedemiddag.
– Het is nog morgen, hoor.
– O, dan bel ik u vanmiddag terug.

Eendjes

Alweer telefoon.
Ja, hallo, wie heb ik aan de lijn?
Ach nee toch...
Ja, kiekeboe.
Ja, kiekeboe... Wat zeg je?
Ben jij vanmiddag naar de eendjes geweest?
Kijk eens aan. En wat zeiden de eendjes?
Het is niet waar...
Zeiden de eendjes 'kwak'?
Ja, dat doen ze, hè. Ja, eendjes zeggen 'kwak'.
Nee, daar doe je niks aan.
Nee, dat gaat maar van kwak.
Ja, kwak zegt het eendje, kwak, kwak.
Ja, het andere eendje zegt ook kwak.
Ja, dat gaat tegen elkaar in. Kwak, kwak, kwak.
Ja, kusje. Daaag. Ja hoor, nog een kusje. Daag.
Hè? Ja, eendje ook kusje.
Ja, andere eendje ook kusje.
Tuurlijk, alle eendjes een kusje. Ja hoor.
Ja, kwak kwak. Daaag.

Mijn moeder aan de telefoon...

Einstein

Ik heb een periode gehad dat ik avond aan avond twee grappen vertelde die ik zelf prachtig vond, maar u niet. Ik blééf ze vertellen, want ik vond ze echt heel geestig en ik vind ze eigenlijk nog steeds heel geestig, maar ik heb ze eruit moeten gooien want u lachte helaas geen enkele keer.

Einstein: 'Mijn vrouw begrijpt me niet.'

U vindt 'm niet leuk. Ik wel, ik vind 'm prachtig: Einstein die zegt dat zijn vrouw hem niet begrijpt. Maar u vindt er geen klap aan. En dan houdt het op. Het stomme is: nu ik hem vertel vind ik 'm wéér leuk.

'Het aantal bedreigde diersoorten neemt hand over hand toe. Er is zelfs sprake van een enorme plaag.'

Misschien lacht u een beetje, maar het zal niet veel zijn. Dus die grap over Einstein vergeten we en die grap over het milieu vergeten we en ik vertel nog enkel dingen die ú leukt vindt. Geen enkel probleem. Maar dan moet u me geen brieven schrijven met: 'Meneer Finkers, ik vind het een beetje platvloers allemaal. Want ik zei nog tegen mijn man: dat heeft zo'n jongen niet nodig.'
Nee, dat heb ik ook niet nodig. Dat hebt ú nodig.

Erudiet publiek

Laatst dacht ik: ik wil wel eens weten wie mijn publiek is. Hoe erudiet dat is en op wat voor een niveau zich dat beweegt. Dus liep ik na afloop van mijn voorstelling de foyer in; er kwam een jongeman naar me toe en die zei: 'Hé, Finkers, kom eens hier. Wat is erger dan wintertenen?' Ik zei: 'Nou?' 'Sneeuwballen,' zei hij.
Ik dacht: is dat nu mijn publiek? 'Wintertenen' en 'sneeuwballen'? Daar doe je dan je best voor, zeg. Ik dacht: Freek de Jonge zal zo'n probleem niet hebben. Zo'n man heeft natuurlijk in de loop der jaren een heel ander publiek opgebouwd. Bij hem in de zaal gonst dat vast veel ontwikkelder en dat gaat allemaal op een veel hoger niveau. Dus ik naar een voorstelling van Freek de Jonge. Na afloop liep ik met een fan mee naar de kleedkamer en die jongeman vroeg aan Freek: 'Freek, wat is pijnlijker dan het doorzien van het menselijk bestaan?' Freek antwoordde: 'Het tegenwerken van je karma.' 'Nee,' zei de jongeman, 'sneeuwballen!'

Bedachte grappen

Weet u wat het is met die wintertenen en die sneeuwballen? Het is niet alleen een heel oude grap, maar het is ook nog eens een grap die gebruikmaakt van een woordspeling. En het nadeel van een woordspeling, vind ik, is dat het al gauw wat bedacht overkomt. En de leukste grappen zijn toch die grappen die níét zijn bedacht. Maar ja, bedenk die maar eens.

Als u mij op de man af zou vragen: 'Wat vind jíj nu de allerleukste grap die er ooit is bedacht?' dan zeg ik: 'Die van die TIENDUIZEND padvinders in de blote kont.' Waarom? Tja, dat moet je zien...

Klimaatwaarheid

Hoe harder je stookt in huis hoe beter, want als de mensheid veel gas verstookt, ontstaat er een broeikaseffect, waardoor de aarde warmer wordt zodat de kachel wat lager kan, wat weer een gunstige uitwerking heeft op het milieu.

Bovendien heb ik uitgerekend dat als iedereen thuis een zeeaquarium neemt, dat dan het probleem van de stijging van de zeespiegel al grotendeels is opgelost.

Dan nu nog even iets wat ik zelf bijzonder grappig vind: iedereen bestaat voor 65% uit water. Iedereen! Frits Bom, Marcel van Dam, Hans van Mierlo, ik kan me eigenlijk niet goed voorstellen dat dat allemaal water is, maar goed. Gemiddeld is dat toch 65%.
De zeespiegel stijgt, dat is een groot milieuprobleem, de mensheid bestaat voor 65% uit water; dus een toename van de wereldbevolking is gunstig voor het milieu.

...Tijd voor een spelletje:

Geen jager, geen neger

– Hartelijk welkom bij het spelletje: 'Geen jager, geen neger'. Wie heb ik aan de lijn?
– Mevrouw Poortman.
– De kandidaat voor ons spelletje 'Geen jager, geen neger'?
– De kandidaat voor ons spelletje 'Geen jager, geen neger'!
– Wij zijn er helemaal klaar voor?
– Wij zijn er helemaal klaar voor!
– De regels zijn bekend?
– De regels zijn bekend!
– Wat...?
– Wat zijn zoal uw hobby's.
– Mevrouw, wat zijn zoal uw hobby's?
– Nou, meneer, ik ben gek op taalspelletjes.
– U bent gek op taalspelletjes? Komt dat even goed uit.
– O, ik ben dol op taalspelletjes. Ik ken alle Seth Gaaikema-woordspelingen uit mijn hoofd.
– U kent alle Seth Gaaikema-woordspelingen uit uw hoofd? Kunt u een voorbeeld geven van een Seth Gaaikema-woordspeling?
– Ja hoor. Ik stond laatst met meneer Gaaikema in Frankrijk. Moet u zich voorstellen: naast mij stond meneer Gaaikema, daarnaast stond ík weer. Ik vroeg aan zo'n Fransman: 'Connaissez-vous Gaaikema?' Die Fransman vroeg: 'Quel Gaaikema?,' waarop ik zei: 'Cet Gaaikema!' Nou, dat was wel een heel duidelijke Seth Gaaikema-woordspeling, hè?

– Nou en of. U zult vast geen problemen hebben met dit spelletje. U kent de regels van ‘Geen jager, geen neger’?
– Ja hoor, die zijn bekend.
– Dan steken we van wal. U woont in Almelo?
– Ja, naast een neger.

zoeoeoemmmmmmm!

– Aah, zonde hè. Zonde... Ik heb nog wel zó geoefend thuis.
– Geeft niks mevrouw, het zijn de zenuwen. En er is nog geen man overboord, we gaan rustig verder. Ik las op uw briefkaart dat u dol bent op zingen.
– Dat klopt meneer, ik ben dol op zingen.
– Dan kent u vast wel het lied: In het bos daar zijn de...
– Negers.

zoeoeoemmmmmmm!

– Aah, jammer, zei ik weer ‘negers’. Zonde hè. Het floept eruit voor je er erg in hebt. Ja, ik dacht: in het bos daar zijn de negers. Weet u, mijn moeder zong vroeger altijd: ‘In het bos daar zijn de jagers.’
– Uw moeder zong ‘In het bos daar zijn de jagers’?
– Mijn moeder kon geen nee zeggen.
– Uw moeder kon geen nee zeggen?
– Mijn moeder kon absoluut geen nee zeggen. We waren dan ook met 22 kinderen thuis. 22 kinderen! Op zich wel goed natuurlijk, in verband met de stijging van de zeespiegel... Maar ja, toen kwam het broeikaseffect, hè?
– Nou en?
– Nou en? Mijn vader had er sneeuwballen van gekregen, dus u begrijpt hoe dat eh...
– Dank u wel, mevrouw Poortman.

Hoorspel

Ooit heb ik op de hoorspelafdeling van de AVRO mogen werken. Mooi werk!
Tuinman: Robert Paul.
Butler: Robert Paul.
Commissaris: Robert Paul.
Robert Paul: Donald de Marcas.

Op een kwaaie dag had de AVRO het grindpad, het tuinhek en de deurbel kapot. En Robert Paul was niet komen opdagen. De telefoon deed het nog wel, dus gooiden we er noodgedwongen maar overal een telefoon in.

'De commissaris loopt over het grindpad: TRRINNGG.
De commissaris opent het tuinhek: TRRINNGG.
De commissaris loopt naar de voordeur: TRRINNGG.
De commissaris belt aan: pling-plong.'

Ik dacht: verrek, de deurbel doet het weer!
Ik deed de deur open en ik zag Robert Paul voor mijn neus staan. Ik zei: 'Robert, jij hier?' Hij zei: 'Ja, ik probeer jullie al een half uur te bellen.'

Thee drinken

We zien dat in de vroege prehistorie in Engeland de gewoonte zich begon te ontwikkelen tijdens de kerstdagen thee te drinken.
De Engelsen kregen behoorlijk last van hun geweten, daar thee en kerstdagen officieel nog niet bekend waren in prehistorisch Britannia.
De Engelsen werden hierdoor onzeker, wat nog steeds te merken is aan hun huidig taalgebruik: 'Isn't it? I suppose it is, don't I?'

Ook in de Victoriaanse tijd bleef de gewoonte gehandhaafd tijdens de kerstdagen thee te drinken. Dit was niet zo moeilijk omdat de Engelsen dit ook al op de andere dagen van het jaar deden.

Pikant detail: de broer van wijlen koningin Victoria stelde Victoria eens de historische vraag: 'Wil je suiker in de thee?' Waarop Victoria antwoordde: 'Graag.'
Nú nog hoort men dikwijls Victoria citeren.

Rest mij te vertellen dat de gewoonte om thee te drinken nu helemaal verdwenen is in Engeland, ofschoon de meeste Britten zich hieraan niet storen, wat erg jammer is.

De Chinese muur

China is genoemd naar de allereerste keizer van dat land. Die heette: de Keizer van China.
En die Keizer van China had enorm veel last van invallen uit het Land Met Het Syndroom Van Down. Om het netjes te zeggen.
Die binnenvallende soldaten uit dat Land Met Het Syndroom Van Down waren allemaal mohammedanen, allemaal. Stuk voor stuk. De een was een nog grotere mohammedaan dan de ander. U zult zeggen: 'Goh, mohammedanen waren er toch pas een paar honderd jaar ná Christus?' Jawel, maar dit waren héle fanatieke. Dus daar had die keizer last van. En daarom had die keizer een muur gebouwd.

Columbus

Toen Columbus Amerika ontdekte werd hij verwelkomd door het plaatselijk opperhoofd met de volgende speech: ‘Kajang, kajang, jang jang gau. Kajang jang jagahe, jang kau, hee go gu... Afijn, kajang jang jang gau...’

Dus helemaal niet zo onvriendelijk bedoeld, maar wat deed dat ei van een Columbus? Hij schoot het opperhoofd een kogel door het hoofd, waarop deze reageerde met ogenblikkelijk ter plekke dood neer te vallen. Een oude indianentruc.

Columbus greep daarop de vrouw van dat opperhoofd en randde haar aan. Waarop zij weer reageerde met zwanger te worden. Pavlov-reactie.

Toen de indianen dat zagen gaven zij zich over en hielden ten teken daarvan een witte vlag omhoog. Dat deed men vroeger. Wanneer men vrede wilde, hield men zo’n witte vlag omhoog en dan wist iedereen: ’t zit er weer op voor vandaag. Vandaag de dag hoeft dat niet meer, nu is er telefoon. Men houdt dan zo’n telefoon omhoog, waardoor ook iedereen weet wat er aan de hand is.

Macbeth FRAGMENTEN

In zijn Macbeth laat Shakespeare zien hoe venijnig de hunkering naar macht in een menselijke geest kan doorwerken. Haarfijn wordt de psychologie van een onverzadigbare lust naar heersen opgebouwd en uitgediept. Het daaraan gekoppelde dilemma van het zich meer en meer afhankelijk weten van het kwade laat zich door Shakespeare met klinkende verzen in al zijn wreedheid schilderen.
Kortom: voor wie een leuke surprise zoekt of een boekje voor op de wc of eens lekker onbekommerd wil lachen, is deze koningsklucht een leuke aanwinst.

In het begin van het verhaal is Macbeth helemaal nog niet zo'n onaardig persoon, integendeel zelfs, hij is vrouwvriendelijk, kindgericht en plantaardig.

Ook weer niet dat hij een doetje is, helemaal niet, want Macbeth doodde in de strijd tegen de Ieren Patrick de Goede. Patrick de Goede heette Patrick de Goede omdat Macbeth eerst nog de verkeerde Patrick te pakken had.

En in de strijd tegen de Noren doodde Macbeth Bjorn 'de Geheimzinnige'. Waarom Bjorn 'de Geheimzinnige' heette is altijd een raadsel gebleven.

In de strijd tegen de Engelsen ten slotte doodde Macbeth Hendrik de Hete. Hendrik de Hete heette Hendrik de Hete omdat zijn vader ook Hendrik heette.

En gelijk in het eerste bedrijf is Macbeth wederom in de weer en wel in de strijd tegen de Denen. Een makkie. Er is praktisch nog nooit een slag geweest die de Denen hebben gewonnen. In feite is de enige slag die de Denen ooit hebben gewonnen, de slag bij Alborg geweest. Dat was dan ook een burgeroorlog.

Het tweede bedrijf speelt zich buiten op de hei af. Maar vanwege het slechte weer slaan we dat over en gaan we gelijk door naar het derde bedrijf.

In het derde bedrijf wordt Macbeth die in een droge grot is gaan schuilen, door drie heksen de toekomst voorspeld. 'Dat kost vijf gulden per voorspeld jaar,' laten de toverkollen weten. 'Ik wil een voorspelling voor mijn hele leven,' zegt Macbeth. 'Dat wordt dan twee vijftig.'

Buiten de grot wordt Macbeth begroet door Koning Duncan en zijn gevolg:
'Heil Macbeth!'
'Heil Koning! Heil soldaten!'

Ze trekken samen huiswaarts. Onderweg heeft de koning een zeer opmerkelijke mededeling:
'Zeg Macbeth, aangezien je zojuist aan het front mijn leven hebt gered, heb ik besloten jou tot mijn troonopvolger te benoemen.'

‘Nou, dank u baas! Daar zal mijn vrouw blij mee zijn. Want weet u, mijn vrouw verwijt me altijd drie dingen. Dat ik te weinig geld in huis breng en dat ik nog niet eens tot tien kan tellen.’

‘Ach, míjn vrouw, Macbeth, míjn vrouw heeft vaak dat als ze ongesteld wordt, dat ze dan ’s nachts honger krijgt en dan gaat ze midden in de nacht een patatje staan bakken. Als ik thuiskom van een veldslag kan ik soms bij de voordeur al ruiken dat mijn vrouw ongesteld is.’

Als het gezelschap huize Macbeth nadert en Macbeth zijn vrouw Salmonella ontwaart, barst hij als een leeuw in paringstijd los:
‘Salmonella, schat. Je man is thuis en raad eens wat: hij wil liefde, o en hoe! Hij brandt en is nog lang niet moe.
O Salmonella, sta mij toe dat ik u onder honderdduizend strelingen bedelf.’
Zij werpt hem dan haar zakdoek toe vanuit haar hoog gewelf:
‘Hier, pak aan, Macbeth, en help uzelf.’

Hoogheid!

– Hoogheid! Er naderen tienduizend vijandelijke ruiters.
– In de blote kont?
– In de blote kont? Nee, hoezo?
– Ik vraag maar...

Bezoek

– Lieverd, ik hoor de bel, doe jij even open? Dat zal het bezoek zijn.
– Hallo! Hier zijn we dan.
– Hallo! Hé, hé, doen jullie dat thuis ook? Bij een ander op bezoek gaan en niet de voeten vegen?
– We hebben wat voor jullie meegebracht.
– Hé, een operaplaat, wat origineel.
– Ja, we wisten dat jullie niet van opera hielden, dus dachten we, we geven een operaplaat, dat hebben ze vast nog niet. Zo, jullie hebben het hier flink verbouwd, zeg.
– Ja, hè?
– Lieverd, zorg jij voor wat muziek?
– O, kijk eens, José, wat maken ze die thermopane dik tegenwoordig, hè?
– Nee, dat is een serre.
– O, is dat een serre?
– Lieverd...! Zorg jij nou voor wat muzíéhiek!
– Ik?
– Ja, tuurlijk!
– Wilhelmus vahan Nahassaue, ben ik...
– Zet nou een plaat op, man.
– O ja, tuurlijk, een plaat. Komt ie...
– Ja, verdorie, Lieverd, niet weer het Wilhelmus. Misschien houdt het bezoek hier helemaal niet van. Hoe vinden jullie dit?
– Ja, ik weet 't niet, je moet het vaker horen, denk ik.
– Gezellig hè?

De bingo

Gisteravond bij de bingo vijftien gulden verloren. Heel typisch, ik kwam op de bingo met vijftien gulden, na een poosje had ik nog veertien gulden, toen had ik nog dertien gulden, toen had ik nog twaalf gulden, toen had ik nog elf gulden, toen had ik nog tien gulden, toen had ik nog negen gulden, toen had ik nog acht gulden, toen had ik nog zeven gulden, toen had ik nog zes gulden, toen had ik nog vijf gulden, toen had ik nog vier gulden, toen had ik nog drie gulden, toen had ik nog twee gulden, toen had ik nog één gulden, enzovoort.

Henk van Ulsen

Zoals u weet of niet weet komt Henk van Ulsen uit Kampen. En ik weet niet of u Kampen kent, maar Van Ulsen moest een keer voor Radio Oost vertellen wat zijn vroegste jeugdherinneringen waren. Ik weet niet of u Kampen kent, maar heel Kampen zat aan de radio gekluisterd om goed in de gaten te houden wat Henk precies zou zeggen. Henk zei dat hij zich nog heel goed kon herinneren dat hij voor de eerste keer klaarkwam op de Harley Davidson van zijn vader. Ik weet niet of u Kampen kent, maar een storm van telefoontjes bij Radio Oost, uit Kampen. Eén iemand vond dat Van Ulsen te ver was gegaan en de rest wilde weten wat het model motor was.

Ruimte voor aantekeningen

Nachtradio

Wanneer u een beetje eenzaam bent vannacht. En bij uzelf denkt: waartoe leidt alles... Waartoe ben ik op aard en wat heeft alles voor een zin... Juist op zo'n moment kan God u tegemoet komen.
Haal niet in, blijf rechts rijden en probeer hem met lichtsignalen te waarschuwen.

De aria Labia Majora

Ik zing en speel voor u de aria Labia Majora van Mendelssohn.
Ik weet niet of u hem kent, Mendelssohn? Wellicht dat u Mendels kent, daar dan weer familie van.

Ik heb voor deze aria plaatsgenomen achter de piano. Dat is enorm interessant, pianisten nemen altijd plaats áchter de piano.
Pianofabrikanten weten dat, houden daar rekening mee en bevestigen daarom het toetsenbord ook altijd aan de áchterzijde van de piano.
Het is even zoeken, maar dan heb je ook wat.

Bij mij is het zo: een piano en een krat bier en ik speel. En als er geen krat bier is dan is een pianokruk ook goed.

De aria Labia Majora is niet het beste werk van Mendelssohn. Naar mijn mening heeft Mendelssohn zijn beste werk nooit geschreven.

De aria Labia Majora is zelfs een uitermate dom werkje. Ook Mendelssohn zelf vond het een ongelooflijk irritant ding. Waarom heeft hij het dan uitgebracht? Nou, Godfried Bomans zei het al: 'Schrijven is schrappen', maar Mendelssohn vond deze aria de moeite van het schrappen niet waard.

Kleine tip, mocht u merken dat ik pianospeel tijdens het praten, dan ben ik aan het zingen.

En mocht u merken dat ik zing onder het spelen, dan ben ik een beetje ongelukkig op de punt van het krukje gaan zitten.
Of er is een beugelflesje opengesprongen.

Carreras

Zingen is mijn lust en mijn leven. Ik ben natuurlijk geen Fischer-Dieskau of een Pavarotti... Maar toch ook weer geen Lee Towers. Men noemt mij wel: Placebo Domingo.

U kent dat driemanschap wel: Domingo, Pavarotti en Carreras. Carreras, dames en heren, dat kleine opdondertje, die verdient met één avondje meezingen in zo'n lullig operaatje: TWEEHONDERDDUIZEND GULDEN! Daar moet ik verdorie een hele week voor werken!!!

Maar ik ben niet afgunstig, hoor. Ik besef heel goed dat geld alleen niet gelukkig maakt. Daarom heb ik óók een zeiljacht.

Mijn pi-pianoleraar

Je hebt mensen die nooit een fout maken bij het pianospelen. Mijn pianoleraar was ook zo iemand. Ik vroeg hem eens: ‘Hoe krijgt u dat toch voor elkaar om nooit een fout te maken bij het pianospelen?’
‘O,’ zei hij, ‘om eh, om n-nooit een f-f-fout te maken bij bij eh, bij het pianospelen, is eh, is eh, volgens mij een k-kwestie van eh, w-w-wanneer je maar eh, elk m-moment van de dag dat je vrij bent con-consequent oefent en je houdt dat lang genoeg vol d-dan wordt eh, d-d-dan wordt op den duur wordt eh, pi-pianospelen... n-net zo ge-gemakkelijk als praten.’

Hij zei een keer: ‘Deze deze etude etude heeft heeft Mozart Mozart geschreven geschreven in in Baden Baden.’ Het rolde er in één keer uit.

Hij vervolgde: ‘En het is later op-opgedoken in Nederlands Gui-Gui, Ne-Ne-Nederlands Gui, Nederlands Gui, Nee Nederlands Nederlands Gui, Neder-lands Gui.’ Ik vroeg: ‘Wilt u Nederlands-Guinea zeggen?’ Hij zei: ‘Ja.’ Ik zei: ‘Daar komt u nooit uit.’

‘Zou je denken?’
‘U komt er nooit uit.’
‘Ik wil het toch graag proberen.’
‘Nou, ga uw gang.’

Hij probeerde: 'Nederlands Gui-Gui, Nederlands-Gui, Nederlands Gui, Nederlands Gui-Guin, Nederlands Guinn-Guinnn, Nederlands Guin Gui... Nee. Ja!'
Ik vroeg: 'Nederlands wat?' Ja, het ging zo verrekte snel ineens.

Ik liet mijn pianoleraar ooit mijn echoapparaat zien. 'Wat kost zo'n echoapparaat nou eigenlijk?' vroeg hij. Ik zei: 'Ja, zo'n echoapparaat kost wel een stuiver.'
'En hoe werkt dat dure ding dan?' Afijn, ik liet hem de werking zien. 'Goh,' zei hij, 'da-da-daar heb heb heb je toch niet niet zo'n duur duur appa-apparaat voor no- voor nodig?'

IJsbaan

Op een ijsbaan schaatst men altijd linksom. Niemand weet precies waarom, dat is in de loop der jaren zo gegroeid, maar op een ijsbaan schaatst men altijd linksom. Nu is er echter in het dorpje waar mijn vrouw vandaan komt een ijsbaan waar men net de andere kant op schaatst. Zo heb ik mijn vrouw ook ontmoet.

Een huwelijksinzegening

Best bruidspaar, voordat ik jullie huwelijk kerkelijk bevestig, wil ik er graag op wijzen dat het jullie eigen keus is geweest om te gaan trouwen. Maar ook vooral dat het jullie eigen keus is geweest om uitgerekend met elkaar te gaan trouwen, en dat de katholieke kerk wat dat betreft geen enkele verantwoordelijkheid of aansprakelijkheid aanvaardt. Dat we daar dus straks geen gedonder over krijgen.

Eens kijken, wie hebben we vandaag? Echtpaar Jansen, Jansen met wie nu weer? Jansen – Veldhuis. Dan hebben we...

Lieve Gerrit en Ans.
Jullie hebben van nu af aan de mooie taak elkaar lief te hebben en trouw te blijven, tot de dood erop volgt.

Dat zal in jullie geval niet altijd over rozen gaan, want jullie huwelijk is een zogenaamd oecumenisch huwelijk. Ans is katholiek en Gerrit, jij bent protestant. Een paar jaar geleden zou het voor jullie niet eens mogelijk zijn geweest om in een katholieke kerk te trouwen. Maar tegenwoordig zeggen wij: ach, wat maakt het uit. We zijn per slot van rekening allemaal op onze eigen wijze volgelingen van dezelfde Christus. Ans op een katholieke wijze en Gerrit weer op zíjn heidense wijze.

Een huwelijk, heeft dat nog toekomst? Ik wil hier met een volmondig 'Ja' op antwoorden! En wanneer het huwelijk dan een oecumenisch huwelijk blijkt te zijn, hoe zal dat huwelijk er dan uit gaan zien? Ook hier wil ik met een volmondig 'Ja' op antwoorden!
Ans, je hebt wel in de gaten, het is nogal een domme preek die ik hier hou, maar dan weten we in ieder geval zeker dat Gerrit het allemaal goed kan volgen.

Ik wil niet zeggen dat protestanten minder zijn, maar ze zijn toch wel anders.

Niet alleen vanwege de oecumenische gedachte kan dit huwelijk tussen Gerrit Jansen en Ans Veldhuis modern genoemd worden. Zo hebben de partners al een aantal jaren samengewoond. Ze hebben zelfs al een zogenaamde FAT-relatie gehad: Fucking Apart Together.

U begrijpt, dat heeft Gerrit handenvol geld gekost... Tot overmaat van ramp is Gerrit ook nog werkloos geworden en tja, dan wordt het al gauw een keer aantrekkelijk om te gaan trouwen.
Ik vroeg daarom aan Ans: 'Ans, hoe weet je nu zo zeker dat Gerrit voor jou de ware is?' Toen zei ze: 'Vrouwelijke intuïtie.' Gewoon dommigheid dus...

Maar niettemin hoop ik dat het jullie toch nog enigszins lukt met elkaar gelukkig te worden. Als daarom Gerrit nou eens begon met een keer aan het werk te gaan! Want geloof me, als je echt wil is er werk. Ik heb alleen een beetje het idee dat het de jeugd van tegenwoordig allemaal niet meer zo interesseert. Het interesseert de jeugd niet eens meer hoe ze er bijloopt. Ik zie hier het bruidje in een lange broek, ik zie de bruidegom in een trui. Gisteren had ik zelfs iemand met groen haar...

Nou, ik weet het niet, maar als ik groen haar had liet ik het verven.

De ceremoniemeester

Zoals de pastoor vanmorgen in de kerk al zei: huwelijk niet bij brood alleen. Het schijnt dat we beginnen met een soep naar keuze. Waarschijnlijk champignonsoep.

Dan de hoofdmaaltijd. Voor de hoofdmaaltijd kunnen we kiezen uit een karbonade, een rollade of een kalfsoester. De kok beveelt aan: geen rollade nemen.

Verder heb ik gemeend als ceremoniemeester de keuken te moeten inspecteren. Ik heb de keuken geïnspecteerd en je kunt er van de vloer eten: aardappels, slasaus en uitjes.

Tevens heb ik gemeend als ceremoniemeester van deze bruiloft met de vegetariërs onder ons rekening te moeten houden. Deze hebben allemaal bericht gekregen dat ze brood moesten meenemen.

Annonce

Heden is, na een langdurig gedragen verloving, in de kracht van zijn leven, toch nog onverwacht gehuwd, onze innig geliefde zoon en broer. De huwelijksvoltrekking heeft in alle stilte plaatsgevonden. We hopen dat hij de rust heeft gevonden die hij zocht. Geen bezoek, geen bloemen.

Echtelijke sponde

– Heb je lekker geslapen vannacht?
– Gaat wel, veel gedroomd.
– Veel gedronken?
– Veel gedroomd!
– Moet je ook niet zoveel drinken.

Toefje voor de kop, struikje in de hand

Wij zijn veel te snel getrouwd. Ik herinner mij nog goed, de pastoor vroeg op een gegeven moment aan mij: 'Neemt gij die en die tot uw vrouw?' Ik zei: 'U bedoelt die naast me staat?'

'Ja, met dat witte jurkje aan.'
'En met zo'n toefje voor de kop?'
'Ja, met dat toefje voor de kop.'

Dus ik keek haar zo eens aan. En het leek me eerlijk gezegd een wat onnozel tiep. Dus ik zei zo tegen die pastoor: 'Ze lijkt mij niet erg nozel. Maar laten wij het maar proberen.'

'Nee,' zei de pastoor, 'het is de bedoeling dat u "Ja" zegt en niet: "Laten wij het maar proberen."'
'Juist.'
'Dus voor de tweede maal: Neemt gij die en die...'
'U bedoelt die...'
'Ja, wit jurkje aan, toefje voor de kop, struikje in de hand... neemt gij die tot uw vrouw, ja of nee?'
Ik dacht: een beetje achterbaks lijkt ze me ook wel. Ik zei: 'Pastoor, niet al te nozel, achterbaks, maar ja, ik wil geen spelbreker zijn. Laten wij het maar proberen.'

'Nee,' zei de pastoor, 'het is de bedoeling...'
'O juist, het is de bedoeling dat ik "Ja" zeg en niet "Laten wij het maar proberen."'
'Precies, dus voor de derde en laatste maal: neemt gij die en die...'
'U bedoelt die...'
'Ja, wit jurkje aan, toefje voor de kop, struikje in de hand, niet al te nozele blik in de ogen en ook nog van achter de elleboog... neemt gij die tot uw vrouw, ja of nee?'
Ik zei: 'Ja! Laten wij het maar proberen.'

En zo koos ons huwelijksbootje het ruime sop. Zij in het vooronder en ik in het voorop.

Wij zijn veel te snel getrouwd, veel te snel. We hadden al heel jong verkering. Zij raakte in verwachting en toen zei iedereen tegen ons: 'Nu moeten jullie wel gaan trouwen.' Dus toen hebben wij allebei een contactadvertentie geplaatst...

Die van mij luidde: 'Jongeman zoekt langs deze onsympathieke weg dito vrouw.' Ik kreeg daarop één reactie van een vrouw die mij schreef: 'Laten wij afspreken in Hotel Royal. Ik ben een vrouw van dertig jaar oud, heb blond haar en ben twee meter veertig lang. Je kunt me herkennen aan een rode roos.'

Dat van die rode roos had zij er niet bij hoeven zeggen... Goh, wat was dat mens dik!

Paterswolde

Ik heb mijn vrouw leren kennen in Assen. We waren precies vier jaar getrouwd.

Ik heb haar destijds ontmoet in Paterswolde, op het naaktstrand van het Paterswoldsemeer. Ik heb haar daar op een beetje vreemde manier ontmoet. Dat komt, ik ren nogal veel op zo'n naaktstrand, want soms als er een vrouw voorbijkomt, ben ik wel eens bang dat ik een erectie zal krijgen en om haar en mijzelf niet in verlegenheid te brengen, spring ik maar snel even het koude water in. Soms komt er iemand voorbij van wie ik zeker weet dat ik geen erectie zal krijgen, maar om niet onbeleefd te lijken, spring ik toch maar snel even...

En terwijl ik zo heen-en-weer aan het rennen was, kwam ik een oude bekende tegen die mij voorstelde aan een zekere meneer en mevrouw De Bruin. Hij zei: 'Mag ik je voorstellen, meneer en mevrouw De Bruin.' Ik keek... en ik keek regelrecht in het liefste gezichtje dat ik ooit van mijn leven had gezien. Maar ook mevróúw De Bruin mocht er wezen.

Dus ik rende dubbel zo hard weer naar het water. De heer en mevrouw De Bruin renden een eindje met me mee. Onderweg werd ik voorgesteld aan hun dochter. Met haar ben ik die avond Paterswolde in geweest. Na afloop heb ik haar naar huis gebracht, omdat ze niet alleen in het donker over straat durfde... daarna heeft zij mij naar huis gebracht, omdat ik ook niet alleen in het donker over straat durfde... vervolgens bracht ik háár weer naar huis en zij míj weer, net zo lang tot het licht werd.

Ik ben uiteindelijk met Linda de Bruin getrouwd. Linda en ik betrokken een huisje in de driehoek: Assen-Rolde-Rome.

We kregen daar binnen het jaar een kind. Het was een pijnlijke bevalling. De geboorte van onze dochter was dan ook een weinig vrolijke aangelegenheid. Het enige dat er opgewekt aan was, waren de weeën.

Toch vreemd dat de bevalling van onze dochter zo verschrikkelijk lang duurde, terwijl de verwekking ervan in een vloek en een zucht was gebeurd. De zucht was van mij, de vloek van mijn vrouw.

Het meest pijnlijke aan de bevalling was wel dat het kind zo verschrikkelijk lelijk was, ja echt, het was een foeilelijk kind. Het klinkt raar, maar toch zijn mijn vrouw en ik wel blij met ons kind, want ziet u: Linda en ik, we hadden wel heel bewust gekózen voor een kind. Niet direct dát kind... maar toch wel *een* kind.

Een lief kind

Toen ons dochtertje net geboren was gebeurde het wel eens dat het kraambezoek naar de wieg liep en zei: 'Ja, ja, o, tja... ja. 't Is een mooi kind, hoor. Tuurlijk is 't een mooi kind, ben je gek, wat zullen we nou krijgen. Nee hoor, het is best wel een mooi kind.'
Kijk, dat zou ik nooit doen. Als een kind echt niet mooi is, zou ik niet gaan huichelen. Ja akkoord, je kunt moeilijk zeggen: 'Wat is dát een lelijk kind!' Dat kan niet. Wat ik altijd doe als een kind niet zo mooi is, dan zeg ik: 'Het is een líéf kind.'

Onze buren bijvoorbeeld, die kregen een ontzéttend lief kind. Toen heb ik ook heel eerlijk gezegd: 'Dit is het liefste kind dat ik ooit heb gezien.'

Het zit nu in het tehuis voor lieve kinderen.

Klein Duimpje

Klein Duimpje woonde aan de rand van een groot bos. Klein Duimpje was niet groot. Nee, Klein Duimpje was een klein mannetje! Het was een REUSACHTIG KLEIN mannetje. Hij was niet groter dan zijn eigen duim! Nu moet ik er wel bij zeggen dat hij een behoorlijk grote duim had.

Op zekere dag liep Klein Duimpje op weg naar zijn lieve grootmoeder door het grote bos. Om niet te verdwalen had zijn stiefmoeder hem afrikanenzaad meegegeven. Dat is niet racistisch bedoeld, met afrikanenzaad bedoel ik gewoon die kleine, zwarte korreltjes waar die leuke gekleurde bloempjes uit voortkomen.

Al wandelend strooide Klein Duimpje het afrikanenzaad achter zich, zodat hij straks de weg naar huis zou kunnen terugvinden. Het was nog een heel end naar oma. Oma woonde helemaal bij het sprookjeskasteel. Klein Duimpje liep maar en hij liep maar, tot hij kwam bij één grote, kale vlakte, waar middenop een bordje stond met: 'Er was eens een kasteel.'

Daar was hij bij oma's huisje aangekomen. Klein Duimpje hield van oma. En enthousiast begroette hij het oude wijf:
'Daag, oud wijf.'
'Daag, Klein Duimpje.'

Door de kou had Klein Duimpje een fikse snottebel aan z'n neus hangen. En hij had geen zakdoek bij zich. Dan oma maar een knuffel gegeven. Hij hield immers van oma.

'Oma, blijft u maar lekker liggen, dan maak ik voor u een lekker kopje koffie. Hoe wilt u de koffie hebben?'
'Ik wil niet racistisch zijn,' zei oma, 'maar ik heb hem het liefste zwart.'
'O, oma! Wat heeft u een grote oren! En oma, wat heeft u een grote mond! En oma, wat heeft u een dikke reet!'
'Ja, Klein Duimpje, schenk nou die koffie maar in, hè.'

Om klokslag vijf voor elf nam Klein Duimpje weer afscheid van oma. Ja, raar hè, klokslag vijf voor elf, ik vond het ook raar, maar ik weet zeker dat het klókslag vijf voor elf was, want oma zei nog: 'Klein Duimpje, kun je de volgende keer die klok eens voor mij nakijken?'
'Tuurlijk oma.' Want er zat een groot hartje in dat Kleine Duimpje.

'Zul je voorzichtig zijn onderweg?' vroeg oma nog. 'Je stiefmoeder maakt zich toch al zo gauw ongerust. De vorige keer was je met je kleine zusje, en die is door de grote boze wolf in twee stukken gebeten.' Klein Duimpje zei ad rem, grappig als hij was, dat zij toch al een halfzusje was.

Vrolijk lachend namen ze afscheid. Wandelend door het grote bos dacht Klein Duimpje: waar is nou al dat afrikanenzaad gebleven? In het hele bos zag hij niet één zaadje meer. Wel bloeiden er overal afrikanen. Hij zag door de afrikanen het bos niet meer. Ook dit is niet racistisch bedoeld.

Klein Duimpje liep maar en hij liep maar. En zo verdwaalde Klein Duimpje. Hij wilde de weg vragen, maar waar hij was aangeland, praatten de mensen allemaal Frans. Hij was in Frankrijk!
En van den vreemde had hij geen verstand. Het enige Frans dat Klein Duimpje kende was du vin, du pain, du Boursin, zodat hij van de ene kruidenier naar de andere werd gestuurd.

Stuurloos dwaalde Petit Poucet met zijn duimstok door den vreemde. Het werd al donkerder en donkerder. En Klein Duimpje hoorde allemaal geluiden die hij niet thuis kon brengen. Want hij was verdwaald.

Klein Duimpje werd bang, vreselijk bang.
Hij begon te huilen... Vreselijk te huilen...
Op dat moment was ons kind stil...
Maar ja, toen had ik Klein Duimpje aan het huilen...

Verhaaltje voor het slapengaan

Er was eens een fee, nou goed? Die fee woonde in een ver, ver land. Lang, heel heel lang, o, die fee was ontzettend lang.

Die fee was zó verschrikkelijk lang dat er een speciaal rijtuig voor haar moest worden gebouwd. Stond er ook op: 'fee-vervoer'.

Die fee was geen goede fee. Nee, het was een heel verkeerde fee. Het was bijna een ef. Zo, en nu gaan slapen, hè, verdorie.

De Calvarieberg

Dit verhaal speelt zich af op de Calvarieberg. U moet zich voorstellen, dit is de Calvarieberg en er komt zojuist een ezeltje de berg opzetten. Het is een klein ezeltje. Echt zo'n ezeltje waarvan je zegt: potverdikkeme, wat een klein ezeltje.

En óp dat ezeltje zit Jozef van Arimathea. Gespeeld door Pim Jacobs.
'Ik kom het lichaam van de Heer halen,' zegt deze.
'Komt niks van in,' zegt de soldaat.
'O nee?' zegt Pim Jacobs. 'Weet u wel tegen wie u het heeft? U heeft het tegen Jozef van Arimathea!'
'Huh,' zegt de soldaat, 'al was u Pim Jacobs.

U krijgt hem niet mee.'
'A wel, nondeju zunne, wat doedege nou, hè? Nen bietje den plezanten uithangen, hè?'
'Kom, kom,' zegt de soldaat, 'u hoeft niet zo gebelgd te doen.

Hier, kijk eens, u mag de slechte moordenaar wel meenemen.'
De slechte moordenaar heette *de slechte moordenaar*, omdat het hem nog nooit was gelukt iemand te vermoorden.

En Pim Jacobs zegt: 'Is wel goed, dan neem ik die wel mee.' Ja, Pim is niet iemand die daar moeilijk over doet.

'Maar kijk wel een beetje uit,' zegt de soldaat, 'want er komen twee rabbi's de berg opzetten, en ik heb gehoord dat die achter Jozef van Arimathea aanzitten.'

'Potverdikkeme,' zegt Pim Jacobs. Hij stapt op zijn ezeltje, dat hele kleine ezeltje, waarvan je zegt: potverdikkeme, wat een klein ezeltje, en loopt de berg af.

De twee rabbi's, die gelukkig nog niets in de gaten hebben, houden halverwege de berg stil en de ene rabbijn zegt tegen de andere rabbijn: 'Helegaja baboeboe, moestafa suzzekegajem.'
Dus die andere rabbijn denkt: 'Ik haal er even een tolk bij...'

En die gaat op pad. Die gaat op *soeffi*. *Soeffie* is Hebreeuws voor *pad*. En midden in Jeruzalem komt hij Pim Jacobs tegen en hij zegt: 'Ha die Jacobs.'
'O,' zegt Pim, 'je mag wel Jozef van Arimathea zeggen, hoor.' Dat is dan weer Hebreeuws voor: Pim Jacobs heeft zich mooi verluld.

Dat zegt de rabbijn ook, hij zegt: 'Nou Jacobs, je hebt je mooi verluld, jong.'
'Ja,' zegt Jacobs, 'ik ben er ook bang voor, wat moet ik daar nu aan doen?'
'Ja, volgens mij is daar weinig meer aan te doen.'
'Jawel, maar wat zou ú doen als u míj was?'

'Kijk, als ik ú was, dan zou ik mij een flinke trap voor de poten verkopen.' Dus Pim Jacobs haalt uit...!
Nou, en dát moet je doen, zeg. Een rabbijn voor de poten trappen... Hartje Jeruzalem een rabbijn voor de poten trappen... Dan moet je eens kijken wat er gebeurt: van heinde en ver kwam het volk toegestroomd en woof Pim Jacobs toe met palmtakken en zong: 'Hosanna, hosanna!

Leve Abraham, leve Isaäk, leve Jacobs!'

De blijde uittocht uit Jeruzalem leidde Pim Jacobs regelrecht naar de Berg der Zaligheden waar het volk hem smeekte: 'Toe Jozef van Arimathea, spreek tot ons!'
En een uur lang sprak Jozef met hen over het thema: waar eindigt muziek en begint jazz.

Urbi et Orbi

Urbi et Orbi lopen door een groot bos. In de verte nadert een man met een hond. Orbi kent de hond. Hij beseft dat het beest vals is. Orbi gaat er daarop vandoor, de hond achtervolgt hem en grijpt zich vast in Orbi... De man begroet Urbi en vraagt om toiletpapier.
'Toiletpapier,' zegt Urbi, 'wat moet ik midden in het bos met toiletpapier?'
'Nou,' zegt de man, 'ik heb nogal een sterke drang en ik heb geen papier bij mij.'
'Heeft u dan ook niets anders bij u, een zakdoek of zo? Of een tissue?'
'Nee,' zegt de man, 'alleen een briefje van honderd. Maar daar begin je zo weinig mee.'
'Ik kan wel wisselen,' zegt Urbi.

Dat klinkt hoopgevend. Urbi vraagt zelfs hoe de man het gewisseld wil hebben.
'Nou,' zegt de man, 'als ik het voor het zeggen heb: Twintig briefjes van vijf, dat lijkt mij het meest praktisch.' Hij schreeuwde bijna.
'Ho, ho, ho,' zegt Urbi, 'twintig briefjes van vijf. Nee, ik kan u wel helpen aan drie van vijfentwintig, vier van vijf en twee rijksdaalders.' De rijksdaalders mag Urbi houden.

In de tussentijd maakt Orbi angstige momenten door met de hond.

‘Hij is braaf, hij is braaf,’ roept hij aldoor.
‘Gek,’ denkt de hond, ‘hoe harder ik hem bijt, hoe braver hij me vindt.’ En niet eens zozeer omdat hij vals is, maar omdat hij denkt Orbi een plezier te doen, bijt hij zo hard hij kan.

De man is met Urbi wat dieper het bos in gelopen op zoek naar een rustige plek.
‘Kijk,’ zegt de man wijzend op een kleine zandverstuiving, ‘daar kan ik mooi m’n gang gaan.’ Bij het zien van al dat zand flitst het ineens door Urbi heen: ‘Verrek, daar had ik vorige week mooi wit zand vandaan kunnen halen.’ Maar ja, van de andere kant, wat moet hij met wit zand?

‘Laat u mij even alleen?’ zegt de man.
‘Tuurlijk,’ zegt Urbi en terwijl Urbi terugloopt bekijkt hij het briefje van honderd dat hij zojuist heeft ontvangen. Een vermoeden dat het briefje vals is bijt hem. Bijt hem? Orbi! Orbi zit nog steeds met die hond opgescheept! Urbi treft Orbi, die nog steeds ‘Hij is braaf, hij is braaf!’ roept, zwaar gewond aan.
‘Af, lillijke rothond!’
Goddank, denkt de hond, die Orbi wist van geen ophouden.
‘Orbi, we zijn erin geluisd!’ fluistert Urbi.
‘Het is een onsje meer, mag dat?’ antwoordt Orbi die door de emoties de juiste woorden niet kan vinden.

In de tussentijd trekt de man zijn broek weer op. ‘Ziezo,’ zegt de boef (de man is een boef), ‘die wisseltruc is prima gelukt, alleen...’ Een beetje beteuterd kijkt hij naar het geld

dat behoorlijk bevuild op de grond ligt. Tsjonge, tsjonge, wat had hij huisgehouden! Achteraf bezien had hij de rijksdaalders ook wel kunnen gebruiken.
Wat moest hij nou met dat zo begeerlijke maar bevuilde geld? 'Ach wat,' zegt de man resoluut, 'geld stinkt niet,' en stopt de buit in zijn portemonnee.

Nog een paasverhaal

Een parabel. Sam en Moos, of nog sterker: het gehele Israelische volk, zwierf veertig jaar door de woestijn.
Nog een parabel.

Er was eens een pianist en een presentator. Rita Reys trouwde ermee en zo ontstond het trio Pim Jacobs.

En dat trio werd beroemder en beroemder, tot ze kwamen bij een groot bos.
En midden in dat bos woonde een familie: de familie Bos, bestaande uit meneer Bos, mevrouw Bos, en hun oude moeder: mevrouw Bosma.

Op zekere dag zei God uit de hemel, the Big Bos: 'Ik geef ze Mijn zegen. Kun je lachen.' Zo gezegd, zo gedaan. Hij gaf ze Zijn zegen en lachen, lachen...! De familie Bos kreeg kinderen, kleinkinderen, achterkleinkinderen. Afijn, de familie Bos had zich in een mum van tijd in dat woud zo enorm uitgebreid dat je door al die Bossen de bomen niet meer zag.

En op zekere dag zei mevrouw Bos tegen meneer Bos: 'Meneer Bos, niet om het een of ander, maar het wordt hier een beetje krap.'
'Ja,' zei meneer Bos, 'en weet je hoe dat komt? Dat komt omdat de familie Jacobs naast ons is komen wonen.'

‘Precies,’ zei mevrouw Bos, ‘dat komt omdat de familie Jacobs naast ons is komen wonen. Laten wij die eruit zetten.’
‘Ja,’ zei meneer Bos, ‘laten we die eruit zetten.’
Afijn, de familie Bos ging naar de familie Jacobs en zei tegen de familie Jacobs: ‘Familie Jacobs, niet om het een of ander, maar eh... moven!’ En Pim Jacobs zei: ‘O, dat is wel goed.’

Ja, Pim is niet iemand die daar moeilijk over doet.

Paaseitjes

Patrick heeft paaseitjes meegenomen naar school. 'Hou de eitjes nog maar even bij je,' lacht juf, 'want ik ga jullie voorlezen.' Patricks wangetjes worden vuurrood als hij hoort dat juf gaat voorlezen uit: 'De cursus omgaan met teleurstellingen gaat wederom niet door'. Dat is Patricks lievelingsboek. Vooral dat stuk over paaseitjes, daar moet hij altijd zo vreselijk om lachen. Zo'n malle Patrick toch. Hij wou dat híj zo leuk was. En Patrick houdt de paaseitjes nog wat steviger vast.

'Ik geloof dat ik moet overgeven,' piept Chantal naast hem. O jé, Chantal is helemaal wit weggetrokken. 'Juf, juf!' Patrick is van zijn stoel opgesprongen en roept: 'Juf, Chantal is misselijk en de eitjes braken.'
'Juf, Chantal is misselijk.' En de eitjes braken. Kapot op de grond.

'Ach, kijk toch eens wat voor een rotzooi ik gemaakt heb,' huilt Patrick. 'Hindert niks,' lacht juf, 'die paar eitjes, zolang het geen braaksel is.' Dat laat Chantal zich geen twee keer zeggen.

Op dat moment komt meneer Van Dam van de zesde klas binnen en zegt: 'Pardon, juffrouw Van Dijk, maar ik heb gehoord dat sommige van uw kinderen, wanneer zij naar de wc gaan, in elkaars drinkbekertje plassen.'

'Ach, meneer Van Dam,' lacht juf, 'ik wilde zojuist gaan voorlezen. Komt u er even bij zitten?' Meneer Van Dam pakt een stoel, gaat zitten, sluit zijn ogen en sterft vredig.

'Wat is er met meneer Van Dam gebeurd?' vraagt Mike.
'O, die is zojuist gestorven,' lacht juf. 'Zo, dat is een mooie dood,' vindt Mike. Ja, dat vindt Gregory ook. En Cérise en Herko en Rin Tin Tin.

'Mag ik even naar de wc?' vraagt Dennis.
'Is goed,' lacht juf, 'maar je weet wat meneer Van Dam gezegd heeft, hè? In je eigen bekertje plassen!'

Kapot

De heer van Dam wordt naar het ziekenhuis gebracht, waar hij komt te liggen op de interne afdeling. Hij moest eigenlijk naar het lijkenhuisje, maar de nachtzuster had haar dag niet.

De volgende ochtend zit de nachtzuster met de hoofdzuster koffie te drinken als er plotseling een verpleegster de koffiekamer komt binnengerend die tegen de nachtzuster zegt:
'Nachtzuster, de patiënt van kamer 23 wil niet eten.'
'Is het soms Van Dam?' zegt de nachtzuster.
'Ja,' zegt de verpleegster, 'het is Van Dam.'
'Nou, dat is geen wonder, want Van Dam is kapot.'
'O ja? Is Van Dam kapot?'
'Ja, Van Dam is kapot.'
'Goh, dat Van Dam kapot is.'
'Ja, ik weet het ook niet, hij was in één keer kapot.'
'Wat is dat voor taal,' zegt de hoofdzuster, 'Van Dam is kapot. Zo praat je toch niet over patiënten! Menéér Van Dam is kapot!

Bovendien, wat doet hij dan op de interne afdeling? Hij moet dan toch naar het lijkenhuisje? Het lijkt wel of ik hier de enige normale ben!' Ze staat op, loopt naar kamer 23 en zegt: 'Meneer Van Dam, komt u maar mee, hoor, u kunt naar het lijkenhuisje.'

Daar krijgt het ANP *moeilijkheden mee*

Goedemorgen luisteraars, het is vandaag 1 april. De juiste tijd is vijf voor negen, 1 april, het is tien voor negen, 1 april, het is toch vijf voor negen, en op deze 2de april, 1 april, beginnen wij met nieuws in het kort:

In Almelo zijn twee treinen op elkaar gebotst. Twee mensen overleden onmiddellijk. Drie na enig aandringen.

Op de Afsluitdijk is een caravan van de weg geblazen: éénmiljoenzevenhonderdduizendenzesenzestig mensen konden worden gearresteerd.

Sauna is goed voor astma. Uit een onderzoek is gebleken dat sinds astmapatiënten naar de sauna worden verwezen, het aantal astmapatiënten drastisch is gedaald.

Op de weg Klazienaveen-Coevorden is een fietser door een automobilist aangereden. Maar eerlijk luisteraars, ik kon er niks aan doen.

Het afgelopen jaar is bij de politie in Amsterdam het aantal klachten over geweld afgenomen, maar het aantal klachten over discriminatie toegenomen. Er werden dus méér kleurlingen mínder geslagen.

Glanerbrug heeft kabeltelevisie! Nadat de burgemeester van Enschede de kabel vanmiddag plechtig in gebruik heeft gesteld, kan Glanerbrug Sky Channel, Music Box, TV5, abonneetelevisie en de Russische televisie ontvangen. Wanneer Glanerbrug riolering krijgt is nog niet bekend.

De beroemde modeontwerper Hennie de Bruin is zojuist bij een verkeersongeval om het leven gekomen. Hij werd overreden door een beige vrachtwagencombinatie.

Dan volgt nu het nieuws voor doven en slechthorenden:
GLANERBRUG HEEFT KABELTELEVISIE!!!

Harke höje, ölsen heïj, knarre neije, hei.
Verder buitenlands nieuws:

De betonpaal die vanaf een viaduct op president Reagan is gegooid, heeft overal in de wereld voor heftige reacties gezorgd. Premier Thatcher sprak van moord, premier Lubbers van een betonpaal.

In Wenen is een standbeeld met hakenkruizen beklad. De Oostenrijkse president Waldheim heeft hier bijzonder heftig op gereageerd. 'Het was potverdikkeme het laatste standbeeld met hakenkruizen dat we nog hadden,' aldus de president.

Sport:
De Franse wielrenner Jacques Maton is gepasseerd in het klassement maar behoudt de gele leiderstrui. Weliswaar

heeft hij 34 minuten verloren, maar hij behoudt de gele leiderstrui. Er is met hem gepraat, men heeft geprobeerd hem ervan te overtuigen dat het niet eerlijk is. Maar Jacques behoudt de gele leiderstrui.

Jeu de boules: In Parijs werd het Europees kampioenschap Jeu de boules gehouden. Vijf landen deden een gooi naar de prijzen en moesten worden gediskwalificeerd.

Biljarten: Eveneens in Parijs werd het wereldkampioenschap tien over rood gehouden. De Nederlander Hennie Jansen werd voor de zesde achtereenvolgende keer tweede, wat dat betreft begint hij al aardig op Joop Zoetemelk te lijken... die kon ook niet biljarten.

Het weer: Er worden middagtemperaturen verwacht van één uur 's middags tot zes uur 's avonds.

Er waait een zachte zuidoostelijke wind en met 22 graden wordt het een aangename dag. Met 36 graden wordt het een hete dag en met 2 graden wordt het een frisse dag.

Verder verwacht het KNMI gladheid in het hele land met uitzondering van de Antillen.

Tot zover het nieuws.
Dan volgt nu een waarschuwing voor de scheepvaart: pas op!

De heer B. Botje

Een oproep voor de heer B. Botje, varende met zijn schip richting Zuidlaren. De heer Botje wordt verzocht contact op te nemen met de ANWB-alarmcentrale, nummer 1234567.
Zijn familie in Amerika vraagt zich af waar hij blijft.

Willem Wever

Zo dadelijk kunt u luisteren naar: Wie weet waar Willem Wever woont, waarin ingegaan wordt op een vraag van een luisteraar uit Bennekom, die graag wil weten of trouwen met de handschoen 's winters vaker voorkomt dan 's zomers.

Brandstoftank

De brandstoftank die verloren is door een Amerikaanse straaljager is terechtgekomen in het Drentse Klazienaveen. Twee vrouwen moesten naar de dokter. Op weg daar naartoe kregen zij de brandstoftank op hun hoofd. Daarop moesten zij naar de dokter. De betreffende arts is ter verantwoording geroepen. De vrouwen troffen derhalve de arts niet thuis en moesten onverrichter zake weer naar huis terugkeren. Op weg naar huis kregen zij een tweede brandstoftank op hun hoofd. Daarop moesten zij naar de dokter. De piloot is ter verantwoording geroepen. Op weg naar zijn superieuren verloor hij twee brandstoftanks die terechtkwamen in het Drentse Klazienaveen. Er werd niemand gewond. Aanvankelijk was er nog sprake van twee vrouwen die naar de dokter moesten, maar door een ons niet bekende oorzaak is die afspraak verzet.
De schrijver van dit stukje is ter verantwoording geroepen.

Joop Huizinga

De Amerikaanse astronaut Joop Huizinga, die dertien jaar geleden in een aanval van schizofrenie uit zijn capsule is gestapt, zal zeer binnenkort in twee stukken op aarde terechtkomen. De plaats waar de astronaut zal inslaan, moet rekenen op gevolgen van rampzalige omvang. De minister van Binnenlandse Zaken heeft al gezegd dat de plaats van inslag in ieder geval niet in Nederland zal zijn. In welk land deze dan wel zal zijn, daar wil de minister zich niet over uitlaten. De minister van Buitenlandse Zaken echter zegt dat de minister van Binnenlandse Zaken alleen maar beweert dat de plaats van inslag niet in Nederland zal zijn, omdat hij minister van Binnenlandse Zaken is. En volgens de minister van Buitenlandse Zaken zal de plaats van inslag in ieder geval niet in het buitenland zijn. In welk land deze dan wel zal zijn, daar wil ook deze minister zich nog niet over uitlaten.

De diepte in

Op 3 augustus 1992 zat ik bij de radio en ik hoorde:

In Bosnië zijn opnieuw vele doden gevallen bij een zwaar bombardement op Sarajevo.
In Belfast is de IRA *begonnen aan de hevigste serie aanslagen tot nu toe.*
De hongersnood in Somalië dreigt alle voorgaande te overtreffen.
Het aantal daklozen stelt de Amerikaanse staat voor schier onoplosbare problemen.
Tot zover het nieuws van 3 augustus.
Ik dacht: is toch wat. Is het al weer 3 augustus?

Deze opmerking is wel erg, hè? Maar neem me niet kwalijk, het is ook wel een rare wereld tegenwoordig. Het wordt alsmaar agressiever en racistischer. Ook in het theater: je kunt geen cabaretprogramma bezoeken of de grappen over minderheden vliegen je om de oren. Ik hou daar niet van. Dat is me allemaal veel te gemakkelijk. Binnenkort verschijnt er een cd getiteld 'Wij gaan naar Lourdes', een gezamenlijke productie van Manke Nelis, Koos Alberts en Jules de Corte en, ja natuurlijk, dan is het erg verleidelijk om daar vanachter je veilige schrijftafel of in een beschut theater een beetje flauw over te gaan zitten doen, maar ik vind dat niet nodig. Wíj zitten ons bij die grappen te verkneukelen, maar de gehandicapten moeten dat allemaal met lede maten aanzien. Jammer, jammer, jammer.

Klachten

Het is me opgevallen dat als je grappen maakt over lichamelijke ongemakken, juist de mensen die er zelf geen last van hebben zich er het meest aan storen. En van de gehandicapten zelf hoor je nooit wat. Ik heb tenminste nooit klachten uit die hoek gehad, nooit.
Ja toch, één keer. Ik maakte ooit een grap over een blinde man die bij de Gamma in Utrecht om een stok van negentig meter vroeg omdat hij de Domtoren wilde bekijken. Daar heb ik een kléín klachtje over mogen ontvangen. Maar verder heb ik nooit commentaar gehad.

Ja toch, één keer. Ik maakte ooit een grap over softenonpatiënten. Daar heb ik inderdaad wat klachtjes over mogen ontvangen. Maar niet eens veel, hoor, het was op de vingers van één elleboog te tellen. Verder nooit commentaar gehad.

Ja toch, één keer. Ik maakte een keer een grap over sneeuw die manshoog lag volgens Bart de Graaff. Daar heb ik een klein klachtje over gehad.

Maar verder nooit...

Eskimo's

Er wordt nogal vaak tegen mij gezegd: 'Waarom wil je nou met alle geweld zo leuk zijn? Paul de Leeuw doet dat toch ook niet?'

En natuurlijk, je kunt een verhaal vertellen met niets dan kolder, kolder en nog eens kolder; je kunt ook een verhaal vertellen met allemaal kolder en één serieuze opmerking, maar persoonlijk vind ik dat weer het andere uiterste.

Wat niet wil zeggen dat ik mij privé afzijdig hou van zaken als wereldvrede en strijd tegen racisme. Vooral de vredesbeweging ligt mij na aan het hart. Zo heb ik in het kader van de wereldvrede een boekje geschreven met duivenrecepten.

Met strijd tegen racisme houd ik mij ook bezig. Het leek me wel aardig om iemand in Zuid-Afrika op te bellen en te zeggen: 'Kijk uit, er zit een neger bij u in de tuin.'

Een beetje harde actie. Ik vond het alleen wat laf om het zo ver van huis te zoeken, dus ik dacht: weet je wat, ik bel iemand in Nederland op. En neem nu eens een willekeurige minderheid in Nederland: de eskimo's. Nu valt het misschien nog niet zo op, maar we hebben al een paar Elfstedentochten achter elkaar gehad en dat eskimovolk is primitief, dus dat fokt maar door en door, en op den duur

zitten wij met al die eskimo's opgescheept. Dus ik dacht: ik bel iemand in Nederland op en ik zeg: 'Kijk uit, er zit een eskimo bij u in de tuin!'
Het enige probleem: hoe wist ik nu of degene die ik aan de lijn had niet toevallig zelf een eskimo was. Dan zou het hele verhaal niet opgaan.

Ik heb dat als volgt opgelost. Ik draaide een willekeurig nummer in Nederland, aan de andere kant van de lijn hoorde ik:
'Met die en die.' Ik zei: 'Hoeveel is twee maal twee?'
'Vier.'
'Er zit een eskimo bij u in de tuin.'

Kijk, dat soort dingen doe ik dus ook wel. Dat u niet denkt: nou, die Finkers die interesseert het geloof ik allemaal maar niks. Dat zou ik jammer vinden.

Homo sapiens

Het getuigt van een primitief inzicht de mensheid in te delen in diverse soorten. Wij zijn immers biologisch gezien allemaal een en dezelfde soort. Wij zijn allemaal Homo sapiens.
Vroeger niet. In de prehistorie had je echt nog wel verschillende menssoorten. Je had bijvoorbeeld de Homo sapiens, die al vrij uitgebreid dacht. Je had ook de Homo erectus, maar die dacht maar aan één ding...

Dus die Homo erectus heeft al gauw het veld moeten ruimen voor de Homo sapiens. En uiteindelijk bleef alleen de Homo sapiens over. Dus wij allen zijn Homo sapiens: de eskimo is een Homo sapiens, maar ook: de mens is een Homo sapiens.

En ook de homo, is een sapiens.

Mooi Kloten

Er is een vliegveld dat ligt bij het Zwitserse plaatsje Kloten.
Kloten ligt vlak bij Basel. Of Zürich. Basel of Zürich, maakt ook niet uit: het blíjft Kloten.

Ik ken het omdat ik er ooit een tussenlanding heb gemaakt. Het was een mooie rustige landing en ik zei tegen de passagier naast mij: 'Wat landt zo'n vliegtuig zachtjes, hè.'
'Ja, natuurlijk landt zo'n vliegtuig zachtjes, wat dacht u dan?'
'Nou, zo natuurlijk vind ik dat niet, want een vliegtuig vliegt doorgaans nogal snel. Het vliegt wel eens sneller dan het geluid, maar wat ik zo frappant vind, het zal nooit sneller dan het geluid landen.'
'Nee, natuurlijk niet, dan krijg je onwerkbare situaties. Dan hoor je in de verkeerstoren: "Hallo, mogen wij landen?" En dan staat hij er al...'

De aansluitende vlucht liet nog een uurtje of twee op zich wachten. Ik dacht dan loop ik wel even de stad in en koop een paar leuke ansichtkaarten. Van Mooi Kloten.
Dus ik vroeg aan diezelfde medepassagier: 'Weet u waar hier het centrum van Kloten is?'
Hij zei: 'Na twee minuten linksaf.'
Ik wachtte twee minuten en ging linksaf.

Afijn, ik liep zo wat te wandelen door die kleine stad,
het was zondag in dat kleregat,
winkels dicht, kroegen gesloten.
Ik dacht bij mezelf:
Dit is dus...

Aan mijn zwangere buurvrouw

Sorry.

Aaltje

Ik ontmoette Aaltje op een bruiloft. Na lang aarzelen stapte ik op haar af en ik vroeg: 'Mag ik deze polonaise van u?' Het mocht. Helaas was het nogal een stijve bruiloft en werd er alleen maar stijl gedanst. Tot ik zag dat heren elkaar aftikten en zo elkaars danspartners overnamen. Ik tikte net zolang heren af tot ik een polonaise van dames bij elkaar had.

Na afloop belandde ik naast Aaltje aan de grote tafel. 'Ik heb je een keer aan de telefoon gehad,' zei Aaltje. 'Je bent eigenlijk wel precies zoals ik me je door de telefoon had voorgesteld.' Ik nam me voor in het vervolg wat beter op mijn taalgebruik te letten.

'Wil je een pepermuntje?' vroeg ik.
'Nee, dank je,' zei Aaltje.
'Wil je een kauwgumpje?'
'Nee, dank je.'
'Wil je een Fisherman's friend?'
'Nee, dank je.'
'Wil je dan misschien een doekje voor je mond?'

'Kus me,' zei Aaltje.
Ik deinsde terug. Aaltje had namelijk een Amsterdams accent en ikzelf een Twents. En ik was bang dat als ik zou tongzoenen met iemand met een andere tongval, dat dat in de knoop zou raken.

Aaltje wilde ook al gelijk met mij naar bed. Niet uit geilheid, zei ze, maar uit verliefdheid. Nou, dan was ze wel boterverliefd.

Ik vond dat we maar eerst moesten trouwen en zo stonden wij op 15 juni als bruidspaar voor het altaar. Bij het verlaten van de kerk werden we van alle kanten bekogeld met witte rijst. Aaltje keek beteuterd. Ik zei: 'Het is heel gebruikelijk, hoor, om met witte rijst te gooien.'
'Ja,' zei Aaltje, 'maar niet met gekookte...'

Die avond droeg ik mijn Aaltje over de drempel van de bruidssuite. De bruidssuite viel tegen. De enige romantische aankleding was een poster van Roger Moore.
'Hij ziet er fantastisch uit voor zijn 60 jaren,' zei Aaltje.
'O, als ik 60 ben, dan zie ik er ook wel zo uit.'
'Dan pas?' zuchtte Aaltje.

Kort na ons trouwen zijn Aaltje en ik uit elkaar gegaan. We hebben ons daarna gedoucht en aangekleed en deden gelijk ons beklag bij de receptie: 'We dachten dat er video zou zijn in de bruidssuite, maar we hebben niks gezien.'
'Nee,' lachte het personeel, 'maar wij wel.'

We zijn toen maar gelijk naar Almelo gegaan, waar we een leuk huisje hadden gekocht. We woonden graag in Almelo, we woonden ook in een heel gunstige buurt. We hadden alles bij de hand. Het Riagg, het JAC, het afkickcentrum, het vrouwenopvanghuis...

We kwamen geheel nieuw in de straat en om een beetje contact te zoeken met de buurt ben ik gaan exhibitioneren.
Iedere avond ging ik met m'n regenjas op pad. De buurt reageerde geschokt. Maar het gekke is dat een exhibitionist dat juist plezierig vindt. Na een uitzending van *Rondom 10* reageerde de buurt ineens heel begripvol. Toen vroeg ik mezelf wel af: ja, waar doe ik het eigenlijk nog voor.

Al vrij snel na ons trouwen wilde Aaltje een kindje. En zo kon het gebeuren dat ze zwanger raakte. Als het een meisje werd dan zou ze Koreander gaan heten. We hoopten dan ook dat het een jongetje werd.

Kort voor de bevalling ben ik met Aaltje meegeweest voor een echo-onderzoek. We liepen de behandelkamer binnen: 'WAT MOET DAT HIER!'
'Goh,' zei de dokter, 'ik werk hier.' Ik zei: 'Dan is het goed.'

'Kan ik u helpen?' vroeg de dokter.
Ik zei: 'Nee, we kijken alleen maar even rond.'

'Jawel!' zei Aaltje. 'Ik kom voor een echo-onderzoek.'
En zo maakten we voor het eerst kennis met Koreander.
Kort na de geboorte werd Koreander erg geel. Dus ik belde de dokter en zei: 'Dokter, ons kind wordt zo geel.'
'Erg geel?' vroeg de dokter.
'Ja, behoorlijk geel.'
'Jawel, maar ook dat je zegt góéd geel?'
'Ja, goed, diepgeel.'

'Heeft ze ook spleetogen?'
Nee, dat had ze toch niet.
'Fluit ze dan misschien, dat ze de hele dag in zo'n kooitje op een stokje zit te fluiten?'
'Nee, ook niet.'

Toch was dat nog niet zo raar gedacht van de dokter, want na een halfjaar kon ons kind al een beetje fluiten. Wanneer ik haar in haar badje deed, begon ze spontaan te fluiten.
Mijn vrouw zei later dat tachtig graden te warm was.

De laatste tijd zit ons dochtertje in de nee-fase. Ze wil niet meer hebben dat ik haar naar bed breng. Twintig jaar terug was dat nooit een probleem.

Aaltje – vervolg –

Mijn vrouw heeft zich onlangs van mij laten scheiden. Het begon allemaal met een alcoholprobleem. Ik zei op een avond tegen mijn vrouw: 'Aaltje, zullen we weer eens gezellig ouderwets naar het café gaan?'
'Ja,' zei Aaltje, 'dat is een goed idee.'
Eenmaal in het café nam Aaltje een jenever en ikzelf nam een cola én een jenever. Dat doe ik wel vaker, dan bestel ik een cola én een jenever. Eerst even iets voor de dorst, en dan zo'n lekkere cola erachteraan...

Een tafeltje verderop zaten onze buren. Die zeiden: 'Die jenevers zijn van ons, hoor!'
'O, nou dank u. Proost.'
Maar ja, die buren bléven ons maar jenevers aanbieden. Dus op een gegeven ogenblik zei Aaltje tegen mij: 'Heb jíj eigenlijk al een keer wat aangeboden?'
'Ja hoor, ik heb net aangeboden om het wat kalmer aan te doen.'

Ter ontnuchtering bestelden we koffie.
'Wilt u verse koffie?'
'Oude koffie is ook wel goed, hoor.'
'Dan moet u even geduld hebben.'
'Dat geeft niks, brengt u ons ondertussen maar weer twee jenevers. Of weet u wat? Doet u maar een rondje voor de hele zaak. Tenminste, als ik u niet te veel op kosten jaag.'

‘Wie rijdt er eigenlijk?’ vroeg Aaltje. Ik zei: ‘Ik heb me net moed ingedronken, dat lukt me wel.’ Even later trapte ik het gaspedaal in en de auto ging zienderogen achteruit.

‘Zo,’ zei een voorbijkomende politieman, ‘dat is een beste deuk. Zeker gedronken?’
‘Mijn man heeft geen alcohol nodig om zijn auto total loss te rijden,’ zei Aaltje.

De blaaspijpjes waren op en bij wijze van alternatief moest ik op een witte streep gaan staan. Afijn, ik stond zo een tijdje op die witte streep...
‘Zo!’ zei die agent, ‘u staat keurig rechtop.’ Ik zei: ‘Ja, vind je het gek. Ik sta stijf van de drank.’

‘Meent u dat?’
‘Nee hoor, dat was maar een grapje. Ja, ik maak altijd een grapje als ik een borrel opheb.’

‘Wilt u de bloedproef ondergaan?’ Ik heb niks gezegd.
‘Dus u hebt de bloedproef geweigerd,’ zei even later de commissaris op het bureau.
‘Nee hoor, ik was gewoon te dronken om ja te zeggen.’

‘Tja, dan zult u toch een nachtje hier moeten blijven. Haal uw zakken maar leeg.’ Ik haalde m’n zakken leeg en er kwam een aansteker van Yab Yum tevoorschijn. Mijn vrouw werd ontzettend kwaad: ‘JIJ ROOKT WEER!

En dat ellendige gezuip van jou ben ik ook zat. Ik ga weg en ik kom nooit meer terug!’

Ik kneep hem wel. De volgende ochtend belde ik in paniek naar huis. Ik kreeg een wildvreemde jongeman aan de lijn. Ik zei: 'Wat moet jij bij m'n vrouw!?'
'Ik moet oppassen, meneer.'
'Jij moet zeker oppassen. Waar is m'n vrouw?'

'Uw vrouw is er niet, maar ze heeft wel een adres achtergelaten.'
Dat bleek het adres te zijn van het vrouwenhuis. Ik naar het vrouwenhuis. Ik kwam bij dat vrouwenhuis, ik bekeek dat gebouw zo eens een beetje: ongewassen gordijnen, stof op de vensterbanken, ramen niet gelapt... Ik dacht, dit kan nooit een vrouwenhuis zijn.

Maar ja, je kunt nooit weten, dus ik belde aan. Deed Aaltje open! Ik zei: 'Wat doe jij hier?'
'Ik leer voor mezelf op te komen.'
'Meekomen, dat kun je thuis ook wel.'

Aaltje bleef wekelijks contact houden met het vrouwenhuis. Op een avond kwam er politie bij ons aan de deur: 'Meneer, de bus met de groep vrouwen waar uw vrouw deel van uitmaakte, is op weg naar het vrouwencongres met alle inzittenden verongelukt.'
Ik zei: 'Aaltje! Kom jij eens hier... Waar had jij vandaag naartoe gemoeten!?'

Aaltje keek me onthutst aan en zei: 'Ik ga nu echt weg! En ik kom nooit meer terug!'
De scheiding van Aaltje viel mij zwaar. Ik was zo aan haar gehecht dat ik operatief verwijderd moest worden.

Tuinieren met de buren

Onze buren hebben voor hun gazon een motormaaier. Kijk, dat vinden wij weer overdreven luxe. Onze tuinman kan dat wel met de hand doen.

Toch kan ik wel goed opschieten met de buren. Eens per jaar knippen de buurman en ik samen de heg. Als het karwei geklaard is, zegt de buurman altijd gelijk: 'Ik zet even koffie, dan kom je zo dadelijk bij mij een welverdiend kopje koffie drinken.' Dit jaar wilde ik de buurman voor zijn, dus ik zei: 'Buurman, zet jij even koffie?'

De moderne beeldende kunst

Ik moet bekennen dat moderne beeldende kunst mij zelden bekoort, het is toch vaak niet meer dan – om mijn moeder te citeren – 'Nen klodd'n hier, nen klodd'n doar en et kunstwerk is weer kloar.' En als je dan het resultaat bekijkt, dan zeg je: 'Ja, dat kan mijn zoontje van vier ook.' Bekijken we bijvoorbeeld dit kunstwerk, van de Fransman Picard, die leefde van 1920 tot 1924...

dan zien we toch heel duidelijk dat het geen reet voorstelt. Dit in tegenstelling tot het volgende schilderij.

Deze reet is geschilderd door Karel Appel. Appel is medeoprichter van de welbekende Cobragroep.
'Van wat?'
De Cobragroep. Die ken je toch wel?
'Nee.'
In 1948 opgericht met de Belg Dotremont als woordvoerder.
'Geen idee.'
Daarna sloten ook schrijvers als Kouwenaar en Schierbeek zich bij de beweging aan.
'Nooit van gehoord.'
Daarna is het tien jaar stil geweest rond de beweging...
'Ja, dát kan ik me wél herinneren.'

Rob

Rob de Nijs, en dat mag best wel eens een keer in het openbaar gezegd worden, Rob de Nijs, hij heeft een leuke kop, hij heeft een goede stem en voor zijn figuur heeft hij een leuke leeftijd.

Ober met dame

'Kijkt u eens, mevrouw, hier is de kaart.
Verder hebben we om zeven uur een warm buffet.
Om half acht hebben we een lauw buffet...
En om acht uur hebben we een koud buffet.'

– Ik voel wel voor het warm buffet, ober.
– Wenst mevrouw soep vooraf?
– Graag.
– Tomatensoep of groentesoep?
– Wat heeft u?
– Aardappelsoep.
– Doet u dan maar aardappelsoep.
– Eén aardappelsoep. Blieft mevrouw een kuiltje jus in haar soep?
– Graag.
– Anders nog iets?
– Een babi pangang.
– Mevrouw, we hebben hier een Franse keuken!
– Oké. Donnez-moi une babi pangang s'il vous plaît.
– Alors, une babi pangang pour madame...

Geen spatader veranderd

Anders dan de titel doet vermoeden is de formule bij dit achtste programma van Herman Finkers gewijzigd. Ditmaal is gepoogd ook het element humor een kans te geven. Een poging die serieus genoemd mag worden.
In de voorstelling is niet getracht een honderd procent volledig overzicht van het repertoire van Frank Sinatra te schetsen, maar oordeelt u liever zelf.
Verder willen wij u met gepaste bescheidenheid mededelen dat in de betrekkelijk korte tijd dat Herman Finkers werkzaam is, vele collega's van hem talloze prijzen in de wacht hebben gesleept. Te veel prijzen zelfs om op te noemen, maar een paar daarvan – de Johan Kaartprijs, de Annie M.G. Schmidtprijs en de Scheveningen Cabaretprijs – willen wij u niet onthouden.
Ook u kunt in het bezit komen van zo'n prachtige prijs door de volgende puzzel op te lossen. Oplossingen kunt u sturen naar Postbus 35 in Baarn of Tobias Asserplein 1 in Lochem. De goede oplossing is Tobias Asserplein in Lochem. Foute oplossingen kunt u sturen naar Postbus 35 in Baarn.
(NB: er is maar één foute oplossing per inzending mogelijk.)

De aarde is rond

In Sydney is een restaurant dat zich bevindt op de allerhoogste verdieping van een wolkenkrabber.
Ik zat in dat restaurant in Sydney, op die allerhoogste verdieping van die wolkenkrabber, aan een tafeltje bij het raam. Vanaf mijn tafeltje had ik uitzicht op het operagebouw. Even later had ik uitzicht op de haven. Nóg weer later had ik uitzicht op het park...
Ja, en dan ga ik nadenken, hè. Ik dacht: dit kan twee dingen betekenen. Of het restaurant draait... óf de aarde draait. Een van de twee.

Volgens een foldertje dat op m'n tafeltje lag, draaide het restaurant. Maar dat klopt niet met Galileï. Want volgens Galileï draait de aarde. Niet het restaurant.

'Nee,' zei Galileï, 'de áárde draait, want,' zei hij, 'de aarde is rond.' O, daar was hij van overtuigd. Kijk, de tijdgenoten van Galileï dachten dat de aarde plat was. Maar dat is niet zo. De aarde is rond. Net als een pannenkoek. En die draai je ook om.

Misschien draaiden ze ook wel allebei, de aarde én het restaurant. Maar ja, dat zou dan weer niet kloppen met die pannenkoek, want dan heb je de pan omgekeerd op het pitje liggen.

Daar kan ik nachten van wakker liggen, van zoiets stoms. Ik kan daar weken over door prakkiseren en dat moet je niet doen, want je komt er nooit uit. Want als ik één ding heb ontdekt in dit leven, dan is het wel dit: als je heel diep over iets nadenkt, dan kom je altijd uit op iets wat niet klopt. Probeer maar eens: klopt altijd.

Als je heel diep over iets nadenkt, dan kom je altijd op een tegenstrijdigheid uit. En de wetenschap kan die tegenstrijdigheid van het bestaan ook niet verklaren, hoor. Wat stelt dat nou eigenlijk voor: wetenschap? Stoerdoenerij... Volgens de wetenschap stijgt de zeespiegel, met tien centimeter per eeuw. Ik heb het voor de aardigheid eens nagemeten; ik kwam al op een stijging van anderhalve meter in zes uur.

En neem natuurkunde, ook zoiets fraais: ijzer zet uit bij warmte en krimpt bij kou. Nou, treinrails zijn van ijzer. Dus 's zomers zijn de trainrails langer dan 's winters. Dus 's zomers duurt een ritje Almelo-Amsterdam langer dan 's winters en toch klopt dat van geen kant.

Dat komt doordat ik er te diep over nadenk, hè. En nogmaals, dat moet je niet doen. Want als je te diep over iets nadenkt dan kom je altijd uit op iets wat niet klopt. Je moet gewoon niet te diep nadenken en dan klopt alles. Ik zei dit laatst ook tegen mijn broer en hij zei: 'Dat klopt.' Dus wat wil je nog meer aan bewijs?

Het leven is één groot mysterie, één grote onverklaarbare tegenstrijdigheid. En ja, het zit nu eenmaal in ons mensen

ingebakken dat wij dat niet zo goed kunnen hebben. We kunnen er niet zo goed tegen dat iets tegenstrijdig is. En dat vind ik nu weer het mooie van humor, want wat doet humor? Humor pakt júíst twee tegenstrijdige zaken, koppelt júíst die twee flink haaks op elkaar staande dingen aan elkaar middels een grapje, je moet lachen want de tegenstrijdigheid is even opgelost, klaar. Rest van de dag vrij. Dus: wat de wetenschap in eeuwen nog niet is gelukt, dat lukt de humor in een paar tellen. Dus: de waarheid zit in humor. Niet in het serieuze. Dit meen ik niet serieus. Dat was maar een grapje!
Want anders zou het niet waar zijn.

Als ik zeg dat waarheid zit in het niet-serieuze, dan is dat alleen maar waar, als ik het niet meen. Maar wél waar.

U moet dit niet al te serieus nemen, hoor, wat ik hier nu allemaal beweer. Alstublieft niet. Want ik meen het wel degelijk.

Ik kan mezelf niet meer volgen nu. Hij die het snappe, snappe het, maar ik snap er niets meer van. Ook de gewone alledaagse verschijnselen snap ik al niet. Neem nu het verschijnsel file. Tja, wat men eraan vindt... Van mij mogen ze het afschaffen, maar ze staan er voor in de rij!

En waarvoor staan ze allemaal in de rij? Voor zoiets doms als de Velsertunnel, of een knooppunt.
En waarvan ik helemaal niet snap dat men dáárvoor in de rij gaat staan, dat is het drielandenpunt. Zo, wat een attractie, zeg, een drielandenpunt! Ik was tien jaar oud, toen

moesten we met ons hele gezin, vanuit Almelo... en dat is een bést end, helemaal met de trein en toen nog eens met de bus en toen nog eens overstappen op een andere bus, en toen nog eens een heel eind lopen, helemaal naar Zuid-Limburg om daar helemaal onderin daar, helemaal bij die punt daar, het kón ook niet verder, om daar bij dat Vaals HET DRIELANDENPUNT te gaan bekijken. En drúk dat het er was! Druk!! Bussen vol! Ik snap er helemaal niets van. Ik vind Limburg een heerlijke provincie, maar dat drielandenpunt... Het is wel aardig dat er een plek is waar drie landen bij elkaar komen, maar om er nou een púnt van te maken...

En nu praat ik alleen nog maar over iets onbenulligs. Maar neem de ernstige zaken van het leven; daar begrijp je ook helemaal niets van. Neem maar gelijk het meest ernstige dat we kennen. Neem: de dood. De een overlijdt als hij twaalf jaar oud is, de ander als hij 95 jaar oud is. Dat is ook niet eerlijk. Stel: je overlijdt op je vijftigste. Dat is veel te vroeg. Maar van de andere kant: wat noem je vijftig en vroeg? Neem John Lennon, die was nog maar veertig en toen schóten ze hem dood. Dan denk je toch helemaal: wat heeft dát nou voor zin? Het zál ongetwijfeld zin hebben, wánt het gebeurt, maar ik kan die zin dus niet zien. Ik denk alleen maar: wat moet je ermee? Je kunt er niks mee, maar het is wel een feit en zo zit het leven vol met zulke dingen...
Maar wat noem je veertig en vroeg? Neem Mozart en Schubert. Die zaten ook in de muziek... Die hadden ook nog wel een paar leuke deuntjes kunnen schrijven, maar niks daarvan: begin dértig moesten die al dood. Dan denk

je toch ook: waarom moesten die nu begin dertig al dood? Wat moet je met zoiets? Maar het is wel een feit en zo zit het leven vol met zulke dingen...
Maar ja, wat noem je dertig en vroeg? Neem een neefje van mij: Jeroen Finkers. Jeroen zou op het moment dat ik dit schrijf precies twintig geworden zijn... Ja, twintig al weer. Als hij niet in 1995... maar in 1977 was geboren.

Ook weer zoiets waarvan je zegt: tja, wat moet je ermee? Ik weet het ook niet, je kunt er niets mee, maar het is wel een feit en zo zit het leven vol met zulke dingen.

Vorige week heb ik nog een goede vriend van mij naar het kerkhof gebracht... Zijn buurman was overleden.
Wat moet je ermee hè? Maar het is wél een feit.

Ik zat laatst op de fiets. En al fietsende raakte ik aan de praat met de man tegenover mij.

En nu komt het rare: die man zei mij dat het leven zo tegenstrijdig op ons overkomt omdat wij ervan uitgaan dat er maar één werkelijkheid is. En dat is dus de fout, want je hebt meerdere werkelijkheden. Achter deze aardse, alledaagse schijnwerkelijkheid ligt nog een veel diepere werkelijkheid. En de man gaf me een zogeheten new-ageboekje mee. Het was een prachtig boekje, ik heb het in één adem uitgelezen. Het mooie van dat boekje was: op de linkerpagina stond telkens een zeer diepzinnige, esoterische spreuk ('esoterisch' wil zeggen dat je er in eerste instantie geen chocola van kunt maken, maar dat komt omdat het betrekking heeft op die andere werkelijkheid die wij niet kennen), maar gelukkig stond op de rechterpagina dezelfde wijsheid vertaald, naar onze aardse tijdelijke begrippenwereld toe. En dan krijg je de mooiste dingen. Zo stond op de linkerpagina bijvoorbeeld:

Ik loop
op de wolken
en voel
als een vogel
de zon.

Vertaald wordt dat: *Geniet, maar drink met mate.*

Geniet, maar drink met mate... Alcohol is ook weer zo'n probleem waar je niet uitkomt. Is alcohol nou goed of slecht voor de bevolking? Weliswaar sterven er jaarlijks duizenden mensen aan de gevolgen van alcohol, maar aan de andere kant komen er ook weer duizenden mensen bíj als gevolg van de alcohol. Dus daar kom je ook niet uit.

Dat wil zeggen: IK kom daar wel uit, maar HERMAN FINKERS komt daar niet uit. Want dat is ook weer zoiets moois: naast die twee werkelijkheden heb je ook twee IKKEN. Je hebt je eigen aardse tijdelijke schijn-IK: in mijn geval dus: HERMAN FINKERS, en je hebt nog een heel andere IK. En die twee IKKEN hebben weinig met elkaar te maken. Seksualiteit bijvoorbeeld heeft alles te maken met je aardse, tijdelijke schijn-IK. Bij het klaarkomen, om maar wat te noemen, kom IK niet klaar, maar komt HERMAN FINKERS klaar. Want afgelopen nacht dacht ik nog: ik wou dat ík Herman Finkers was!

Toeval

– Alles is voorbestemd, toeval bestaat niet.
– Toeval bestaat wel degelijk.
– Toeval bestaat niet.
– Toeval bestaat wel degelijk.
– Toeval bestaat niet.
– Toeval bestaat wel degelijk.

Om van deze zinloze discussie af te zijn, zette ik de radio aan en ik hoorde iemand zeggen: 'Toeval bestaat níét.' Ik zei: 'Als dat geen toeval is, dan weet ik het niet meer!'

'Ja, maar wanneer een epilepticus elke dag om drie uur een toeval krijgt, dan noem ik dat geen toeval meer.'

Vond ik ook niet gek.

Bent u gelovig?

– Bent u gelovig?
– Ik geloof in Jezus Christus die gestorven is aan het kruis en een paar dagen later omhooggedaald is naar de hemel.
– Dat klopt niet.
– Nee, maar dat geloof ik zo.
– Nee, u zei omhooggedaald, maar hij is neergestegen.
– Ik geloof niet dat hij is neergestegen.
– Dan bent u een heiden.
– Ik kan toch wel geloven in een Jezus die omhooggedaald is?
– Nee, nee, dat kan niet.

Mariaverschijning

Iemand zei me dat hij een Mariaverschijning net zo zag als een UFO. Tegenwoordig zien een heleboel mensen een doodgewoon hoogvliegend vliegtuig aan voor een UFO. Een eeuw geleden ging dat precies zo, volgens hem. Men zou dan zo'n vreemd ding in de lucht niet aanzien voor een UFO (dat begrip kende men in die tijd nog niet), maar voor bijvoorbeeld een Mariaverschijning.
Ik zei hem dat men daar ook alle recht toe had omdat er toen nog geen vliegtuigen waren. Op dom praten moet je dom antwoorden.

Een kangoeroeverschijning

Een jaar nadat Maria verschenen was aan Bernadette kwam er wederom een meisje bij de dorpspastoor.
'Pastoor, Maria heeft zich aan mij geopenbaard!' Waarop de pastoor reageerde door met zijn rechterwijsvinger op zijn voorhoofd te wijzen. Vervolgens op zijn navel, daarna op zijn linkerschouder om met zijn wijsvinger op zijn rechterschouder af te sluiten.
'Hoe zag Maria eruit?'
'Nou pastoor, Maria had een spitse neus, ze boog iets door de knieën, had haar over haar hele lichaam en ze droeg haar zoon in een buidel.'
'Was het geen kangoeroe?' vroeg de pastoor.
'Ach ja, natuurlijk, een kangoeroe, dat zou ook kunnen.'

'Tja, als je een kangoeroe hebt gezien, dan is dat toch niet als een wonder te beschouwen.'
'Waarom niet, pastoor? De kans dat je in de Pyreneeën een kangoeroe ziet, is statistisch gezien kleiner dan de kans dat je Maria ziet.'
'Ach ja,' zei de pastoor, 'dat is eigenlijk ook wel weer zo.'

Laten wij eens kijken wat de Bijbel hiervan zegt. De Bijbel meldt het verhaal van een man die geboren werd op een mooie zondag in Bethlehem. Afijn, op een goede vrijdag liep Hij het huis van zijn ouders binnen, waar Zijn vader net bezig was met het frezen van een tafelpoot.

‘Vrees niet, vader.’
‘Ja, maar het moet af.’

Door soortgelijke misverstanden is er in de 16e eeuw een scheuring ontstaan binnen de kerk. Hierdoor is de ene grote moederkerk uiteengevallen in ik-weet-niet-hoeveel kleine kutkerkjes.
Elk met haar eigen afscheiding.

Preek

– Hier in deze kerstnacht denk ik speciaal aan onze zieken, bejaarden, noemt u maar op...
– Eenzamen, gehandicapten...
– Ik zeg, hier in deze kerstnacht, schoner dan de dagen... maar ja, wie gelooft er nog vandaag de dag?
– Ja, ik!
– Mensen, mensen, denk een beetje aan de intentie van deze dienst, het is voor de overleden heer Gerritsen.
– Voor mij??
– De overléden heer Gerritsen.
– O, overleden.

Stille nacht

Het is kerstnacht. Kort na de nachtmis. Nou ja, nachtmis... De dienst begon al om half tien en het is nog pas kwart voor twaalf, dus eigenlijk is het nog kerstavond. Onze familie is bijeengekomen om balkenbrij te eten. Dat is zo bij ons in de familie gebruikelijk met Kerst.

In de verte beginnen de klokken van de Sint Jozef te luiden.

'Ook stom, zeg, dat ze nu de klokken luiden.'

'Waarom?'

Opa kan het maar moeilijk accepteren dat oma de laatste tijd steeds vaker in de war is en hij reageert met een mengeling van bezorgdheid en geïrriteerdheid.

'Waarom is het stom dat ze nu de klokken luiden?'

'De nachtmis is allang geweest.'

'Ja, bij ons is de nachtmis allang geweest, maar in de Jozef moet hij nog beginnen.'

'Toch vind ik het stom.'

'Waarom?'

'Nou, een uur na de nachtmis.'

'Ja, bij ONS is de nachtmis al een uur afgelopen maar in de Jozef hebben ze nog geen nachtmis gehad.'

'Hij staat me anders nog vers in het geheugen.'

Ja, die bij ONS staat je nog vers in het geheugen maar in DE JOZEF moet hij nog beginnen dus kan DE JOZEF ook rustig de klokken gaan luiden.'

'Rustig nou opa,' suste m'n zus, 'rustig nou maar.'

'Ja, sorry hoor,' zegt opa, 'maar sommige mensen kunnen wel érg eigenwijs zijn, zeg.'
'Zeg dat wel,' beaamt oma, 'nu de klokken te gaan luiden.'

Er valt een pijnlijke stilte.

'Ik geloof in reïncarnatie,' deelt oom Albert mede.
Dit is niet echt een opmerking die de geanimeerdheid terugbrengt. Oom Albert is de enige in het gezelschap die het gesprek tussen oma en opa niet gevolgd heeft. Hij zit heel diep na te denken over de preek die hij die avond gehoord heeft. De pastoor sprak over het feest van de geboorte, vandaar.
'Ik geloof in reïncarnatie,' klinkt het weer. 'Want boven de ingang van het kerkhof in Tubbergen stond vroeger: "VAN stof zijt gij gekomen en VAN stof zult gij wederkeren." Dus dat betekent dat wij reïncarneren.'
'Nee hoor, het is: "TOT stof zult gij wederkeren."'
'Welnee, "VAN stof zult gij wederkeren."'
'Echt, Albert, je vergist je. Jongens wat is het: "VAN stof" of "TOT stof zult gij wederkeren?"'
Ongeïnteresseerd maar opvallend eensgezind mompelen wij: 'TOT stof.'

De nacht wordt weer stille. Zo stille dat de klokken van de Jozef opnieuw hoorbaar worden. Oma spitst haar oren en zegt: 'ook stom...' Dit terwijl oom Albert zichzelf een instemmend knikje geeft en zijn lippen zich geruisloos vormen tot een zeer beslist: 'VAN stof'.

Carnaval in Twente

Ik woon niet meer in Almelo, ik ben verhuisd naar een dorpje in Noordoost-Twente. Om een of andere onduidelijke reden denken veel mensen buiten Twente dat Noordoost-Twente gereformeerd is. Ik heb echt geen idee hoe men daarbij komt, want dat is dus helemaal niet zo. Nee, het is er best wel leuk wonen.

Het is, waar ik nu woon, bijna honderd procent katholiek. Zó katholiek zelfs dat ook wij aan carnaval doen. Maar wel op onze eigen manier. Zo werken we in ons dorp het hele carnaval op vrijdag af, want dan heb je nog wat aan het weekend.

Tot voor kort hadden we een Limburgse pastoor. En die Limburgse pastoor heeft geprobeerd in ons Twentse dorp een ietwat meer carnavaleske geest te creëren. Dus die pastoor heeft bij ons *de carnavalsmis* geïntroduceerd. In die carnavalsmis vertelde de pastoor ons dat carnaval ook betekent dat je eens een pilsje geeft aan iemand die je eigenlijk niet zo graag mag. Met als gevolg dat de pastoor het hele carnaval droogstond... want niemand van ons wilde hem de indruk geven dat hij niet geliefd zou zijn! Nee, het is een prima kerel verder, dus waarom zou je hem een pilsje geven!? Je bent wel Tukker, maar je hebt nog wel énig fatsoen...

Een gynaecologisch praatje

Vrouwen kun je verdelen in twee groepen.
Maar ik zou het niet doen.
Het is ongelooflijk veel werk.

Maar wel mooi werk. Want is het niet prachtig dat de hele natuur op te delen is in twee groepen? Mannetjes en vrouwtjes? Een elk voortgekomen uit de samensmelting van een eicel en een zaadcel? Zo'n zaadcel die na zijn lozing wacht op het vrijkomen van een eitje... Komt er geen eitje vrij, dan kan het zaadje wachten tot het een... nou ja, vrij lang wachten in ieder geval, maar gelukkig komt er bij de mens eens per maand een eitje vrij. Ook veel dieren kennen een maandelijkse cyclus, behalve natuurlijk de weekdieren.

Dankzij onze kennis omtrent de maandelijkse cyclus kunnen wij gebruikmaken van periodieke onthouding als anticonceptie. Periodieke onthouding als anticonceptie wil wel, mits men aan drie zeer strenge voorwaarden voldoet:
1. de vrouw moet een bijzonder regelmatige cyclus hebben,
2. je moet goed kunnen rekenen,
3. en je moet gek zijn met kinderen.

Aanstaande ouders vragen mij wel eens: dokter, wat adviseert u eigenlijk, borstvoeding of flesvoeding? Dan zeg ik altijd: borstvoeding wíl wel, maar u moet er wel rekening mee houden dat een tepel niet eerder steriel is of je moet hem tien minuten hebben uitgekookt.

Het meisje met de eierstokjes

Een sprookje van gynaecoloog Floris-Jan van Zuyderwijck, tussen neus en schaamlippen door verteld en doorverteld door mij aan u.

Ik neem u mee naar het eind van de vorige eeuw. Eind vorige eeuw was de woningnood in ons land erbarmelijk. Pas aan het begin van deze eeuw kwam de woningnood een beetje op gang. Om uiteindelijk in de jaren dertig tot een grote bloei te geraken. Maar toentertijd was hij erbarmelijk.

Kerstavond, eind vorige eeuw. Het was die bewuste kerstavond bar en bar koud en slechts een enkeling waagde zich op straat. Een meisje was die avond laat nog aan het werk. Het was een straatarm meisje dat in leven probeerde te blijven door bij de gegoede families de poeptonnen op te halen. Ja, u zegt: 'Gattegat.' Velen keken net als u op het goede werk van het meisje neer, maar zijzelf zei altijd maar: 'Ach, zo'n keutel, daar heeft niemand met zijn vingers aangezeten.'

Ze moest alleen nog de ton van de tandarts ophalen en dan zat het er op voor vandaag. Ze wilde de deur van tandarts' privaat opentrekken, maar helaas: bezet. Pot dicht. Maar het meisje zou het zó vervelend vinden voor de tandarts als hij uitgerekend met de feestdagen met een volle ton moest blijven zitten, dat ze zwoer niet eerder naar huis te zullen gaan voor ze haar mooie taak had volbracht. Maar ja, ze had ook wel makkelijk kletsen, ze hád geen huis. Welnee, ze was wees en had een moeilijke jeugd achter de rug: haar vader was pedofiel en haar moeder overleed op elfjarige leeftijd.

Haar vader was overleden aan iets dat ik maar beter helemaal niet bij name kan noemen. Foei, wat was het guur. Als ze het weer eens zo koud had, de tyfus haar opvrat en haar rug stijf stond van de pijn door de tot de rand toe gevulde tonnen, dan droomde ze vaak van een witte prins op een knap paard, die iets in haar zou zien, dat nog nooit iemand anders had gezien. Jammer eigenlijk, dat niemand door haar armoedig uiterlijk heenkeek.

Want ach, al stonden haar tanden wat naar voren,
ze kon me eigenlijk wel bekoren,
als de wind speelde met haar oren
en ze had zich net geschoren...

O hemel, help, nu ze zo een tijd stilgezeten had, kreeg ze het wel héél erg koud. Om niet te bevriezen, warmde ze zich aan een verse ton. Het meisje raakte bedwelmd en kreeg een visioen. *Ze zag haar overleden vader weer. Ze zag hoe papa, zoals elk jaar vlak voor Kerst, in de weer was op het landgoed van de textielbaron om een fraaie kerstboom voor haar te stelen. Haar papa was een stoere papa.*
'Hak,' deed papa, 'hak, hak!'
'Van onderen!'

'Hoe?'
'Van onderen!'

En zo was papa dus aan zijn einde gekomen.

'Waar ben jíj in hemelsnaam mee bezig?' vroeg de pastoor die toevallig voorbijkwam. Het arme wicht begon luid te wenen.
'Wat scheelt eraan, kind?' 'O, pastoor, ik heb het zo koud. En ik ben zo vies en zo lelijk, pastoor. O, pastoor, ik ben zó lelijk! Ik ben zo lelijk als...' 'De nacht?' hielp de pastoor. 'Nee pastoor, ik ben zo lelijk als...' 'Een heks? Of een trol of een kobold?' 'Nee pastoor, ik ben zo lelijk als ik eruitzie!'
'Ach kom, zó erg zal het vast niet zijn.'

Ze wist niet hoe snel ze weer naar haar ton moest. Deze keer keek ze regelrecht de hemel in...
Wat ze te zien kreeg deed haar hartje overslaan van vreugde. Ze zag haar moeder weer. Ze zag mama in de hemel aanzitten aan een rijkgedekte tafel. Op zilveren schalen lagen de karbonades, schouder aan schouder...
Mama reikte haar een warme karbonade aan. 'Mama,' zei het meisje, 'mama...'

'Hallo moppie!' Verschrikt keek ze achterom. Ze keek regelrecht in de misselijke tronie van de zoon van de textielbaron. Hij had een paar mede-etters meegebracht. Snel greep ze naar haar ton. Maar helaas, de warmte was verdwenen. 'Getverderrie, wat een stank,' riep er een. 'Hé, lelijke rotheks! Moet jij een klap op je bek?'
Och, en het lieve wicht kon geen nee zeggen, hè...

Uren achtereen heeft ze bewusteloos in de vrieskou gelegen. Een mager hondje, dat net zo eenzaam was als zij, kwam voorbij en vlijde zich tegen haar aan. Op het toilet ontwaakte de tandarts uit zijn roes. De man kwam naar buiten en toen de tandarts het arme meisje zag liggen, liepen hem, hoe dronken hij ook nog was, spontaan de tranen over de wangen. God, wat moest hij lachen. Zo zeg, haar tanden stonden nu wel héél ver naar voren. Het leek de tandarts maar het beste haar tanden gewoon te laten staan en de rest van haar lichaam een halve meter naar voren te plaatsen.

De tandarts had het niet meer en wilde net zijn warme huis weer ingaan toen het arme kleine hondje met een klagend gepiep zijn aandacht en medelijden probeerde te wekken. Met een ferme trap werd het diertje zo'n dertig meter door de lucht geslingerd. 'Honden!' gromde de tandarts. Hij had nooit begrepen wat een mens met een hond moest. Oké, als je blind bent, dan kon hij zich nog wel voorstellen dat je een hond neemt. Dan hoef je niet de hele tijd tegen dat beest aan te kijken. Maar voor de rest... En de tandheelkundige trok de deur achter zich dicht.

Het meisje keek om zich heen.
Die grauwe koude wereld van haar had plotseling een warme gloed gekregen. Die kille nare stad geleek nu één groot sprookjesachtig winterwonderland. Ze begreep hieruit dat ze stervende was. 'Lieve Heer,' smeekte het meisje, 'mag ik dan nu alsjeblieft naar mijn mama en mijn papa in de hemel?' Voor zo'n smeekbede kon geen enkele god, laat staan de enige, ongevoelig blijven.

En zie: in de verte kwam reeds haar witte prins op het knappe paard aangegaloppeerd. Het was prins Floris-Jan van Zuyderwijck! Afgestudeerd gynaecoloog. En in zijn spiksplinternieuwe doktersjas was hij inderdaad een prachtige witte prins. En de prins galoppeerde en galoppeerde en galoppeerde. En ook zijn paard galoppeerde en galoppeerde en galoppeerde... En nadat ze zo een paar rondjes achter elkaar aan hadden gegaloppeerd, rustten ze bij het meisje uit.

De prins knielde bij het meisje neer en gaf haar wat te drinken.
'Ik heb niks te eten,' zei ze. De prins gaf haar wat te eten.
'Ik heb niets meer om me aan te warmen,' zei ze. De prins drukte... haar tegen zich aan.
'Ik heb niets te klagen,' zei ze.

> Ze opende stervende haar mond
> en zei tegen Floris-Jan,
> dat er iets voor hen beiden
> in de sterren geschreven stond.
> Floris-Jan vroeg haar
> wat dát dan wel mocht wezen.
> Het meisje sprak:
> 'Kan ik op zo'n afstand niet lezen.'

'Jij bent voor mij de allermooiste,' zei de prins.
'Nou,' zei het meisje, 'de allermooiste... Vast niet omdat ik zo'n mooi hoofd heb.'
'Nee,' zei de prins, 'ben je gek!'
'En ook niet omdat ik zulke mooie benen heb.'

'O, gattegat,' zei de prins.
'Maar Floris-Jan, wat zie je dan in mij?'
En de prins sprak, met zijn spiegeltje spiegeltje in zijn hand: 'Gij hebt de mooiste eierstokjes van het land!

Want,' zo zei hij buiten zinnen,
'echte schoonheid zit van binnen.'

Bedelaar

Ik passeerde laatst een bedelaar met beide beentjes eraf. Ik dacht: potverdikkeme, beide beentjes eraf. Maar toch, bedelaars... Ik vertrouw ze niet. Laatst gaf ik een keer wat aan een blind iemand en die bleek later helemaal niet blind te zijn... Maar ja, beide beentjes eraf, dat is toch wel wat anders... Maar toch, ik vertrouwde het niet, ik vertrouwde het niet. Ik keek daarom eerst even in de buurt rond, en jawel hoor! Vlak om de hoek lagen de beentjes wel!

De autoverkoper

Als autoverkoper ben ik er niet om u een auto te verkopen. Welnee. Ik ben er om samen met u een vervoersprobleem op te lossen.
Stel: u heeft een auto nodig en uw oog is daarbij gevallen op ons bedrijf. Gefeliciteerd! Waarom gefeliciteerd? Omdat ons bedrijf beschikt over een enorm uitgebreid GTI-gebeuren. Veel mensen zeggen: zo'n GTI-verhaal, is dat de extra kosten wel waard? Dan zeg ik op mijn beurt: dat ligt er maar aan hoe u uw geld wenst te besteden. Uit een onderzoek van de Vereniging Eigen Huis bijvoorbeeld is gebleken dat veel huiseigenaren honderden, wat zeg ik, soms zelfs duizenden guldens uitgeven aan een dakgoot, terwijl ze er zelden of nooit in zitten.

Uw oog is gevallen op deze zescilinder; ik vind dat u daarmee een goede keus hebt gedaan. Waarom vind ik dat? Dat vind ik omdat deze wagen standaard is uitgerust met een airbag. Wat is een airbag? Een airbag is een zichzelf opblazend luchtkussen geplaatst in het stuur. Ik moet u wel waarschuwen dat voor sommige klanten zo'n luchtkussen ethisch gezien nog geen eenvoudig geval is. Een zwager van mij bijvoorbeeld kocht ook een auto waarin standaard zo'n luchtkussen was geplaatst. Weet u, mijn zwager heeft het luchtkussen uit de auto laten verwijderen. Want mijn zwager redeneert: wanneer ik een ongeluk krijg, wil ik niet hebben dat ík het wel overleef en mijn vrouw niet. Voor dat standpunt is wel wat te zeggen natuurlijk, maar de redenatie klopt niet helemaal, vind ik. Want hoe gaat dat in het moderne relatiegebeuren? De ene keer rijdt de man, de andere keer rijdt de vrouw. Als ik gedronken heb bijvoorbeeld, rijdt altijd mijn vrouw. En wanneer krijg je de meeste ongelukken? Als je gedronken hebt!

Tot slot wil ik niet onvermeld laten dat deze wagen beschikt over bijzonder veel beenruimte. En ik zeg altijd maar: wie haar benen spreidt, spreidt gezelligheid.

Ik zou daarom zeggen: als u dit even ondertekent, dan mag u zich de gelukkige eigenaar noemen van deze zescilinder GTI. Neemt u mijn pen maar. Ik heb altijd twee balpennen bij me. Ja, gek hè, ik heb altijd twee balpennen bij me. Een gewone balpen en een bijbalpen.

Jacquelien, Jacquelientje, tik jij dit even uit? Gewoon, een standaardcontractje voor meneer. Standaardcontractje, je weet wel: 'Heden, 3 augustus et cetera, et cetera, et cetera...' Hè? Ja, hoor. 'Et cetera' is met een c. Nee, niet met een s. Dat is hartstikke vout. Ja, 'vout' is met een v. Dat wil zeggen: 'fout' is met een f, maar 'hartstikke fout' is met een v. Hè Jacqueline...

Post

'Waarde...' O, dat is mooi. 'Waarde', dat vind ik heel fraai, een brief die begint met 'Waarde'. Zo'n brief heeft al gelijk mijn hart gestolen. 'Geachte' vind ik namelijk niks en 'Beste' vind ik ook niks. 'Lieve' vind ik weer een beetje klef. Bah, 'Lieve'. Dat hoeft van mij niet. En 'Hoi' vind ik zo plat. Net als 'Hallo'. Wat is dat nou: 'Hallo'? Maar 'Waarde'... Het is een beetje ouderwets, maar ik vind het wel mooi. 'Waarde...' Het is zelfs zo sterk, dat als ik 's morgens een brief krijg die begint met 'Waarde', gelijk mijn hele dag al goed is. Maar wat zeur ik eigenlijk, het zal u worst wezen, het is alleen maar een persoonlijke tik van mij.
'Waarde blanke top der duinen...'

Contactadvertentie

Jongeman, romantisch type, met 80.000 kilo melkquotum, zoekt kennismaking met meisje met minstens 60.000 kilo melkquotum. Verdere omschrijving van mezelf: voetbalknie, tennisarm, wandelnier, zwemmerseczeem, kortom: sportief type.

Mijn eerste seksuele ervaring

Voor ik mijn vrouw ontmoette, had ik weinig succes in de liefde. Ik herinner me mijn eerste seksuele ervaring nog goed.

Vol trots meldde ik mijn beste vriend dat ik de vorige avond Aleida Vloedbeld naar huis had gebracht.

– Goh, jij ook al? Ik ook.

– Wat??

– Ja, ik ook.

– Wanneer!?

– Nou, ook gisteravond. Ik heb nog met haar staan vrijen in de Grotestraat.

– Nou zeg, ik ook.

– Waar precies?

– In een donker steegje.

– Nou, ik ook. Hoe laat was dat?

– Ik weet het nog precies, want de kerktoren sloeg elf keer. En jij?

– ...Ik vrees dat we met elkaar hebben staan vrijen.

Kutje believe in a love at first sight

– Hartelijk welkom bij Kutje believe in a love at first sight. Een tv-programma dat het seksuele leven van de Nederlander onder de loep neemt. We hebben weer diverse mensen in de studio uitgenodigd die graag bereid zijn openhartig over hun liefdesleven te praten. We beginnen met Tina. En Tina, jij doet aan bodypiercing?
– Mmmmmm.
– Wat zeg je Tina?
– Mmmmmmm.
– En waar pierce jij overal doorheen?
– Mmmmmmmmm.
– Je bent een beetje moeilijk te verstaan, Tina, ik zal daarom maar zeggen wat jouw mening is: Tina is van mening dat er te veel seks en te veel bloot is op de tv de laatste tijd. Hoe denken de andere gasten daarover? Gerrit, wat vind jíj van al dat bloot op tv?
– Nou, ik heb er geen bezwaar tegen, tegen bloot op tv, maar het moet wel functioneel zijn.
– Het moet wel functioneel zijn, zeg je, wat bedoel je daar precies mee?
– Je moet er wel een stijve van krijgen.
– Ja, ja. Goh. Zo. Interessant. Dus. En is is is is dat ook de reden van je prostitueebezoek? Zo'n eh... want je gaat nogal vaak naar een prostituee, heb ik begrepen?
– Och, vaak, vaak, de ene dag wat vaker dan de andere.
– Vanzelfsprekend hebben we ook een deskundige in de

studio uitgenodigd. Dit keer is dat seksuologe Agnes van Bennekom. Agnes, hartelijk welkom... Agnes van Bennekom promoveerde op het onderwerp 'Mannenemancipatie' en Agnes, je stelde in je proefschrift dat mannen wel wat vrouwelijker mochten worden.

[MET LAGE BAS] – Ja, dat klopt.

– De mannenemancipatie. Hoe zit het daar tegenwoordig mee? Gerrit? Ben jij geëmancipeerd?

– Nou, volgens Tina dus niet maar volgens mij écht wel, hoor.

– Wat heb jij met Tina?

– Tina is mijn huidige ex.

– Je huidige... Ja ja, je bent met Tina getrouwd geweest?

– Ja, en ik zeg nog steeds: je trouwdag is de mooiste dag van de rest van je leven.

– Waarom is het dan toch misgegaan?

– Geen idee.

– Onze seksuologe wil wat zeggen...

– Ja Gerrit, gedroeg je je wel geëmancipeerd? Ik bedoel, het was toch niet zo dat je in een stereotiep rollenpatroon verviel?

– Nee, hoor. We zijn er zelfs met zijn tweeën een hele avond voor gaan zitten om de huishoudelijke taken zo eerlijk mogelijk te verdelen.

– En is dat gebeurd?

– Ja, mijn vrouw deed de boodschappen, de kinderen en het koken en mijn moeder de afwas, de bedden en het poetswerk.

– En zo zien we maar weer dat van een vrouw houden niet altijd problemen hoeft op te leveren. Mocht het bij u tóch problemen opleveren, dan kunt u een boek bestellen over

dit onderwerp. Dat boek is geschreven door de sjeik van Abu-Dhabi en het heet:
'Het houden van vrouwen.'

Klessebessen

Het heeft bij mij nogal wat voeten in de aarde gehad, het vinden van een partner. Ik was zeventien jaar, ik weet het nog goed. Ik hoefde in die tijd maar dít te doen, of ik had een meisje. Het zou nog eens tien jaar duren voor ik dít onder de knie had.

Maar die vele jaren later geschiedde dan toch het wonder. Dromerig als ik was, liep ik geheel in gedachten verzonken door Amsterdam, toen ik per ongeluk tegen een wildvreemde vrouw opbotste. Tot mijn grote schrik en mijn grote ontsteltenis hoorde ik mezelf in een reflex tegen haar zeggen: 'Neuken?'
Ze kwam vlak voor me staan, ze keek me recht in de ogen en ze zei: 'Ik dacht dat je het nóóit zou vragen!'

Ze zei me dat ze op hanige machotypes viel en zeer onder de indruk was van mijn originele openingszin. Ik dacht: o jee, hoe val ik zo laat mogelijk door de mand? Want ik sprak haar wel zo stoer aan, maar diep in mijn hart vind ik dat, als je elkaar voor het eerst ontmoet en er is bij die ontmoeting sprake van een wederzijdse aantrekkingskracht, dat je dan niet gelijk met elkaar naar bed moet gaan. Je moet wel wachten, vind ik. Dat wachten hoeft ook weer geen uren te duren, maar een minuutje of vijf is toch dacht ik wel op zijn plaats.

Maar nee hoor, dat duurde haar veel te lang en zij liep door.
Mijn katholieke opvoeding heeft mij geleerd dat seks vóór het huwelijk zonde is. Maar ja, géén seks voor het huwelijk is doodzonde en dus besloot ik haar te volgen. Ik zag hoe zij het bureau voor geslachtsziektebestrijding binnenging. Oké, het moest dus macho.
Ik ontblootte mijn borsthaar, betrad het gebouw voor geslachtsziektebestrijding, ging zo stoer mogelijk naast haar zitten en vroeg: 'Kom je hier vaak?'

Stom natuurlijk, ik realiseerde me even niet dat er bij veel mensen een taboe rust op het bezoeken van een bureau voor geslachtsziektebestrijding. Ik bedoel: als érgens de klandizie druppelsgewijs op gang is gekomen, dan is het wel bij de bureaus voor geslachtsziektebestrijding.

Ze vroeg me waar ik logeerde. Ik logeerde bij tante Toos, maar dat leek me niet echt stoer, dus zei ik maar dat ik in het Amstel Hotel sliep. Even later stapten we gearmd de hal van het Amstel Hotel binnen. 'Let maar niet op de rommel,' zei ik.

'Ik ga even naar het toilet,' zei ze. 'Ik ga naar de Heren,' en ze voegde er een geheimzinnige knipoog aan toe. 'O, dan ga ik wel naar de Dames,' zei ik. 'Eikel!' zei ze. 'Wat vind jij het spannendste plekje om seks te hebben?' De eerlijkheid gebiedt mij te zeggen dat ik na déze opmerking van haar een erectie had van Amsterdam tot Amersfoort. In Amersfoort stapte ik uit de trein en nam een taxi terug naar Amsterdam.

‘Waar was je al die tijd?’ vroeg ze. ‘Eh, eerst een hapje eten.’ Halverwege de maaltijd zei ze: ‘Jij lijkt me het type van de Elfstedentochtschaatser.’ ‘Nou, maar dát heb je goed geraden! Ik weet nog heel goed, de Elfstedentocht van ’85, dat was me toch een makkie, zeg. Laat me niet lachen, de Elfstedentocht van ’85... Ik schonk mijzelf een kop koffie in, reed de Elfstedentocht, nam een slok van mijn koffie: de bek verbrand!’

Ze vroeg of ze mijn kamer mocht zien. ‘E-e-eerst een kop koffie.’

‘Wat zal het wezen?’ vroeg de ober. Mijn oude handicap kwam weer boven en ik zei: ‘Ober, ik wou graag één kop, kop, kop, kop, kop koffie.’ De ober dacht leuk uit de hoek komen en zei: ‘Eén kop koffie???’ Ik dacht: allemachtig! ‘Eén kop koffie???? Ik dacht toch ober, dat ik het duidelijk vijf keer had gezegd!’

Even later wilde de ober het blijkbaar goedmaken, want hij vroeg mij of ik iets in het gastenboek wilde schrijven. Nou, iets in het gastenboek schrijven, dat was natuurlijk wederom een moment om indruk te maken. Dus ik dacht: wat zal ik eens in het gastenboek zetten? Het eten was voortreffelijk. Echt, wat het allemaal was weet ik niet, maar het was heerlijk: haute cuisine-liflafjes, prachtig. Maar om er nou in te zetten: ‘Nog nooit zo lekker gegeten,’ dat leek mij een beetje truttig. Dus ik schreef lekker stoer: ‘Ik kan mij zo een twee drie niet herinneren ooit zo’n lekkere bal gehakt te hebben gehad.’ ‘Ha, ha, ha,’ schamperde de ober, ‘wat zijn we weer geestig, hè. Het is hier een haute cuisine-restaurant en u zet er neer: “Nog nooit zo’n lekkere bal gehakt gehad." Nou, heel hartelijk bedankt hoor!' Ik zei: 'Ach, dat was maar een geintje. Kom maar hier met dat boek.' En ik schreef: 'Was maar een geintje. Ik heb ze wel eens lekkerder gehad.'

Ook dat beviel haar wel. Ze wou gelijk na de koffie met mij klessebessen op mijn kamer. Ik zei: 'Ja, ja, klessebessen... neukepeuken zul je bedoelen. Eerst naar de wc.' 'Alweer?' 'Ja, me dunkt, ik heb víjf kop koffie op!'

Ik stond op het toilet en dacht: het gaat me veel te snel, het gaat me veel te snel. Ik moet er nog even bij vermelden: de koffie hadden we geserveerd gekregen in servies van Villeroy en Boch. Dat is verdomd chic servies. Dat moet je echt met de pink omhoog gebruiken. Ik stond daar op het toilet en ik zag dat de wc-pot óók van Villeroy en Boch was! Dus ik daar op dat toilet ook gelijk de pink omhoog, en ik dacht: het gaat me te snel, het gaat me veel te snel.

Na het urineren waste ik mijn handen. Ik was altijd mijn handen na het urineren. Hoe komt dan mijn piemel zo vies? Dat komt omdat ik m'n handen pas was ná het urineren.

Ik hield mijn handen onder de droger en ik dacht: het gaat me te snel, het gaat me veel te snel. Ik liep terug naar het restaurant en ik zei: 'Luister es, het gaat me eenvoudigweg veel te snel. Jij komt volgende week bij mij in Almelo en dan gaan we eerst eens een gezellig avondje uit.'
Verdomd, een week later stond ze bij mij op de stoep. Ik schrok: 'O god, ben jij het? Je bent gekomen?! O, gottegot-

tegod. Hè? Ja, weet ik wel, maar je bent ook écht gekomen. Nee, sorry, leuk dat je er bent. Ben je gek, hartstikke leuk dat je er bent. Wil je wel eerst even je voeten vegen? En de keuken ook gelijk? Daar staat ook nog een klein afwasje als je het niet erg vindt...' Ik dacht: nee heb ik, een klap voor m'n kop kan ik krijgen.

Dat vond ze dus niet echt leuk, maar gelukkig had ik wel iets leuks in gedachten voor die avond: samen naar de bioscoop. Halverwege de hoofdfilm vroeg ik haar heel belangstellend: 'Kun je het wel goed zien vanaf jouw plek?' 'Ja hoor,' zei ze, 'ik zie het uitstekend.' 'Mag ik dan op jouw plek zitten?' Ik dacht: nee heb ik, een klap voor mijn kop kan ik krijgen.

Maar nee hoor, ze wou nog steeds graag bij me blijven. We gingen gelijk na de hoofdfilm naar mijn huis. Het grote wonder drong nu pas in zijn volle glorie tot me door: het was onvermijdelijk geworden: Wíj zouden samen gezellig: KLESSEBESSEN!

Condooms

Ik was erg gelukkig met Greetje tot ik op de televisie hoorde dat liefde tegenwoordig levensgevaarlijk kan zijn: 'Indien u niet altijd seks hebt met dezelfde partner, dan loopt u kans HET te hebben.' Nou, ik had inderdaad niet altíjd seks – je moet ook af en toe een hapje eten – maar wél steeds met dezelfde partner.

Een alternatief is dan altíjd seks, maar in de eerste plaats is dat onbetaalbaar en in de tweede plaats verrek je van de honger.

Dan is er nog een derde mogelijkheid en dat is nóóit seks. Voorwaarde daarbij is echter wel dat je dan ook werkelijk met Jan en alleman nóóit seks hebt. En tja, er lopen nou eenmaal figuren op deze wereld rond waarvan ik zeg, ik moet er niet aan dénken om daar nóóit seks mee te hebben.

Dan blijft er nog maar één mogelijkheid over en dat is véílige seks. Die dingen liggen tegenwoordig gewoon in de supermarkt. Ik had ze daar al heel vaak zien liggen. Ik dacht: als ik ze hier al heel vaak heb zien liggen, dan zal het vast ook héél gewoon zijn dat je ze koopt en dan zal het vast ook héél gewoon zijn dat je ze met de melk en de hagelslag aflevert bij de kassa. Dus ik leverde ze met de melk en de hagelslag af bij de kassa. De caissière telde op:

‘Eén melk, één hagelslag... Anja, wat kosten die condooms?!’
‘Condooms? Verkopen wij die dan?’
‘Blijkbaar, ’t is voor die jongen met die snor!’

En Anja: ‘Ja, dat weet ik ook niet.’ Dus Anja via de intercom: ‘Mijnheer Dijkstra! Wil de heer Dijkstra even bij kassa vier komen, die jongen met die snor wil condooms, wat moeten die kosten?!’

Even later de heer Dijkstra: ‘Wie was dat met die condooms?!’
En veertig supermarktklanten: ‘Hij daar met die snor. Hij daar!’

Ik had allang geen zin meer in wat voor seks dan ook, zeker niet toen ik naar buiten liep en daar een levensgroot plakkaat zag met *Herman gebruikt ze.* Daarnaast hing zelfs nog een bord met *Chriet Titulaer gebruikt ze.*

Wondere wereld.

Bonnie

In Schotland gelooft men in een dier dat niet bestaat, het monster van Loch Ness. Maar doordat men zó graag wil dát het bestaat, bestaat het bijna werkelijk. Men heeft foto's, filmbeelden, enzovoort. Dit principe besloot ik op mezelf toe te passen.

Ik wilde dolgraag een vriendin. Ik wilde zó graag een vriendin dat ze bijna bestond. Ik had foto's, filmbeelden, enzovoort. Ik ging zelfs naar haar concert. En terwijl ik haar daar op het podium bewonderend aanstaarde, vroeg ik mij af wat die Schotten in dat monster zagen.

In de pauze van het concert ging ik naar haar kleedkamer. Ik klopte op haar kleedkamerdeur en fluisterde zachtjes in mezelf: 'Bonnie St. Claire, ben je verliefd op mij?'
'Jaha,' riep ze.

Ik ging naar binnen en vroeg om een handtekening.
'Ik heb je wel zien staan,' zei ze. 'Je stond vooraan te staren tussen een stel tieners.'
'Ik heb jou ook wel zien staan,' zei ik. 'Je stond op het podium.'
O, als verliefdheid meetbaar was, dan stond ik in het *Guinness Book of Records*. Daarom vroeg ik: 'Bonnie, weet je hoe je verliefdheid kunt meten?'
'Ik meet verliefdheid af aan wat een man voor mij over heeft.'

'Ik heb veel voor je over, Bonnie, wat kan ik voor je doen?'
'Je mag getuige zijn bij mijn huwelijk.'
Mijn wereld stortte in. 'Maar ik wil je echtgenoot zijn...'
'Wees nou eerst maar eens getuige, dan kunnen we de volgende keer wel zien of jij aan de beurt bent.'

Dat had nog nooit een vrouw tegen mij gezegd. Ik zei: 'Du, ich möcht' dir etwas sagen, was ich noch zu keinem, zu keinem andern Mädchen gesagt hab', ich...'
'Je moet nu echt gaan,' zei ze. 'Ik moet op voor het tweede deel van mijn programma.'

Weer stond ik vooraan bij het podium. Bonnie zei tegen de zaal: 'Voor het volgende nummer heb ik de vriendelijke assistentie nodig van een man uit de zaal. Ik val op mannen met een snor.'
Een derde van de zaal bedekte met één hand het gezicht en wees met de andere hand naar mij: 'Hij heeft een snor, hier, hij daar!!'

Eenmaal op het podium kreeg ik van Bonnie een microfoon in de handen gedrukt. Op slag werd ik nerveus. Dat is normaal. Een microfoon maakt mensen nerveus. Zo was ik ooit eens in een hotelkamer en werd enorm zenuwachtig, zenuwachtig zonder dat ik wist waarom. Achteraf bleek dat er een verborgen microfoon in de kamer had gezeten.

'Stoei met me, vrij met me, speel met me, kus met me, liefste,' zong Bonnie, ook dat had nog nooit een vrouw tegen mij gezegd. Ik deed mijn uiterste best en liet me van mijn

zwoelste kant zien. Na afloop van het lied zei ze: 'Hé, hartstikke bedankt. Als beloning krijg je een dikke kus, tenminste, als ik niemand jaloers maak, ben je getrouwd?'
'Nee, ik ben niet getrouwd... Mijn schoonouders konden geen kinderen krijgen.'

'Ik had nog graag uren met je door willen praten, maar ja, je wordt nou zó vervelend...'
Dát had een vrouw wel vaker tegen mij gezegd. Ze gaf me een foto met handtekening en zei: 'Je moet nu echt gaan.'

Ik stormde regelrecht van het podium naar de uitgang en liep met de dierbare foto in mijn hand naar het dichtstbijzijnde hotel. Ik ging naar de receptie en vroeg aan de hoteleigenaar: 'Mag ik van u een kamer voor een halfuur en een punaise?'

De punaises bleken helaas op te zijn; er was net een weekend van de Rotary geweest. Een kamer was er nog wel. Eenmaal op m'n kamer liet de hoteleigenaar mij alleen met Bonnie. Op slag werd ik nerveus, was dat wel normaal? Misschien zat er wel ergens een verborgen microfoon! Díé Rotary! Eerst beslag leggen op alle punaises... Punaises! Ik had nog geen punaises. En de winkels waren al dicht, dus ik kon ook niet snel even naar de Punaisegigant.

Ik besloot het anders aan te pakken en spijkers met koppen te slaan. Tegen de vrouw van het huwelijksbureau zei ik dat ik graag wilde trouwen.
'Wat voor een vrouw zoekt u?'

'Bonnie St. Claire,' antwoordde ik.
'Die komt in ons bestand niet voor.'
'Ik wil haar wel opgeven,' zei ik en ik overhandigde de foto met handtekening.
'Wij hebben iemand voor u, Bonnie St. Claire. Ik zal een ontmoeting voor u arrangeren.'

Enige tijd later zat ik weer bij Bonnie in de kleedkamer. Ze had een schnabbel voor de Rotary. Eregast die avond was Prins Bernhard.

Een bijzonder charmante man, hij ging hoogstpersoonlijk naar de kleedkamer van Bonnie om zich even aan haar voor te stellen. Hij zei: 'Bonnie, mag ik mij eben voorschtell'n, Bernhard.'
'BERNHARD! DOKTER!

U moet mij zeggen, hoe gaat het nu met hem? Zeg mij alleen de waarheid maar... Is hij nu niet meer in gevaar...?'
'Eh..., ik geloof dat 't niet best is. Hai moet dat bed houd'n, hai kraigt per uur driemaal een infuus en twaalf injecties. Hè, dan heeft hai nog 'n beetje afleiding.

Verder kan ik meld'n: hai is boiten lebensgevaar. Maar ja, je weet maar nooit, hè, die dokters zain zó knap tegenwoordig.'

Bonnie kon onder de gegeven omstandigheden niet meer optreden en verliet het gebouw. Ik bleef alleen achter met Prins Bernhard en de voorzitter van de Rotary. Deze laatste zei: 'Meneer Bernhard, ik ben een grote fan van u,

zoudt u uw biografie voor mij willen signeren?'
'Maar natuurlijk wel,' zei Bernhard, 'hoe is de naam?'
'Prins Bernhard toch?!'
'Ach ja,' zei ik lachend tegen Bernhard, 'mensen vragen u natuurlijk vaak de stomste dingen, hè?'
'Nee hoor,' zei Bernhard, 'u bent de eerste.'

Bijna had ik Bonnie nog een derde keer ontmoet. Ik moest optreden in de schouwburg van Almelo, werd er 's middags naar de kassa gebeld door Bonnie St. Claire: 'Zijn er voor vanavond nog kaartjes voor Herman Finkers?'
'Jazeker wel,' zei de caissière.
'Ja...' lachte Bonnie, 'dat dacht ik wel.'

Het bleek dat Bonnie die avond ook moest spelen in de schouwburg van Almelo. Bonnie stond in de grote zaal en ik in de kleine, het publiek van Almelo kon geen kant meer op...

Ik had berekend dat de pauzes van Bonnie en mij ongeveer zouden samenvallen. Ik dacht: ik ga in de pauze direct onder de douche, dan kan ik frisgewassen Bonnie nog even spreken. Dus aan het eind van het eerste deel zei ik tegen het publiek: 'Dames en heren, het is nu pauze. Ik ga even onder de douche.' Waarop de eerste vier rijen zeiden: 'GRAAG!'

Ik pakte uit mijn kleedkamer een handdoek en een stuk zeep. Op weg naar de douche werd ik tegengehouden door de toneelmeester die zei: 'Wat bent u van plan?'
'Ik wou onder de douche.'

‘U wou onder de douche?’
‘Ja. Of staat Bonnie onder de douche.’
‘Nee, Bonnie staat niet onder de douche.’
‘O, dan wacht ik wel even.’

Ik heb de hele pauze gewacht. Geen Bonnie. Na afloop van de voorstelling heb ik weer gewacht, ze bleek gelijk na haar optreden te zijn vertrokken. ZONDER te douchen!

Jaknikkers

Ik was onzeker. Ik twijfelde enorm aan mezelf.
En op een ochtend, ik weet het nog goed, op een ochtend, werd ik wakker, deed een plas, stond op en dacht: 'Verrek, het moest andersom.'

En terwijl ik het bed verschoonde begon ik alleen nog maar meer aan mezelf te twijfelen. Ik had bevestiging nodig en ben daarom naar de jaknikkers in Schoonebeek gegaan.

Ik zei tegen zo'n jaknikker: 'Heb jij dat ook wel eens, dat je 's morgens vroeg wakker wordt en dan al gelijk enorm aan jezelf begint te twijfelen?'
'Nee,' zei de jaknikker.

Er kwam een man voorbij op de fiets... Ik schopte hem van de fiets... En ik zei tegen hem: 'Heeft u dat ook wel eens, dat u 's morgens vroeg wakker wordt en dan al gelijk enorm aan uzelf begint te twijfelen?'
'Nee,' zei de man, 'ik ben een avondmens.'

Ziekenhuis

Het leek erop dat ik een sprong van tien hoog had overleefd. Ik kon het haast niet geloven. Maar toen ik na tien dagen nog geen ontbindingsverschijnselen begon te vertonen, móést ik het wel geloven.

Voor alle zekerheid ben ik toch maar even naar het ziekenhuis gegaan. Ik werd gelijk op een brancard gesmeten, de operatiekamer in gereden en op de operatietafel gekwakt. De chirurg sneed mijn buikholte open, haalde de darmen eruit en zei: 'Zo, dat is dat, wat mankeert deze man?'

Ik zei: 'Ik voel mij een beetje depressief.'
'O ja? Dat is niet leuk, hè?'
'Nee, dat is niet leuk.'
'Nog lichamelijke klachten?'
'Ja, moe, dokter, ik ben de laatste tijd zo moe. Moe zonder dat ik weet waarom. Soms kun je het achterhalen. Als je in het voorjaar moe bent, kan dat voorjaarsmoeheid zijn en als je stamppot gegeten hebt, kan dat aardappelmoeheid zijn. Maar deze moeheid, dokter, kan ik niet verklaren.'

'Ik wel,' zei de dokter, 'u hebt een lichte hersenschudding.'
Ik zei: 'Dokter, hoe is dat mogelijk, een lichte hersenschudding?'
'Tja,' zei hij, 'ik denk dat de klap niet hard genoeg was.'

'Dokter, niet hard genoeg?'
'Nee,' schudde de dokter. Nu zei dat niet zoveel, want de dokter schudde voortdurend van nee. De hele dag schudde de dokter van nee. Ik dacht daarom dat de dokter de ziekte van Parkinson had, maar ik heb het hem gevraagd en eh...'

Rolstoel

Ik zei: 'Dokter, ik kom toch niet gelijk in een rolstoel, hè?'
'Nee,' zei de dokter, 'nee, daar zult u wel voor moeten sparen, denk ik.'
Ik vroeg angstig aan de zuster: 'Dit is toch wel een goede chirurg?'
'Ik weet 't niet,' zei ze, 'de gynaecoloog is beter.'

Tijdens de operatie kreeg ik visioenen van Eddy the Eagle, de Engelsman die in Zwitserland bij het skischansspringen in een rolstoel is beland. Dat vind ik zó knap gemikt.

Receptje

– Hoe voelt u zich nu?
– Nou dokter, ik heb nogal last van drijven.
– Hoe bedoelt u, drijven?
– Nou, gewoon, drijven.
– Bedoelt u overdrijven, wegdrijven of afdrijven?
– Nee, niet speciaal... gewoon, drijven.
– U heeft dus nogal last van... drijven?
– Ja, van drijven.
– Ik zal u zinkzalf geven.

Drank

– Drinkt u veel?
– Ach, dat weet ik niet, dokter, wat noemt u veel?
– Nou ja, laten we zeggen, een kratje in de week?
– O nee, dokter. Dat haal ik niet. Een week...

Gait

– Verrek! Bin ie nich Gerrit Jansen?
– Joa, ik bin Gait.
– En a'k vroag'n mag: ie bint chirurg?
– Joa, ik bin chirurg.
– En a'k vroag'n mag: bevalt dat wark een betje.
– Ach, bevalt et wark... wee'j wat 't is, jong, ik bin allang blie da'k wat te doon heb. Ik kan nich in hoes zitten wee'j wa. Ik mut wat te knooi'n hebb'n.

Dikke rooie tabletten

'Hier,' zei de verpleegster tegen mij, 'heeft u tabletten. Moet u eens innemen.'
'Waarom dan?'
'Ku'j lachen.'
'Maar ik heb altijd van die kleine witte tabletjes.'
'Ja, dat weet ik wel, dit zijn hele dikke rooie. Echt, moet u eens innemen, ku'j lachen!'
Ik nam die tabletten in en... Lachen! Lachen!!
Naast me lag een patiënt die net geopereerd was, hij kwam niet meer bij.

Het was helemaal een sneu geval.
Hij had een auto-ongeluk gehad.
In de Herman Finkersstraat.
Hij was in de Herman Finkersstraat uit een flauwe bocht gevlogen.

De buren tappen onze stroom af

Mijn vrouw en ik zijn op visite geweest bij de deurwaarder. We dachten: het hoeft niet altijd van één kant te komen.

Het is wel een aantal jaren geleden, hoor, dat ik dit heb opgeschreven. Ik kan er nu ook wel om lachen, maar het was toentertijd verschrikkelijk. We konden de stroomrekening niet meer betalen. En het stomme was, we hadden geen flauw benul hoe die stroomrekening van ons toch elke maand weer zo belachelijk hoog kon zijn. Tot het mij een keer opviel dat de buren op klaarlichte dag het licht aan hadden. Ik zei tegen m'n vrouw: 'Hier, dat is het.' Ze zei: 'Hoe, dat is het.' 'Dat is het! De buren tappen onze stroom af!' 'Nou,' zei ze, 'is dat niet een wat voorbarige conclusie?' 'Niks voorbarige conclusie, ik weet het honderd procent zeker: de buren tappen onze stroom af.' Dus ik op hoge poten naar de buren... Ik belde aan: op mijn eigen kosten...

De buurvrouw deed open en ik zei: 'Buurvrouw, ik kom praten over dat aftappen door jullie van onze stroom.' De buurvrouw wist natuurlijk van niks, maar haar man kon elk ogenblik thuiskomen, zei ze, misschien dat die er wat meer van wist. Dus ik wachtte samen met de buurvrouw de komst van de buurman af. De buurvrouw schonk mij een ongelooflijk smerige bak koffie in, volgens mij opzettelijk, dus toen ze weer even in de keuken was, gooide ik mijn koffie snel in de sanseveria. De buurvrouw kwam terug en vroeg of ik een koekje bij de sanseveria wou. Om kort te gaan: de sfeer tussen de buurvrouw en mij was om te snijden. Ik dacht: waar blijft die man van haar nou... Op hetzelfde moment hoorde ik het geluid van een auto die het grindpad kwam oprijden. 'O god,' riep de buurvrouw, 'mijn man komt eraan!' Dus ik trok snel al mijn kleren uit en verstopte mij in de kast.

De buurman kwam binnen, zag mijn kleren voor de kast liggen, deed de kastdeur open en ik zei: 'Goh, buurman... ik hier? Dat is me ook wat zeg! Het zal je maar gebeuren!' Ik stapte piemelnaakt de kast uit en ik zei: 'Buurman, ik kwam even praten over onze stroomrekeningen.'

Het onderwerp was al volkomen onbespreekbaar geworden. Sterker nog: de buren en wij, het was een volstrekt onhoudbare situatie. Een oplossing zou zijn: verhuizen. Maar daar hadden we het geld niet meer voor. Een betere oplossing zou zijn dat de buren gingen verhuizen, of nóg mooier: emigreren. Amerika, dat was het beste geweest. Dat is een mooi land, Amerika. Daar hebben ze de doodstraf. En dat doen ze met stroom...
Jazeker, dat doen ze met stroom. En ze hebben er ook nog eens verschillende methodes voor uitgedokterd om iemand elektrisch om zeep te helpen. Zo hebben ze in Amerika de elektrische deken... dan laten ze je inslapen...
Maar het meest gek zijn ze daar met de elektrische stoel. Onlangs nog werd er iemand veroordeeld tot een klap van 50.000 volt, waarvan 12.000 voorwaardelijk. Dat zal me een beste stroomrekening geweest zijn.

Hotel

'Mag ik mijn kamersleutel?'
'Wat is uw kamernummer?'
'Tja, wat een rotvraag... 213? Nee, 213 niet, het was er naast... Dan wordt het 211.'
'Weet u het zeker?'
'Ik weet het zeker; wij hebben kamer 211.'
Dus ik met sleutel 211 naar boven. Ik opende de kamerdeur en ik bevond me in een pikdonkere kamer. Het enige dat zichtbaar was, was een lichtgevende schakelaar. Ik drukte op die schakelaar en toen ging ook die schakelaar uit.
Dan maar in het donker. Ik kleedde me in het donker uit, stapte in bed en voelde een warm, zacht lichaam over me heen glijden. Een vrouwenstem zei: 'Schat, ben jij het?' Ik zei: 'Ja, en wie ben jij?'
Het licht werd aangeknipt en ik keek recht in het verschrikte gezicht van onze buurvrouw! Ik zei: 'Goh buurvrouw! Ik hier?!
Dat is me ook wat. Het zal je maar gebeuren. En wat is dat nou toch, buurvrouw? Ligt u hier helemaal in het donker? Dat is niks voor u! Eén zo'n zuinig schakelaartje... Alles is toch wel in orde hoop ik?' De kamerdeur ging open. 'O god,' zei de buurvrouw, 'mijn man komt eraan.' Ik zei: 'Daar trap ik niet weer in.' De buurvrouw dook onder het bed. Haar man kwam binnen, zag mij in bed liggen en zei: 'Goh buurman! Ik hier? Dat is me ook wat, het zal je maar

gebeuren. Ik geloof dat ik me een kamerdeur heb vergist.'
'Geeft niks, buurman. Dat is mij ook wel eens overkomen.'
De buurman nam afscheid en ging naar kamer 213. Ik kleedde mij aan, nam afscheid van de buurvrouw en ging eveneens naar kamer 213. Ik opende de kamerdeur en ik bevond mij in een pikdonkere kamer. Ik knipte het licht aan en zag mijn vrouw in bed liggen met de buurman! M'n vrouw keek mij met verschrikte ogen aan.
Ik zei: 'Rustig maar. Ik kan alles uitleggen.'

De papegaai

– Lorre! Lorre!
– Ja...?
– Lorre!
– Zeg 't es.
– Koppie krauw! Koppie krauw!
– Ja, ik hoor je wel.
– Wat is dat nou? Kun je mij verstaan? Rare papegaai, hij praat me helemaal niet na, de grappenmaker, hij praat gewoon terug. Hoe is je naam?
– Lorre!
– Zie je wel! Hoe zei je?
– Lorre!
– Hoe is het mogelijk, hè?
– Lorre! Koppie krauw! Koppie krauw! Wat is dat nou, kun je mij verstaan? Rare papegaai, hij praat me helemaal niet na, de grappenmaker, hij praat gewoon terug. Hoe is je naam?
– Lorre!
– Zie je wel! Hoe zei je?
– Lorre!
– Hoe is het mogelijk, hè?
– ...ttssss! Hoe is het mogelijk, hè. Ik praat JOU na!
– Ik praat jou na!
– Ha, zo ken ik je weer, jij praat mij na.
– Jij praat mij na.
– Jij praat MIJ na... nu praat ik alweer jou na. Dit is een heel

intelligente papegaai zeg. Eens even testen wie van ons tweeën het intelligentste is. Lorre, hoeveel is een PLUS een?
– Twee.
– Goed zo, en hoeveel is een maal een?
– Twee.
– Ha, daar trappen ze altijd weer in, hè. Hij is toch niet zo intelligent als ik dacht. Nog een keer: hoeveel is een MAAL een?
– Twee.
– Nee, dat is niet goed. Ik zal het je heel duidelijk uitleggen, let goed op: ik geef je één keer één pinda. Zie je wel? Hoeveel pinda's heb je nu?
– ...
– Tel maar rustig.
– ...
– Je hebt nu één pinda.
– Ja, maar...
– Wat nou weer: 'Ja, maar...?'
– Er kunnen er wel twee in zitten.
– '...Er kunnen er wel twee in zitten...' Heb je dan nooit de tafels geleerd op school, vroeger? Hier, lees dit maar eens goed na: Oefenboekjes met tafels voor het basisonderwijs.
– Ai, er is een probleem.
– Er is een probleem... Wat dan?
– Niets uit deze uitgave mag worden vermenigvuldigd zonder uitdrukkelijke toestemming van de uitgever.
– Verrek, hij heeft gelijk: 'Niets uit deze uitgave mag worden vermenigvuldigd zonder uitdrukkelijke toestemming van de uitgever.' Dat is een onhandig boekje... Ach, wat niet weet wat niet deert. Hier: $7^1/_2$ x 60, hoeveel is dat?
– Veel te moeilijk.

– Welnee, dat kun je vereenvoudigen! $7^1/_2$ x 60 staat gelijk aan 15 x 30, 15 x 30 staat gelijk aan 30 x 15, 30 x 15 staat gelijk aan 60 x $7^1/_2$ en 60 x $7^1/_2$ is...?
– 450.
– Voilà, zie je nou wel? Hier, dit is een hele mooie voor jou. Een papegaai heeft in zijn bakje 120 gepelde pinda's. Let wel: gepelde pinda's, hè? Om misverstanden te voorkomen. De papegaai eet van die 120 pinda's een derde op. Hoeveel pinda's heeft die papegaai dán nog in zijn bakje?
– $119^2/_3$.
– ...Eh, zover gaat dit boekje niet, geloof ik. Nee, het is niet goed.
– Tuurlijk wel.
– Nee, het is niet goed. Dat moet 80 zijn en ik kan het weten want ik heb geregeld op school vroeger een tien gehaald. Jawel, een TIEN. En weet jij waarvoor?
– IQ?
– IQ... Luister, hier is je pinda, hier is je rekenboekje... Je bestudeert de stof nog maar eens goed. Aan het eind van het schooljaar kom ik terug en dan overhoor ik je. Begrepen? 5 augustus ben ik terug.
– Dan ben ik 4 augustus vertrokken!
– Wat zeg je?
– Dan ben ik 4 augustus vertrokken!
– Hoor eens hier, zeg: 'Dan ben ik 4 augustus vertrokken...' De brutaliteit! O ja? Nou, dan ben ik 3 augustus terug!
– Dan ben ik 2 augustus vertrokken!
– Dan ben ik 1 augustus terug!
– ...
– Nu heb ik 'm, nu heb ik 'm...!
– Dan ben ik half augustus vertrokken!

Werelddierendag

Ik zat laatst te vissen.
Het was Werelddierendag, dus ik deed een extra dikke pier aan de haak.

Het zwemgedrag van dassen

Mijn broer heeft vijf jaar lang, als wetenschappelijk bioloog, het zwemgedrag van dassen bestudeerd. Kunt u zich dat voorstellen? Hij heeft *vijf* jaar lang het zwemgedrag van dassen bestudeerd! Eindconclusie van het onderzoek was: Dassen zwemmen nooit.

Tosti Tortellini

Er was eens een klein jongetje dat, als men hem vroeg wat hij later wilde worden, steevast antwoordde: 'Ik wil waarzegger worden. Maar ik wórd fietsenmaker.' En dames en heren, hij wérd fietsenmaker.

In z'n vrije tijd zwerft deze fietsenmaker stad en land af om het onkenbare tastbaar en het ontastbare kenbaar te maken. Uri Geller kon een lepeltje krombuigen door ernaar te kijken; HÍJ kan een lepeltje krombuigen met een blinddoek voor.

Een man met een bijzondere gevoeligheid, dames en heren. Het messenwerpen op levende voorwerpen doet hij geblinddoekt, want hij kan geen bloed zien.

Dames en heren, ik vraag uw diepste concentratie voor: Tosti Tortellini!

'Ontspant u zich maar, dames en heren, ontspant u zich maar. Haal heel rustig adem en luister naar de stilte in uzelf. Het is de geest die bepaalt hoe het lichaam zich voelt. Zo gaan Japanse topsporters, vóór een grote topprestatie, uren achtereen onbeweeglijk in de lotushouding zitten mediteren. Om de spieren lekker los te maken.

Het zijn allemaal eeuwenoude technieken en eeuwenoude principes. Voorbeeld: 4000 jaar geleden was het de tijd van de Egyptenaren. In die tijd bouwden de Egyptenaren: piramides. En zo hoort het ook... Als je piramides bouwt, dan moet je dat in je eigen tijd doen.

Dat is zo een van die eeuwenoude principes. Evenals helderziendheid. Men vraagt mij dikwijls: Maakt u als helderziende eigenlijk nog wel eens iets onverwachts mee? Jawel. Morgenavond nog.

Morgenavond komt er een man naar me toe met een bedrukt gezicht. Als helderziende zie ik onmiddellijk wat die man te wachten staat en ik zie dat hij niet lang meer te leven heeft. "Ik heb een midlifecrisis," zegt de man. Ik zeg: "Dat mocht u willen."

Nee, helderziendheid is niet altijd leuk. Sterker nog, helderziendheid is zelden leuk. Denk daarom niet aan wat komen gaat, denk slechts aan het Nu en het Niets. Het zijn heel oude technieken. Maar het zijn vooral heel oude principes. Maak je helemaal leeg, ontspan je volledig, want u gaat nu de hypnose in. U schakelt uw persoonlijkheid uit. Uw persoonlijkheid bestaat niet meer. Mijn persoonlijkheid wordt uw persoonlijkheid. Schakel uw wil uit en uw gedachten. Uw wil bestaat niet meer, uw gedachten bestaan niet meer. Mijn wil wordt uw wil, mijn gedachten zijn nu uw gedachten en uw rechterarm voelt heel licht aan. Hij voelt zó licht aan dat hij wil gaan zweven. Niet zo licht als een veertje wordt die arm, nee, hij wordt líchter dan een veertje. Hij wil omhoog, los van de zwaartekracht. Geef er maar aan toe, u kunt hem niet meer tegenhouden, wat u ook probeert, want u hebt geen eigen persoonlijkheid meer, geen eigen wil. Mijn wil is uw wil. Hoger en hoger gaat die arm, recht voor u uit, hoger en hoger. U strekt uw arm schuin omhoog. U strekt uw arm tot in uw vingers. Geen eigen persoonlijkheid meer, geen eigen wil, geen eigen mening, mijn wil is uw wil, mein Wunsch ist dein Wunsch, mein Kampf ist dein Kampf.'

Kamperen

–Heb je een slaapzak?
–Ja, ik heb iets te lang met m'n benen over elkaar gezeten.

Levensgevaarlijk

Het is levensgevaarlijk om met slecht weer in de bergen te zitten. Alleen vorig jaar al heeft de Vaalserberg dertig doden geëist. Gelukkig is men niet op de eis ingegaan, maar je schrikt toch wel even als je het hoort.

Op de Vaalserberg

Ik hoop dat ik de routebeschrijving goed heb begrepen: 'U volgt het pad omhoog, tot u niet verder meer kunt.' O, ik kán niet meer. Ja, we zijn er.

Ik moest van de dokter op vakantie want ik was compleet opgebrand. Het werk was een gekkenhuis geworden. De kaarten voor mijn laatste show waren zó lang van tevoren uitverkocht dat ik op de avond zelf alleen bejaarden in de zaal had zitten.

Dus het werd hoog tijd dat ik gas terugnam. En toen dacht ik iets doms. Ik dacht: als artiest heb je het voordeel dat je elke ochtend kunt uitslapen. Bij een gewone baan heb je het voordeel dat je 's avonds lekker vroeg naar bed kunt. Toen dacht ik: weet je wat, ik combineer beide voordelen door een dubbele baan te nemen.
Bovendien, dacht ik, heb je bij een dubbele baan twee keer zoveel vakantie.

Maar zo werkt dat niet. Ik schoot enorm in de stress. Dus ik naar de dokter: 'Dokter, ik moet een middel hebben tegen stress en rap een beetje.'
'Hoort u wel waar u mee bezig bent?' vroeg de dokter. 'U wilt het kalmer aan doen en rap een beetje. Zo werkt dat niet.'
'Dokter, hoe werkt het dan wel?' En toen moest ik het heel

anders gaan aanpakken. Ik moest van de dokter zeer consequent een ritme aanhouden van één uur werken en een kwartier rusten. Maar dat hield ik 's nachts niet vol.

Dus schoot ik nog veel meer in de stress. Ik weer naar de dokter en ik zei: 'Dokter, ik heb het nu helemáál met de zenuwen.' Toen mocht ik me van de dokter wat minder strak aan het ritme houden als ik maar goed lette op mijn voeding. 'Want goede voeding,' zei de dokter, 'verhoogt de stressbestendigheid.' Hij legde me uit: 'In één sinaasappel zitten net zoveel vitamines als in zestig zakken patat.' Ik aan het rekenen en toen kwam ik erachter dat ik veel te weinig patat at.

En dát is waar ik nog het meest vermoeid van ben geraakt, wilt u dat wel geloven? Die humor van mij... O, die is zó vermoeiend.
En weet u waarom die humor van mij zo vermoeiend is? Je weet bij alles wat er gebeurt van tevoren al: het gaat altijd anders dan je verwacht. Zoals dit: ik heb hier een verrekijker bij me en daar staat op: 'Vergroot achtmaal.' Maar ik heb er ook wel eens een negende keer door gekeken en toen deed hij het ook wel.
Dat is zó vermoeiend.

Ik ben dus een beetje overspannen geraakt en daarom zit ik me hier een potje te onthaasten in Zuid-Limburg.

Het is zó heerlijk ontspannen in Zuid-Limburg. Het woord onthaasten kennen ze hier helemaal niet. Er ligt daarginder een dorpje, dat heet Simpelveld. Alleen van de

naam word ik al rustig: Simpelveld. Gisteravond is in Simpelveld een bromfietser bekeurd wegens het rijden zonder achterlicht. Volgens de burgemeester was het de hele week al onrustig in Simpelveld.
Het is hier in Zuid-Limburg mooi heuvelachtig. Voor iemand van boven de rivieren zoals ik, bergachtig zelfs. Nu hebben we aan de rand van Almelo ook wel een berg, de Nijreesberg; maar dat 'berg' is erg overdreven. De Nijreesberg is meer een voorzichtig heuveltje. Nou ja, 'voorzichtig heuveltje'... Ook dat niet eens. Het is meer een aarzelende glooiing in het landschap. Of 'aarzelende glooiing in het landschap'... Het is eigenlijk gewoon een kuil. Een hele diepe... O, 't is zo vermoeiend die humor. Ik moet patat hebben, anders hou ik het niet vol.

Streektaal

Wat hebben we hier? Dit lijkt me geen patat:
'Slechts twee garnalen voor ƒ3,95', staat er op. Dat snap ik niet: slechts twee garnalen voor ƒ3,95. Ik voel wel dat er iets niet klopt aan die zin, maar als je me nu vraagt wat er precies verkeerd aan is, dan sta ik wel mooi met mijn mond vol tanden.

Nee, ik zie het echt niet. Ik heb moeite met het lezen van teksten. Ik ben dyslectisch. Dat heb ik de dokter ook gezegd: 'Dokter, ik ben niet alleen overwerkt, ik ben ook nog eens dyslectisch.'
Hij zei: 'U bent wat?'
Ik zei: 'dyslectisch! d-y-s-l-e-c-t-i-s-c-h: dyslectisch!!!'

Ik vind het wel mooi, dat ik dyslectisch ben. Dan hoor je er helemaal bij. Nee echt, dyslexie komt veel voor. Zo heb ik gelezen dat mensen die last van dyslexie hebben, vooral moeite hebben met zinnen die te lang.

Dat heb ik ook. En daarom woon ik zo graag in Almelo, want daar zijn de zinnen nooit te lang. Ik maak dat vaak mee. Dan loop ik door Almelo, en op een gegeven ogenblik denk ik: ik geloof dat er al een half uur iemand naast mij loopt. Ik kijk opzij en de jongeman die inderdaad al een half uur naast mij loopt zegt iets van: 'Hoo is 't Finkers? Kö'j 't volhoalden?'

Ik zeg: 'Ikke wa, ie dan?'
'Ik ok wa.' Einde gesprek.

Ideaal voor dyslectici. Maar bij het drielandenpunt is het andere koek, hier kan ik m'n talenknobbel aardig bijvijlen. Je hebt in dit taalparadijs het Nederlands, allerlei soorten Vlaams-Nederlands, Frans, allerlei Waalse varianten op dat Frans, Hoogduits, Platduits, Kölsch, allerlei soorten Limburgs en de mooiste taal van Europa: het Kirchröajs. Jawel. Het Kirchröajs. Ik weet niet of u wel eens met open oren door Kerkrade bent gelopen? Alsof je door Japan loopt. Je verstaat geen klap van wat je hoort maar het klinkt fantastisch mooi! Een dezer dagen was ik in Kerkrade en daar zei een man tegen mij: 'Ach kiek, doe bis d'r jekke Beëtes! Doe muus nog Loëe hèèsje und roëe hoare han!'
Ik zei: 'Wat zegt u?'
'Doe bis d'r jekke Beëtes! Doe muus nog Loëe hèèsje und roëe hoare han!'
'Nee, dan heb ik het toch goed verstaan...'

Afijn, hij bleef maar doorpraten en op een gegeven ogenblik hoorde ik warempel een woord dat ik herkende. Hij had het over: 'roepen'. En daar bedoelde hij 'rupsen' mee. En daar hebben we heel toevallig in Almelo ook last van, dat we 'roepen' tegen 'rupsen' zeggen. Misschien zegt u dat ook wel: 'roepen'? Niet? Ach joh, van die dikke vette roepen! Nou goed, u niet. Maar in Almelo dus wel, en in Limburg ook en in Friesland zeggen ze ook roepen tegen rupsen en in Groningen en in Drenthe en bij ons en in de Achterhoek en... Eigenlijk zeggen ze in heel Nederland 'roepen', alleen u zegt dat net even anders. Nu is het ook nog zo dat we in Almelo een zeer populaire uitdrukking met 'roepen' hebben, elke Almeloër kent: 'Wie hebt roepen op 'n moos'. Dat betekent letterlijk: 'Wij hebben rupsen op de boerenkool'. Het is niet anders, we zijn allang blij dat we wát hebben in Almelo en wij hebben dus rupsen op de boerenkool. Ik vond het zo grappig dat die man in Kerkrade het ook over roepen had, dus ik zei hem: U had het net over roepen, zegt u hier in Kerkrade misschien ook heel toevallig: 'Wie hebt roepen op 'n moos?' Roepen op 'n moos? 'Nee,' zei hij, 'hier in Limburg doen wij er altijd een rookworst op.'

'Slechts 2 garnalen voor *ƒ* 3,95', ik zie het verdorie in één keer: dat is duur.

Koud

Tijd voor een plaspauze.
Oeh, koud zeg! Wat lijkt alles klein, hè, als je zo hoog zit.

Nawoord burgemeester Vaals

Wie *Drielandenpunt* zegt, zegt *gastvrijheid met een lange traditie.* Archeologen weten te melden dat Romeinen reeds vóór Christus op vakantie gingen in Zuid-Limburg. Hoewel nooit daadwerkelijk is aangetoond dat Christus in Zuid-Limburg op vakantie is geweest.
Dan stond hier aanvankelijk een prachtige zin, die me helaas is ontschoten. En dat is maar goed ook, want al die steekhoudende argumenten kennen we nu wel een keer.

Taalachterstand

Onderzoek heeft uitgewezen dat kinderen die macrobiotisch opgevoed worden later een taalachterstand oplopen. Woorden als gehaktdag, kuiltje jus en half-om-half kennen ze niet.

Goocheltaal

In Paradisum deducant te Angeli, in tuo adventu suscipiant te martyres. Et perducant te in civitatem sanctam Jerusalem
zong ik een keer in de woonkamer.

'Wat zing je daar nu eigenlijk?' vroeg m'n vrouw. Ik zei: 'Wat ik hier letterlijk zing is: "Mogen de engelen u geleiden naar het paradijs en de martelaren u ontvangen bij uw komst."'
'Nou, zeg, wát een tekst!'
'Wat nou, wát een tekst?'
'Is toch verschrikkelijk,' zei ze, 'ben je in de hemel, ja? En dan staan de martelaren al klaar!'
'Nou, dat is toch mooi?'
'Mooi? Dat is helemaal niet mooi. Word je wéér gemarteld!'

'Nee, een martelaar is niet iemand die martelt... Een martelaar is iemand die gemarteld wórdt.'
'Tuurlijk niet,' zei ze. 'Een gijzelaar is toch ook niet iemand die gegijzeld wordt, maar iemand die gijzelt?'
'Welnee, dat is een gijzelnémer. Een gijzelaar is iemand die gegijzeld wórdt.' Zij: 'Niks van waar...' Ik: 'Wel van waar.' Zij: 'Niks van waar...' Ik: 'Wel van waar.' Enzovoort. Afijn, de Dikke Van Dale erbij gepakt, om te kijken wie van ons twee gelijk had, en wat blijkt? Je houdt het niet

voor mogelijk, maar zowel martelaar als gijzelaar kan de beide, tegenovergestelde betekenissen hebben!
Toen dacht ik echt: nu spreek ik geen Nederlands meer. Wat heb je dan nog aan je Nederlandse taal, als een woord niet alleen van alles kan betekenen, maar zelfs het tegenovergestelde kan betekenen.
'Martelaar', 'gijzelaar': dan heb ik misschien al die tijd ook wel een compleet verkeerd beeld gehad van... ja, ik noem maar wat: een kietelaar. 'Nou,' zei m'n vrouw, 'dat zou nog wel eens heel goed kunnen...!'

Ik zei: 'Ja, dat denk ik ook. Dat een kietelaar dus helemaal niet iets is dat gekieteld wordt, maar dat zelf iets anders kietelt.'
'Ja,' zei ze, 'maar dat is toch ook zo?'
'Pardon?'
'Ja, dat is zo. Want: de kietelaar kietelt mij geregeld.'
'Ja, ja op die manier... Maar: hij wórdt ook wel eens gekieteld...!'
'Kan ik me zo één, twee, drie niet herinneren,' zei ze.

Ik heb eens verder zitten bladeren in die Dikke Van Dale en wat blijkt? Dit soort rare dingen vind je in onze Nederlandse taal te onpas en te pas. Maar dan in een willekeurige volgorde.

Dat komt: als een uitdrukking maar lang genoeg verkeerd gebruikt wordt, komt zij vanzelf in de Dikke Van Dale terecht. Vooral wanneer bekende Nederlanders dat doen. Johan Cruijff... is een bekende volkssporter... Volkssport is er altijd al geweest, in diverse vormen... Als Johan Cruijff niet nu, maar tweeduizend jaar eerder had geleefd, dan was hij geen bekende voetballer geweest, maar een bekende gladiator... Dan was Johan Cruijff de arena in gelopen en dan had Johan geroepen: 'Hun, wie sterven gaan, groeten u.'

En dan hadden we nu op de gymnasia heel andere citatenboekjes gehad. Dus de ontwikkeling van taal is een kwestie van reactie–actie. Maar dan ook weer in een willekeurige volgorde.

Die is heel belangrijk, die willekeurige volgorde. In de Tweede Kamer hoor je de Nederlandse taal op haar willekeurigst:
'Meneer de voorzitter, het is allesbehalve onjuist dat ik ontkend heb dat ik niet tegen het verbod op het embargo ben.'
'Kunt u dat herhalen?' bromt de oppositie, en wederom klinkt het: 'Het is allesbehalve onjuist dat ik ontkend heb dat ik niet tegen het verbod op het embargo ben.' Want je kunt van Balkenende zeggen wat je wilt, maar hij stáát voor wat hij beter niet had kunnen zeggen.

Maar het ergste vind ik dat dat allemaal in onze DikkeVan Dale terechtkomt. Dat vind ik zó jammer. Blader er maar eens in, je vindt dit soort rare voorbeelden te keur en te kust. Ja, te keur en te kust, je moet ze wel even in de juiste volgorde zetten.

Dat moet u wel doen, in de juiste volgorde zetten, want ze zeggen wel dat ík voortdurend de dingen omdraai, maar dat is helemaal niet waar. Ik heb nog nooit in mijn programma's dingen omgedraaid. Ik draai alleen maar rare dingen in de taal terug. Want omdraaien op zich is geen kunst. Nee, dat kan iedereen wel: 'Omdraaien wel alles kunt je.' Als je 'Omdraaien wel alles kunt je' omdraait, dan krijg je: 'Je kunt alles wel omdraaien.' Ook weer die volgorde... Ziet u hoe ontzettend belangrijk die is...?

Kunt u mij nog volgen eigenlijk? Ik heb niet echt de indruk, weet u dat? Nou, ik moet eerlijk zeggen, ik kan mezelf ook amper volgen. Daarom is voor mij schrijven ook altijd twijfelen. Voor mij geldt: schrijven is twijfelen. Je hebt schrijvers voor wie dat níét geldt...
Ik sprak een keer Harry Mulisch... en Harry Mulisch zei tegen mij: 'Weet u, soms heb ik een zin geschreven, en als ik die zin teruglees dan denk ik: nee, dit heb ík niet geschreven, dit heeft Gód geschreven.' Ik vroeg hem: 'Hoe weet u nu zo zeker dat u dat niet geschreven heeft, maar God?' En toen zei hij: 'Ik schrijf beter.'

Maar voor de meeste anderen geldt: schrijven is twijfelen. Soms wordt er met de Nederlandse taal gegoocheld op een manier waarvan ik zeg: 'Ja, maar dat vind ik dan toch wel weer móói.' Zo zei m'n vrouw laatst: 'Herman, je moet een zekere Elke Scholten terugbellen.' Ik zei: 'Welke Scholten?'
'O, dat maakt niet uit,' zei ze.
'Hoezo, dat maakt niet uit? Dus elke Scholten is goed?'
'Elke Scholten, helemaal goed. Niks meer aan doen.'

Dat vind ik dan wel weer een grappig gegoochel met de taal. Maar meestal wordt er op een vreselijke manier met de Nederlandse taal gegoocheld. Zo zie je in de Dikke Van Dale zonder blikken of blozen staan, en ik vind dat echt schandalig, één kind, twee kinder-en. En twee eier-en. Maar het is eigenlijk: één kind, twee kinder. En twee eier. Zoals het in elke fatsoenlijke Nederlandse streektaal van Noord-Groningen tot in Zuid-Limburg nog steeds zo is. Maar een van de jongste en hardnekkigste dialecten van Nederland, het Algemeen Beschaafd Nederlands, heeft dat tot een dubbel meervoud weten te goochelen: kinder-en en eier-en.

En: kinder-en, dat gáát dan nog wel... maar 'kids'... Ja, sorry, ik heb iets met: 'kids'. En dat ligt echt aan mij, want u gebruikt het allemaal, dus u vindt het waarschijnlijk allemaal schattig, maar ik heb een probleem met 'kids'. Als men tegen mij zegt: 'We komen vanmiddag even langs met de kinder,' dan denk ik: gezellig. Zegt men: 'We komen langs met de kinder-en,' dan denk ik: nou ja, vooruit dan maar...' Maar zegt men: 'We komen langs met de kids...' dan word ik bang.

Gek hè, het zijn dezelfde lieve kinder, maar dan word ik toch bang.
Puur een kwestie van taal. We hebben een bevriend stel, dat heeft maar liefst vijf 'kids'. Doodeng!

Papa heeft zich onlangs laten helpen, want hij vond meer dan vijf 'kids' een te groot gezin. Terwijl ik één vrouw vaak al een te groot gezin vind.

En dan heb ik ook nog 's een heel zelfstandige vrouw, die haar eigen dopjes boont. Dat vind ik bijzonder knap van haar want de meeste vrouwen kunnen dat alleen andersom. Maar mijn vrouw niet, hè, mijn vrouw boont haar eigen dopjes.

En nóóit in een willekeurige volgorde...

Het spreukjesbos

De zon kwam op en de aarde draaide zich nog eens lekker om.
Het was ochtend in Het Grote Spreukjesbos. Een spreukjesbos is een bos dat vol zit met spreukjes. Zoals: bomen, waardoor men het bos niet meer ziet, onkruid dat maar niet vergaat, vogeltjes die zingen zoals ze gebekt zijn... en één zwaluw.

U begrijpt wel dat in een spreukjesbos de ochtendstond goud in de mond heeft. En Hans en Grietje waren dan ook al vroeg uit de veren. Hans zei: 'Grietje, zal ik met dit mooie weer mijn korte rokje aantrekken?' Sorry: 'Hans,' zei Grietje, 'zal ik met dit mooie weer mijn korte rokje aantrekken?' Taalwetenschappelijk gezien luistert de plaatsing van leestekens akelig nauw, want één verkeerde komma of letter maakt van Jezus nog een ketter. Zoals ze dat zo mooi kunnen zeggen, in een spreukjesbos.

'Doe niet zo gek, Grietje,' zei Hans, 'een rokje... Je bent toch mijn broertje en niet mijn zusje?' Ja, dat was waar. Hans en Grietje waren broertjes van elkaar. Jazeker, ze waren broertjes van elkaar: Hans en Grietje Titulaer.

'En bovendien, Grietje,' zei Hans, 'houdt dat mooie weer geen stand. Alle weeranalyses wijzen op onweer in de namiddag. Dus is het zaak dat we zo snel mogelijk aan de

slag gaan met ons veldonderzoek.' Twee zielen, één gedachte, en daar gingen ze. Nieuwsgierig als ze waren, namen de jonge wetenschappers alles van het spreukjesbos goed in zich op en maakten overal notities van. Zo was midden in het spreukjesbos een boer oude koeien uit de sloot aan het halen. Dat deed hij in een willekeurige volgorde zagen zij:
Klara een, Klara twee, Klara drie en Klara vier. Puinhoop!
Grietje noteerde alles en herschikte de koeien netjes in alfabetische volgorde: Klara drie, Klara een, Klara twee en Klara vier. Zo, dat stond een stuk overzichtelijker.

Toen ze even later bij een paar hoge bomen kwamen die veel wind vingen, wist Hans te vertellen dat dat 'mammoetbomen' waren. 'Mammoetbomen,' zei Hans, 'kunnen een hoogte bereiken van wel honderdentwintig meter. Mits je ze niet te diep poot.'

Maar het meest interessante moest nog komen, vonden de beide jongens: het onweer. Het weer was al een stuk slechter geworden en er stond een stevige wind. Bij een klein huisje aangekomen schuilden zij even. Achter een raam van dat huisje stond een oude toverheks uitdagend met een elektrische ladyshave haar bikinilijn bij te werken.
'Wat doen twee jonge jongens midden in het spreukjesbos?' kraste de oude toverheks.
'O, mevrouw,' grapte Grietje, 'we hebben anorexia en zijn hier toevallig komen aanwaaien.'

O, o, o. Dat is nou typisch Grietje, hè. Altijd van die ongelukkige beelden gebruiken...

‘Ik zou maar maken dat ik thuiskwam, jongens, want er is onweder op komst.’
‘Ja maar mevrouw, wij vinden onweer juist een machtig interessant verschijnsel, wetenschappelijk gezien.’
‘Huh, wetenschappelijk gezien… Wij hier in het spreukjesbos houden er niet van. Onweder… Het begint wel flitsend, maar het eindigt altijd met gedonder.’

‘Maar dat is voor ons, van de wetenschap, nu juist zo interessant, mevrouw. Bij onweer moet je namelijk tellen.’
‘Tellen?’
‘Ja, mevrouw, tellen. Je moet tellen vanaf het moment dat je de flits ziet tot het moment dat je de donder hoort. En als je dan het aantal tellen deelt door de afstand waarop het onweer van je verwijderd is, dan weet je precies hoe snel je geteld hebt.’

Ja, dat is handig, hoor, die wetenschap.
‘Dat gaat me allemaal te snel, jongmens. Ik ben ook al aardig op leeftijd, moet je weten.’
‘Hoe oud bent u dan, vrouw heks?’
‘Hoe oud ik ben? Daar vraag je me wat, jongens. Weet je, vorig jaar werd ik 99. En dit jaar word ik 94.’
‘Ach kom, mevrouw… vorig jaar 99 en dit jaar 94?’
‘Ja, jongens, ik ga hard achteruit.’

‘Kom, vrouw heks, niet zo somber, hè? Hans en ik hebben vorig jaar nog een onderzoek gedaan en uit dat onderzoek is gebleken dat toverheksen in 1996 gemiddeld zeven jaar later doodgingen dan in 1989.’

(Let op: gemiddeld, hè. Het is wetenschap en dat is altijd gemiddeld.)

'Jawel, maar hier in de buurt weet je het maar nooit, jongens. De een zijn dood is in een spreukjesbos de ander zijn brood. Weet je, de dokter hier probeert me al jarenlang euthanasie aan te praten. Ik zei: nee dokter, nee. Pas als ik zó ver ben afgetakeld dat ik in mijn eigen uitwerpselen lig, mag u bij mij een pilletje overwegen.'
'Norit schijnt erg goed te zijn,' zei Hans.

'Ook zonder Norit maak ik het niet lang meer,' klaagde de heks, 'want wie staat op het rolletje, die kost het in een spreukjesbos zijn bolletje.'
'Hè gat, mevrouw, niet zo somber. Ze zeggen toch ook wel: krakende wagens lopen het langst? En hoop doet leven?'
'Ach wat, hoop doet leven... Heden vol weerde, morgen in de...' Een enorme bliksemflits verlichtte het spreukjesbos. Terwijl Grietje enthousiast begon te tellen, zakte Hans dodelijk getroffen op de grond. Handig, die wetenschap...

Hans' laatste woorden waren: 'De dood komt altijd...'
'Zo,' zei de heks, 'dat was wel héél onverwacht.'

Waarmee ik dit spreukjesboek bijna sluiten moet.
Bíjna sluiten moet, want één laatste spreuk nog heeft u te goed:

Nadat Hansjes dood
de familie was gemeld
heeft die familie
een mooie advertentie opgesteld:

'Geen bezoek, geen bloemen,
we hebben het liefste geld.'

Schaken

Vreselijk leuk werk, schaken met een helderziende. Ik herinner me die partij nog heel goed. Ik was aan zet, ik dacht: ja, de man is helderziende, dus hij wéét wat ik wil gaan zetten! Toen zette ik stiekem wat anders, had ik hem mooi te pakken!

Paranormaal begaafd

In de Hengelose woonwijk De Hasseler Es is een F-16 neergestort. En die F-16 is een paar meter naast het huis van mijn broer terechtgekomen. Mijn broer was op het moment dat die F-16 neerstortte, thuis. En hij heeft helemaal niéts gemerkt.
Dus nu vermoed ik dat mijn broer niet paranormaal begaafd is.

Terwijl paranormale aanleg in onze familie veel voorkomt.
Om een voorbeeld te geven: mijn vrouw en ik zaten naast elkaar op de bank en we dachten allebei, en ook nog es op precies hetzelfde moment: hé, de telefoon gaat.

Dit verschijnsel noemt men in de parapsychologie: *telefonie.*

Niet te verwarren met *telepathie.* Want dat is wat anders: telepathie. Om een voorbeeld te geven van telepathie: mijn vrouw en ik zaten naast elkaar op de bank, de telefoon ging, we keken elkaar aan en ik zei tegen haar: 'Denk jij wat ik denk?' Ze zei: 'Ik denk het niet.' En ik dacht precies hetzelfde. Dat is telepathie.

Mijn broer heeft dat dus niet. Hij is voor geen halve millimeter paranormaal begaafd. Hij weet nog wel dat het morgen zaterdag is, maar om dat nou *helderziendheid* te noemen, nee.

Want dat is wat anders: helderziendheid. Om een voorbeeld te geven van helderziendheid: mijn vrouw en ik zaten naast elkaar op de bank, de telefoon ging en we waren allebei vreselijk benieuwd wie ons belde. Tja, dan zit er uiteindelijk toch maar één ding op: je moet je heel sterk concentreren op het toestel.
We concentreerden ons allebei heel sterk op het toestel en mijn vrouw zei: 'Ik krijg heel duidelijk het beeld door van jullie oude tante Trees.' Het frappante was: ík kreeg door dat het iedereen kon zijn, behal...
Dát is telepathie!

U hebt er aanleg voor, weet u dat?
Afijn, ik kreeg dus door dat het iedereen kon zijn, alleen net níét tante Trees. En wat denkt u? Het was tante Trees die verkeerd was verbonden!

Apart, hè? Ze had het verkeerde nummer gedraaid. Dat verschijnsel noemt men in de parapsychologie: *dementie*.

Een ander voorbeeld van dementie is dat je steeds hetzelfde verhaal vertelt zonder dat je het zelf in de gaten hebt. Want mijn vrouw en ik zaten naast elkaar op de bank... Of heb ik dat al verteld?

Heb ik al verteld dat de telefoon ging? De telefoon ging. En wat denkt u? Tante Trees! Tante Trees is bij ons in de familie kampioen qua paranormale zaken. Ze doet zelfs aan *reïncarnatie*. Tante Trees beweert dat ze in haar vorige leven een vis is geweest. En als je dat zo ruikt, zou dat nog wel eens kunnen ook. Tante heeft een enorm sterk auraveld om zich heen.

Ik hou niet van reïncarnatie. Dat vind ik nou echt helemaal niks. Sterker nog: ik ben principieel tegen reïncarnatie. Ik vind het leven niet erg, maar je moet er geen gewoonte van maken.

Want dan val je in herhaling en dat is jammer. Onnodige herhaling moet je altijd zien te voorkomen. Zo zaten mijn vrouw en ik naast elkaar op de bank... we hadden de stekker uit de telefoon getrokken om onnodige herhaling te voorkomen...

en ik vertelde mijn vrouw die anekdote over onze oude tante Trees:
Tante Trees was een keer bij mijn moeder op de koffie, toen mijn vader de keuken binnenkwam. Mijn vader liep het auraveld van tante Trees in, en mijn vader werkte met heel andere zintuigen dan tante Trees, dus hij rook tante Trees' auraveld. Mijn vader zei, op z'n Almeloos: 'Annie,' – mijn moeder heet Annie – 'Annie, he'j vis bakt?' U begrijpt, mijn moeder geneerde zich enorm tegenover tante Trees, dus mijn moeder zei heel tactisch: 'Joa Bennie, ik heb vis bakt.' Waarop mijn vader zei: 'Bakt der dan nog mer 'n paar, want ik roek tante Trees nog steeds.'

Dit verschijnsel noemt men in de parapsychologie: *trans-pi-ratie*.

Na deze opmerking van mijn vader heeft tante Trees haar wijsvinger tot aan het tweede kootje in het oog van mijn vader gestoken. Niet te verwarren met *iriscopie*.

Want dat is wat anders: iriscopie. Dan kun je aan het gezicht van iemand aflezen hoe die eruitziet.

Om een voorbeeld te geven van iriscopie: mijn broer was een keer bij tante Trees op visite, tante Trees keek mijn broer heel diep in de ogen en ze zei: 'Wilfried, je ziet er niet goed uit. Als ik vragen mag, heb je suiker in je urine?' 'Nee,' zei mijn broer, 'alleen een beetje melk graag.' Dit verschijnsel noemt men: *Wilfried Finkers*.

De broer van Herman Finkers

'Ik baal er zo langzamerhand goed van dat ik altijd word vergeleken met Herman Finkers. En dat ik steeds weer op de tweede plaats kom. Ik bedoel: waar blijf ikzelf?
Ik ben verdorie ook iemand: ik ben de broer van Herman Finkers!'

Toespraak van mijn broer

'Dames en heren, de vorige keer dat mijn broer hier bij u in het theater optrad, ving hij na afloop van de voorstelling, in de foyer, een gesprek op tussen enkelen van u, waaruit bleek dat achter mijn rug om, over mij wordt gepraat.
Hoewel het niets voor mij is om op roddels te reageren, wil ik toch het toen gehoorde en kennelijk bij u levende misverstand rechtzetten: Ik ben zeer beslist géén schlemiel.

Ik weet zeker dat u geen gelijk hebt, omdat mijn moeder ook hoorde dat u mij een schlemiel vond en ze onmiddellijk zei dat ik dat zeer beslist niet ben.

Ze was zelfs zó verontwaardigd dat ze me opdracht gaf, dit misverstand bij de eerstkomende gelegenheid recht te zetten. Deed ik dat niet dan kwam ik er voorlopig bij haar niet meer in.

Ook mijn broer zegt dat ik geen schlemiel ben. Dus als u daar straks in uw gesprekken rekening mee wilt houden, dan doet u mij daar, volgens mijn moeder en mijn broer een groot plezier mee. Dank u wel.'

De poëzie van mijn broer

De poëziebundel van mijn broer kan wat mij betreft zo voorgedragen worden voor die bekende literatuurprijs...
Ach kom, Wilfried, hoe heet die prijs ook al weer?
'De eerste prijs.'
De eerste prijs...

Een dansje

Dit dansje duurt precies dertig seconden.
Dus u verveelt zich geen minuut.

Vegetariër

Ik ben dol op lamskoteletjes. Gek is dat, hè, ik bén vegetariër, maar tegen zo'n lief klein schattig lammetje kan ik geen nee zeggen.

Bovendien: je kunt niet te principieel zijn in je principes, dat houd je niet vol. Toen ik zestien werd, besloot ik vegetariër te worden, ik zei: 'Moeder, ik heb besloten vegetariër te worden.' En mijn moeder was zó lief, ze hield daar al meteen met het eten koken rekening mee. Ze wilde die dag voor zeven personen spaghetti koken – we waren thuis met ons zevenen – en normaal gesproken zou mijn moeder door zo'n pan zeven-personen-spaghetti, zeven ons gehakt roeren. Maar omdat ik nu vegetariër was geworden... precies.

De regel van Benedictus

Jarenlang dacht ik als ik 's morgens vroeg wakker werd: ik heb zin om mijn vrouw eens lekker bij de boezem te pakken. Dat dacht ik elke ochtend weer. Tot ik een keer 'De regel Van Benedictus' las. In die regel van Benedictus staat dat het de bedoeling is, dat als je 's morgens vroeg wakker wordt, je eerste gedachte gericht is op God! Dus nú word ik wakker en denk ik: God, wat heb ik zin om mijn vrouw eens lekker bij de boezem te pakken.

En dat is beslist niet godslasterlijk wat ik hier beweer. Nee, ik zie het zo – en een knappe Groningse bisschop die mij daarvan afpraat, als ze op Rolduc theologie kunnen bedenken dan kan ik het ook, dus een stukje theologie van mezelf – in alles wat je herkent als 'mooi', herken je iets van God. Dus ook in een mooie boezem herken je iets van God. En mijn vrouw heeft een bijzonder mooie boezem. Echt waar, ik zie in het decolleté van mijn vrouw de hand van God.

Ik druk me een beetje ongelukkig uit nu, maar u begrijpt wel hoe ik dat bedoel. En ook dat ongelukkige uitdrukken was niet godslasterlijk. Het gaat om de intentie en die was goed. Als u zegt: ja hoor es, dat is mij te gemakkelijk want als het gaat om 'de intentie', wat noem je dan nog wel godslasterlijk? Dan zeg ik onmiddellijk: dat gevreet met de feestdagen. En ik moet tot mijn schande bekennen dat ik daar zelf ook aan meedoe. Vorig jaar Kerstmis? O, een schranspartij! Ik schaam me dood als ik eraan terugdenk. Op kerstavond zat ik al vol. We hadden lamskoteletjes. Lamskoteletjes! En ik ben vegetariër, dus: bunkeren, bunkeren, bunkeren! Ik stond op knáppen op kerstavond! Afijn, ik ná de lamskoteletjes naar de nachtmis. Ik kwam bij de communiebank aan. 'Hier,' zei de priester, 'het lichaam van Christus.' Ik zei: 'Ik kan niet meer...!'

Raadseltje

Ik kan u nog wel snel even een leuk raadseltje meegeven. Het is een heel oud raadseltje, van Rita Corita nog:

'Koffie, koffie, lekker bakkie koffie, wát knapt een mens daar van op?' Ik herhaal de vraag nog één keer:
'Koffie, koffie, lekker bakkie koffie, wát knapt een mens daar van op?' Denkt u daar maar eens over na.

Koffie

– Hoe gebruik je je koffie?
– Met een gebakje.

Ich bin blond

In Aken heb ik een T-shirtje gekocht. Ik vond het zó'n leuk shirtje, ik kon het niet laten hangen. Op het shirtje staat:
'Ich bin blond. Bitte langsam sprechen.' Dat vond ik zó leuk: 'Ich bin blond. Bitte langsam sprechen', ik dacht: dát is een leuk cadeautje voor thuis!
Dus ik kocht dat T-shirtje. 'Goh,' zei de verkoper tegen mij: 'Du bist doch gar nicht blond?' Ik zei: 'Nee, maar het is voor mijn vrouw.'
'Für deine Frau?' Of mijn vrouw dan niet beledigd zou zijn, wou hij weten. Ik zei: 'Beledigd? Welnee, ze kent toch geen Duits.'

Mijn vrouw weet niet eens waar Aken lígt. Nu hebben vrouwen toch moeite hoor, met richting bepalen. Mijn vrouw bijvoorbeeld weet alleen als ze thuis is, waar het noorden ligt. Dat komt zo, ze weet uit haar hoofd: onze keuken is op het noorden gebouwd. Dus, als ze in de keuken staat weet ze: dáár ligt het noorden. Maar, en nu komt er ruimtelijk inzicht bij kijken, vanuit onze keuken kijk je recht in de keuken van de buren. Dus, logisch doorgeredeneerd, de buren hebben het noorden precies aan de andere kant van het huis liggen.
Maar dat wil er bij haar maar niet in, hè. O, dat krijg-ik-er-maar-niet-in!

Eens even zien, wat snappen vrouwen nog meer niet...
Autorijden. Snappen vrouwen ook niet. Uit onderzoek is gebleken dat bijna de helft van alle auto-ongelukken door een vrouw wordt veroorzaakt.

Ja, denkt u daar maar eens over na, mevrouw. Maar niet te veel want logisch denken kunnen vrouwen ook niet.
Dat wil zeggen: vrouwen hébben wel een logica, dat nog wel, maar die logica is niet te volgen. Als ze in een romantische bui is, noemt mijn vrouw mij 'Herman' en als ik een karweitje moet doen, noemt ze me 'lieverd'. Dat is vrouwelijke logica.

Nog een voorbeeld van vrouwelijke logica: mijn vrouw had vanmorgen een briefje voor me klaargelegd op het aanrecht: 'Wil je vandaag uit jezelf het gras gaan maaien?'

Die kan héél geraffineerd zijn: vrouwelijke logica. Pamela Anderson bijvoorbeeld heeft destijds haar borsten heel bewust laten vergroten in het *academisch* ziekenhuis van Los Angeles. Zodat ze daarna in haar cv kon zetten: academisch gevormd.

Telefoon!

Ja hallo...
O, ben jij het. Dat is lang geleden.
Ja, heel lang geleden zelfs. Wat is er gebeurd?
Je bent bevallen!?
Ach, was jíj dat?
Nou, gefeliciteerd. Wat is het geworden?
En hoe gaat hij heten?
Kevin Jeffrey Humphrey Melvin...
Olde Riekerink.
Hè? Ja, een mooie naam...
Olde Riekerink.
Wat? Ja, een bevalling ís zwaar.
Wat? O, maar dat trekt wel weer bij.
Hoe? Dat naaien ze wel weer dicht.
Jawel, maar vertel eens, wie is de vader?
Ach, doe niet zo flauw.
Zeg dan alleen hoe oud hij is en wat voor werk hij doet.
...ja, ja.
En het kind zelf, is het érg lelijk?
Ja, dat dacht ik wel.
Jullie hadden hem ook niet zelf moeten maken.
Nee, je hebt zúlke leuke adoptiekindertjes tegenwoordig.
In allerlei kleuren.
Je hebt er al een besteld?!
Heel goed. Welke kleur?
Zacht okergeel. Eens even zien, zacht okergeel...

O, maar dat zal mooi staan bij je nieuwe gordijnen.
Ja. Nou, gefeliciteerd in ieder geval. Daag.

Goh.., mijn vrouw aan de telefoon.

De ketting van de fiets

Ik zal u het voorgaande telefoontje uitleggen, anders weet u niet wat u ervan moet denken. Maar dan moet ik wel eerst even iets bekennen:
Ik heb het in al mijn theaterprogramma's over mijn kinderen gehad, maar ik heb helemaal geen kinderen. Niet één. Ik ben gesteriliseerd. Ik vroeg nog aan de dokter: 'Heeft sterilisatie bijwerkingen?'
'Neu,' zei hij, 'neu.'

Bij mijn sterilisatie, zo heb ik achteraf van de dokter gehoord, zijn mijn zaadcellen buitenspel gezet. Zaadcellen noemt men ook wel sper-ma-to-zo-ï-den. Een hele mond vol.

Maar niet bij mij. Wel bij mijn broer. Dié is vruchtbaar! Tjé! Het ene kind na het andere. We noemen hem binnen de familie Broer Konijn.

Mijn broer heeft vier kinderen. Nee, dat zeg ik verkeerd, hij hád vier kinderen. Maar door een ongeluk heeft hij er nu vijf.

Maar ik niet. Ik kan geen kinderen krijgen. Ik heb de ketting van de fiets. Ergens ben ik er wel blij om ook, dat ik geen kinderen heb.
Mijn vrouw denkt er gelukkig ook zo over. Dacht ik. Ik

dácht dat ze er net zo over dacht. Tot ze negenendertig werd. Toen wilde ze een nu-kan-het-nog-net-kindje. Het zal wel aan mij liggen, maar ik dacht dat dat allang iets van vroeger was. Want jaren geleden al is er een vrouw geweest die, dankzij de behandeling van een Italiaanse arts, op haar zeventigste jaar nog een kind kreeg. Die vrouw heeft haar inmiddels vierjarige dochter bij diezelfde Italiaanse arts nu in behandeling. 'Want,' zo zegt de vrouw, 'ik heb er toch recht op vóór mijn dood oma te worden.'

Ik dacht: nou, nou, nou, nou, nou...! Als dát allemaal kan tegenwoordig, waar prááat je dan eigenlijk nog over? Maar mijn vrouw moest en zou op haar veertigste al een nu-kan-het-nog-net-kindje. Maar dat kan niet, want ik kan geen kinderen krijgen, ik heb de ketting van de fiets. Vreemd genoeg was m'n vrouw op een gegeven ogenblik wel vier maanden over tijd.
'Hoera,' zei ze, 'ik ben zwanger.' Ik zei: 'Volgens mij kan dat niet.'
'Jawel,' zei ze, 'ik ben zwanger.'
'Nou, volgens mij kan dat toch echt niet.' Ze kreeg ook geen dikke buik. Wel hele dikke voeten. Dat wel. Mijn vrouw kreeg enórm dikke voeten. Ze zei toen dat het een buitenbaarmoederlijke zwangerschap was.

Maar dat kan niet, want ik heb geen spermatozoïden. Even later bleek het inderdaad loos alarm te zijn en toen is mijn vrouw bij me weggegaan. Op zoek naar een andere man. Een man mét spermatozoïden. Ze plaatste een advertentie: 'Vrouw zoekt kinderen, man geen bezwaar.'

Dat is inmiddels negen maanden geleden en zojuist belde ze op dat ze bevallen is van Kevin Jeffrey Humphrey Melvin...
Olde Riekerink.

Yeah, Olde Riekerink. Het kind heeft blijkbaar háár achternaam gekregen. Dat vind ik wel jammer, want ik kom er maar niet achter wie de vader is. Dat is wel zoiets stoms. Dat wil ze niet zeggen. Ik zei: 'Doe niet zo flauw. Zeg dan alleen hoe oud hij is en wat voor werk hij doet.'
'Oké,' zei ze, 'maar meer laat ik beslist niet los. Hij is 53 jaar oud, hij is president van de Verenigde Staten, en verder zeg ik helemaal niets.'

Glazenwasser

– Hebben jullie kinderen?
– Nee, wij hebben geen kinderen. Wij hebben een glazenwasser.
– Een wat?
– Een glazenwasser.
– Een glazenwasser?
– Ja, een glazenwasser. O, we zijn er wel zo gek mee, met onze glazenwasser! Echt, als we van tevoren hadden geweten hoe leuk het was, dan waren we er al veel eerder aan begonnen. Het is zo'n leuk kereltje. Al moeten we er soms wel heel vroeg uit voor hem... Vanmorgen bijvoorbeeld meldde hij zich al om half zeven.
– Oe, dat lijkt me wel een opoffering.
– Ja, dat is het ook wel, maar je krijgt er veel voor terug. Hebben jullie geen glazenwasser?
– Nee.
– Nee? O... Sorry. Hebben jullie bewust gekozen voor geen glazenwasser of kunnen jullie geen glazenwasser krijgen?
– Och, we stellen het nog even uit. En bovendien: als ik zie hoe vroeg júllie eruit moeten voor zo'n glazenwasser en als ik dat ook zie bij andere mensen met een glazenwasser, dan weet ik niet of wij dát er wel voor over hebben.
– Ja, maar geloof mij: een glazenwasser van jezelf is heel anders dan een glazenwasser van een ander...

De Riagg-stagiaire – 1

Het Riagg, met de stagiaire...
Een ogenblikje, mevrouw, ik pak even pen en papier want ik zit nog in mijn stageperiode.
Ja, ik ben de stagiaire hier bij het Riagg, leuk hè.
Nee hoor, u kunt over alles praten.
Jawel, ik ben wel de stagiaire, maar dat maakt niet uit, u kunt praten over wát u maar wilt, zegt u het maar.
Uw man heeft zelfmoord gepleegd...
Ja... en wat is het probleem?
Mevrouw, hallo mevrouw...!

O, wat erg. Dat deed ik niet goed, hè?
Weer de telefoon. Ik weet niet of ik dit werk wel kan!
Ik zet de telefoon op meeluisteren, misschien kunt u mij een beetje helpen:

– Het Riagg, met de stagiaire.
– Ja meneer, hier met Anna van der Wal. Ik maak een moeilijke periode door momenteel.
– En kunt u ermee omgaan, mevrouw, denkt u?
– Jawel hoor. Ik probeer ondanks alles het positieve van het leven in te zien.
– Ik heb het gevoel, mevrouw, dat ik met een ervaren en wijs iemand spreek.
– Zeg maar jij, hoor.
– Jij hebt het gevoel, dat je met een ervaren en wijs iemand

spreekt. Wat, Anna, is het positieve dat je van je verdriet hebt geleerd?
– Dat je moet genieten van iedere dag.
– Je moet genieten van iedere dag?
– Ja, want twee jaar geleden is mijn man overleden...
– En daar geniet je nog iedere dag van?
– Wat zegt u?
– Je man is overleden.
– Ja. Twee jaar geleden.
– Hoe oud is je man geworden?
– Hij is 65 jaar geworden.
– Wat zei je, Anna?
– Mijn man is 65 jaar geworden.
– Nou, van harte gefeliciteerd.
– Hoe bedoelt u?
– Dat je alles positief bekijkt.
– Ja, ik bekijk altijd alles positief. En ik sta er helemaal alleen voor omdat mijn man dus is overleden.
– Ja, dat zei je. Is het afscheid gegaan zoals je het graag had gewild?
– Ja hoor. Ik bewaar daar hele goede herinneringen aan.
– O, dat is fijn.
– Bij de crematie zijn er wel een paar dingen gegaan op een manier waarvan ik achteraf zeg: dat had anders moeten gebeuren, maar daar ga ik me nu niet meer naar over zitten maken.
– Nee, precies. Maar dan weet je het voor de volgende keer.
– ...
– Anna, Anna!?!

De Riagg-stagiaire – 2

– Het Riagg, met de stagiaire, tempo!
Neem me niet kwalijk, ik bedoel, kalm aan.
– Ja, ja, mmmet PP...
– Kalm aan, kalm aan...
– Mmmet PPPPPeeter,,,, iiik hhhheb eeeen prrobbllee-eem.
– Peter, geen enkel probleem is echt een probleem, als je erover kunt praten.

Ach, je moet zó op je woorden letten met dit werk, hè... Je moet ieder woordje tien keer wegen voor je 't één keer dorst uit te spreken.

– Peter, wat is er aan de hand?
– IIIIkk hhhheb nogal llllast van stostostostotteren.
– Ach.
– Ja.
– Het klinkt misschien heel gek, Peter, wat ik je nu ga zeggen, maar op een of andere manier weet ik heel zeker dat je niet kunt zeggen dat je er ook echt onder líjdt.
– Iiiik lllijd er jjjjuist hhheel eeerg onder!
– Jawel, maar je kunt het niet zéggen.
– ...
– Peter, Peter waar ben je?

Ik maak een denkfout. Ik dacht: ik maak heel bewust een grapje over Peters probleem. Misschien dat dat voor Peter de zaak wat relativeert. Maar ja, die grapjes werken blijkbaar wel in een zaal, maar niet in deze nieuwe werksituatie. Ik haal die werelden door elkaar.

Weer telefoon. Ik weet het niet meer.

– Het Riagg, met de stagiaire.
– Met Louise.
– Dag Louise.
– Ik heb het gevoel dat ik niet boeiend ben. En dat ik saai ben. En volkomen oninteressant voor andere mensen.
– Nou Louise, bedankt voor je telefoontje, hè.

Mevrouw Geurts van de Gerlachusvereniging

– Met mevrouw Geurts.

– Dag mevrouw Geurts, u spreekt met Herman Finkers. Mevrouw Geurts, ik wilde u wat vragen, wat moet ik me voorstellen bij een Gerlachusvereniging?

– Allereerst wil ik kwijt dat onze vereniging het bijzonder kinderachtig vindt van de gemeente dat wij de parkeerplaats buiten het Sint Jozef niet mogen reserveren voor onszelf. We betalen flinke huur voor het gebouw en bij dat gebouw hoort, vinden wij, ook die parkeerplaats. Maar elke keer als we een vergadering hebben in het Jozef staat die parkeerplaats vol met auto's van mensen die niets in dat gebouw te zoeken hebben.

– En u gebruikt het Jozefgebouw voor de bijeenkomsten van de Gerlachusvereniging?

– Juist.

– Nogmaals, mevrouw Geurts, wat moet ik me voorstellen bij een Gerlachusvereniging?

– De heer Engelhart, mevrouw Jansen, dokter Botermans en ikzelf.

– Ja, ja. Laat ik de vraag anders stellen: wat dóét de Gerlachusvereniging?

– We komen één keer in de maand bij elkaar.

– Laat ik de vraag nog anders formuleren: wat wíl de Gerlachusvereniging?

– We willen het opvoeren tot twee keer in de maand.

– Mag ik het nog anders vragen, mevrouw Geurts: wat is de doelstelling van de Gerlachusvereniging?
– Ons uiteindelijke doel is een eigen parkeerplaats.
– Dank u wel, mevrouw Geurts.

Waar doe je het eigenlijk allemaal voor

Ik was nog niet gestopt met optreden of ik kreeg de ene onderscheiding na de andere.
Zelfs de koningin heeft me wat op de mouw gespeld.
En ik deed niks...! Ik deed echt hélémaal niks.
Toen dacht ik wel: wat heb ik al die andere jaren eigenlijk onnodig ingewikkeld gedaan...

Comeback

Goedenavond dames en heren. Ik denk dat het verstandig is dat ik me even aan u voorstel. Mijn naam is 'Herman Finkers'. 'Finkers' schrijf je met een F. Heel vroeger heb ik ook al eens in het theater gestaan. Ook wel hier in dit theater. Het kan zijn dat uw ouders zich dat nog wel weten te herinneren.

U moet het ze maar eens vragen als u ze weer opzoekt in het verpleeghuis.
Dan moet u eens voor de aardigheid vragen naar 'Herman Finkers'. Zou best kunnen dat er dan toch nog ergens bij hen een belletje gaat rinkelen.

Ik denk het wel, want ik heb maar liefst een kwart eeuw langs de vaderlandse podia gezworven. Als 'komisch persoon'. Men vraagt mij nog steeds wel eens: 'Moest je in die tijd om je eigen grappen lachen?' Nee, dat hoefde niet. Daar had ik m'n mensen voor.

En ik moet zeggen dat die zich altijd altijd keurig van hun taak gekweten hebben. Dus aan uw ouders heeft het zeer beslist niet gelegen dat ik op een gegeven moment moe werd van m'n eigen humor. Er was ook voor niks anders meer plaats, dat was zo erg.
Dan belde bijvoorbeeld voor de zoveelste keer mijn beste vriend op: 'Herman, we moeten nu echt een keer iets af-

spreken, anders zien we elkaar verdorie nooit meer. Weet je wat? Morgenvroeg tegen koffietijd... dan ben ik bij je!'
En dan was er altijd wel iets waardoor ik niet kon.
'Nee, morgen gaat niet, morgen ben ik een weekje weg.'
'O... Overmorgen dan?'

'Ja, overmorgen zou wél kunnen, maar ja, 's morgens tegen koffietijd, ja hallo zeg, 's morgens tegen koffietijd dan lig ik allang in bed.'

'En 's middags dan?'
''s Middags moet ik alweer naar het theater.' En zo donderde m'n hele sociale leven in elkaar. Ik werd ook steeds asocialer. Was ik eindelijk weer eens een keer bij mijn moeder op visite en dan zei ik na anderhalve minuut: 'Nou Moeder, ik stap maar weer eens op.' En dan zei mijn moeder: 'Ik stap maar weer eens op? Je bent anderhalve minuut binnen!'
'Moeder, gezelligheid kent geen tijd.'

Steeds asocialer. Zo at ik alleen nog maar buiten de deur... en nu bestel ik in een restaurant altijd kangoeroe... Ik bestel áltijd kangoeroe...want dan weet je wat je krijgt...

Maar het vervelende is, ze hebben bijna nooit kangoeroe. Maar in die tijd vertrouwde ik dat niet. En zo werd ik wantrouwig en achterdochtig... Op een gegeven moment was het zelfs zó erg met mij gesteld dat ik stemmen begon te horen. Ik begon stemmen te horen die niemand anders hoorde. De psychiater heeft me onderzocht en die kwam erachter dat ik heel goede oren had.

Moeilijk onderwerp

Er is de laatste tijd met mij iets aan de hand waarbij ik het prettig vind dat u ervan op de hoogte bent. Het is een onderwerp dat moeilijk bespreekbaar is. Velen onder u, wed ik, durven het woord zelfs niet eens in de mond te nemen en ook wanneer je naar een lezing over dit onderwerp gaat, kan het gebeuren dat de betreffende spreker wel veel materiaal aandraagt dat zijdelings met de kwestie te maken heeft, maar dat hij de kern van de zaak in feite niet beroert.
Hier wou ik het voorlopig bij laten.

Lichamelijke klachten

Na m'n tour stopte ik met alles en gaf ik mijn boekingskantoor opdracht een ieder die nog wat van Herman Finkers wilde, mede te delen dat Herman Finkers bezig is met een boek. En dat Herman Finkers verwacht dat boek niet eerder dan over twee jaar uit te hebben.

Dat was een heel verstandige zet. Want zo creeërde ik voor mezelf een weldadige periode van rust, waar ik goed van ben opgeknapt.
Ik was er zelfs zó goed van opgeknapt dat ik er weer zin in kreeg. Tot, op een andere ochtend, het volgende gebeurde...
Ik keek die bewuste ochtend in de spiegel en ik zag een enorm bezopen, afgetrokken, vlekkerig gezicht. En dat vlekkerige was niet normaal.

Meteen daarop kreeg ik hoge koortsen. Zo extreem hoog zelfs dat m'n vrouw zich afvroeg of ze me wel goed had getemperatuurd.
En nu kun je iemand op drie manieren temperaturen: je kunt de thermometer onder de tong steken, in het oor of in dat wat Gerard Reve zijn 'artiesteningang' noemt.

Mijn vrouw besloot om voor alle zekerheid alle dríé de methodes toe te passen. En toen ben ik erachter gekomen dat daarbij de volgorde érg belangrijk is.

Dus toen werd ik nóg beroerder... en ik kreeg... eens even kijken, wat kreeg ik toen... ik kreeg keelklachten. En als ik zeg keelklachten dan bedoel ik ook: keelklachten. Ik wist niet dat er zoveel klachten in één keel pasten.
Het paste ook amper, m'n keel werd twee keer zo dik. Dus werd ik onderzocht door een kno-arts. Een kno-arts, dat is een dokter voor de keel, de neus en het oor. Dat vind ik zó grappig! Dat je dus een dokter hebt voor de keel, voor de neus en het oor. En die van mij leerde ook nog bij voor de elleboog en de kleine teen, dus... ik had een heel goede.

Maar ondanks dat ik een heel goede had kon hij niks vinden. En toen kreeg ik een aanvullend bloedonderzoek. De uitslag van zo'n bloedonderzoek laat altijd even op zich wachten, en die tijd wil ik graag opvullen met een liedje.

Het liedje

is getiteld: Maagd in Amsterdam. Het is een heel kort liedje.
Ik heb ook nog wel een liedje dat Maagd in Almelo heet, maar dat is zo'n langdradig ding, daar ga ik niet aan beginnen.

Slechtnieuwsgesprek

Voor de definitieve uitslag van mijn medisch onderzoek moest ik wezen in Amsterdam, waar ik me moest melden in het AMC. Daar in het AMC – heb ik gemerkt – zie je het leven en het lijden tot een heel kale essentie teruggebracht. Zo zat ik in een wachtruimte tegenover een mevrouw, en die mevrouw vertelde me dat haar man haar ziekte niet aankon en dat hij het op een zuipen had gezet. 'Echt waar meneer,' zei ze, 'hij zuipt en hij zuipt en hij zuipt!' Het genante was dat haar man naast haar zat in die wachtruimte. En om de stemming toch nog een beetje luchtig te houden zei ik: 'Ja, maar hij heeft vast een heel goed hart.'
'Dat heeft hij zeker,' zei ze, 'anders was hij allang dood geweest.'

Dit heb ik dus niet bedacht. Dit soort dingen hoor je werkelijk in het AMC. En ondertussen kletterde de regen maar op het glazen dak van dat ziekenhuis. Het was bouwvakvakantie en een van de patiënten zei: 'Je zult maar met dit weer in een tentje zitten.' Ik zei: 'Nee, dan kun je beter in het AMC zitten.'

Ik werd geholpen door een zogeheten bloeddokter. Die van mij heette Dankbaar. Dokter Dankbaar, maar hij klonk bedroefd.
'Ga maar even rustig zitten,' zei dokter Dankbaar, 'want ik

moet je slecht nieuws vertellen.' Slecht nieuws... Ik had wel eens gehoord dat een slechtnieuwsgesprek het moeilijkste onderdeel is van het werk van een arts. Dus ik stelde hem een beetje op z'n gemak...
Ik gaf hem een sigaretje... Legde een pakje tissues klaar...
En toen kwam het hoge woord er wel uit.

'Je hebt,' zei dokter Dankbaar, 'chronische lymfatische leukemie.'
Dat van dat 'leuke' wist ik wel, maar dat ik dat andere ook in mij had, wist ik eerlijk gezegd niet.
Dus ik zei: 'Dokter, ik weet niet eens wat het is...' 'Eh, ja...' zei hij, 'het is kanker.'
'Wat raar, ik heb nooit kanker...'

'Tja, nou wel... Het is bloedkanker, maar... een milde vorm.'
'O gelukkig, dus je gaat er niet dood aan.'
'Jawel, je gaat er wel dood aan.'
'...Jawel, jawel. Maar het heeft een goede kans op genezing.'
'Nee, het is ongeneeslijk.'
'Eh..., ja, ja... het is ongeneeslijk én je gaat er dood aan.'
'...Ja.'
'...als het maar mild is...!' Jawel, dat was het wel, het was wel mild. 'O, gelukkig... ik schrok al...

Maar dokter, als ik vragen mag, wat is er dan eigenlijk zo mild aan?'
'Het kan nog wel een hele tijd duren voordat het zover is.'
'O, dus ik haal mijn pensioen wel...?' Nou ja, dat was nou óók weer niet de bedoeling...

Dat heb je met die patiënten, hè, je geeft ze één vinger en ze pakken verdorie de hele hand. En ik ben daarop blijkbaar geen uitzondering. 'Nee,' zei dokter Dankbaar, 'er staat zo'n tien tot vijftien jaar voor, maar het kan ook zo opeens in twee jaar al afgelopen zijn.'
'Twee jaar al?'
'Ja, ik kan het niet beloven natuurlijk, maar het zou kunnen.'

Dokter Dankbaar keek me plots heel indringend aan en zei: 'Als je zo'n bericht te horen krijgt, dan zakt opeens de bodem onder je bestaan vandaan, hè?' Maar als ik heel eerlijk ben, was dat bij mij niet het geval. Nee, ik had het leven altijd al beschouwd als een ongeneeslijke ziekte waar je uiteindelijk dood aan gaat.

Bovendien heb ik al een heel leven achter de rug. Een leven waaruit ik ook nog 's, vind ik, het dubbele haal van wat een normaal mens eruit haalt. Wat een gemiddeld mens in een jaar drinkt, drink ik in een half jaar.

Of ik dan psychologische begeleiding wilde, maar dat wilde ik niet.
Want psychologen zijn niet gewoon gek, die hebben er nog voor geleerd ook.

Dat weet ik, want ik heb zélf psychologie gestudeerd. Ik ben ermee gestopt toen ik erachter kwam dat een psycholoog heel vaak iemand is die aan de verkeerde kant van de tafel zit.

Dus ik hoefde geen psychologische begeleiding. En zoals ik al zei: ik had niet het gevoel dat er door dit bericht wezenlijk iets aan het leven of de wereld was veranderd. Dat gevoel kreeg ik gek genoeg wel even later, op de gang van het ziekenhuis. Ik kreeg daar op die gang een ervaring waar ik nogal van schrok. Of: ik schrok van mezelf, laat ik het zo zeggen. Ik zag daar op die gang een stokoude man lopen die, volledig dement en met een grote incontinentieluier om, een rollator aan het verplaatsen was. Tot dan toe vervulde zo'n beeld mij met een intens medelijden, maar nu dacht ik tot mijn grote schrik en verbazing: hé, bofkont! Ja, dat wil ik ook wel: zó oud worden dat ik volledig dement en incontinent niets beters weet te doen dan de hele dag een rollator lopen te verplaatsen. De man voelde dat ik naar hem keek en hij zei: 'Tjaaa... oud worden is niet makkelijk...' Ik zei: 'Nee, dat heb ik net gehoord.

Maar u bént wel oud geworden.'
'Ja, maar oud zíjn, is helemáál niet makkelijk.'
'Nee, en erover klagen wel. Oude mazzelpik.'

Zo kende ik mezelf totaal niet. Dus daar schrok ik nogal van.
Maar voor de rest was er nog niet zo gek veel aan de wereld veranderd. Bij de balie nam ik nog een folder mee over CLL, zoals de afkorting officieel luidt. Daarin stonden de symptomen van mijn aandoening nog eens netjes op een rij: moeheid, keelklachten, opgezette lymfeklieren en een uitgedroogde vagina.

Niet alle klachten herkende ik zo één, twee, drie, onmiddellijk...
Maar, dacht ik, ik begin nog maar net...
En bovendien, de dokter zal het toch ook wel beter weten dan ik.

Dat laatste zit een beetje in onze familie, om zo te denken. Mijn opa lag op sterven en op een gegeven ogenblik zei de dokter: 'Ja, hij is overleden.' Waarop mijn opa zijn ogen opsloeg en zei: 'Ik bin nog nie dood, heur.' Waarop m'n oma zei: 'Hoaldt oe stil Wilm, dokter zal 't toch wa better wett'n as ie!'

Dus dat zit ook wel een beetje in de familie. Maar goed, toen kwam het moeilijkste van alles: het nieuws vertellen aan mijn vrouw. Ik besloot om gelijk met de deur in huis te vallen: 'Pupke, ik heb net bericht gekregen van het ziekenhuis en wat ik heb is: chronische lymfatische leukemie.'
'Wat raar,' zei ze, 'je hebt nooit chronische lymfatische leukemie.'

'Nee, maar nou wel.' Ze trok lijkbleek weg, viel een lange tijd stil en schudde toen: 'Hoe kan dat nou?'
'Tja, dat weet ik ook niet. Volgens deze folder moet de oorzaak worden gezocht in een combinatie van factoren.'
Ze zei: 'Ik kan me niet voorstellen dat het alleen maar een combinatie van factoren is geweest. Er móét gewoon meer achter zitten.'

‘Nee, nu draai je echt door. Het is echt alleen maar een combinatie van factoren geweest. Dit is een officiële folder van het ziekenhuis, daar zetten ze toch geen onzin in...!’
‘Hoe zeker is het?’ vroeg ze.
‘Op dit moment is het 99,9 procent zeker.’
‘O, dus het is nog maar de vraag!’

Dat heb je met die naasten, hè, je geeft ze één strohalm en ze pakken verdorie de hele baal. En die hoop mag je ze nóóit afpakken. Nooit. Dus ik zei: ‘Nee, dat klopt, strikt wetenschappelijk gezien is het nog niet honderd procent zeker, en statistisch gezien is het zelfs zo dat jouw rijstijl een lagere gemiddelde levensverwachting schept dan al die kankercellen van mij bij elkaar.’

‘Ach, ja,’ zei ze, ‘zo moet ik het eigenlijk ook maar gaan bekijken, hè. Ik bedoel, ik kan morgen wel met mijn auto tegen een boom aan rijden.’ Ik zei: ‘Precies, hoop is er altijd.’

Waarom het leed goede mensen treft

Ik heb een heel goede vriend en die vriend van mij heeft maar één been. Maar verder ziet hij er wel netjes uit.

Dat been van hem moest worden geamputeerd om een of andere reden. En nu heeft men bij mijn vriend per ongeluk het verkeerde been afgezet. Zodat hij straks nóg een keer onder het mes moet en ook zijn andere been zal moeten missen. Toen ik dit bericht te horen kreeg dacht ik echt: wat is hier nou de zin van? Waarom krijgt iemand, die toch al de pech heeft een been te moeten missen, ook nog eens de pech dat hem het verkeerde been wordt afgezet?! En mét dat ik met deze gedachtenkwel bezig was, viel me het antwoord in... Dat is... omdat wij niet in de hemel zijn... In de hemel wordt altijd het juiste been geamputeerd...

Ja... Maar hier op aarde is het leven lijden.
'Dat is een ongelooflijk domme redenering,' zei me laatst een dominee na afloop van de voorstelling. En dat zou best kunnen hoor, dat de dominee daar gelijk in heeft, dat dat theologisch gezien dom is. Ik denk wel dat de dominee daar gelijk in heeft, want uiteindelijk weten protestanten veel en veel meer van de Bijbel dan katholieken. Ze snáppen het wat minder, maar ze wéten er veel meer van.

Het probleem is alleen: als je heel veel van iets weet, hou je geen verstand meer over om het ook nog eens te begrijpen. Dat is 't.

Natuurlijk is het onzin te beweren dat iemand die katholiek is per definitie goed bij zijn hoofd is, integendeel zelfs. Iemand die katholiek is, is zeer hoogstwaarschijnlijk niet goed bij zijn hoofd. Laten we wel wezen. Maar iemand die niet-katholiek is, is in ieder gevál niet goed bij zijn hoofd. Het katholicisme geeft nog een klein sprankje hoop. Het enige en hoogst haalbare wat een mens in zijn leven mag verwachten.

Nou, dit soort dingen bedenk je dus allemaal als je niks te doen hebt.

Lieve boekjes

Ik moet u nog bedanken. Bedanken voor de vele lieve boekjes die u mij in mijn ziekteperiode hebt toegestuurd: heel hartelijk dank. Alleen door het gebaar ben ik al enorm opgeknapt. Boekjes over gezonde voeding... en positief denken... echt ontzettend aardig van u. Ik heb wat in die boekjes zitten lezen en wat ik vooral geleerd heb is dit: er zijn geen problemen. Er zijn alleen mogelijkheden. Dus ik moet niet denken: Hè, wat vervelend, ik heb een probleem... Nee, ik moet denken: hè, wat vervelend, ik heb een mogelijkheid! En hoe kom ik van die mogelijkheid af...?

Volgens het boekje 'Eet je ziekte weg' kan dat met een ander voedingspatroon. En dat voedingspatroon moest bestaan uit: bietensap, wortelsap en paardemelk.
Ik dacht: gatverdamme: bietensap, wortelsap en paardemelk...
Dan heb ik, geloof ik, net zo lief geen kanker.

Maar ja, zo'n ziekte krijg je niet ongestraft, dus ik moest er wel aan geloven. 'En,' zo stond nog even nonchalant tussen twee haakjes: 'vanzelfsprekend geen alcohol.' Toen werd ik even kwaad. Hoezo 'vanzelfsprekend'? Wat heeft iedereen toch altijd tegen die lieve alcohol?
'Ja,' stond er, 'te veel alcohol is niet goed.' Nee, dat snap ik ook. Van tien liter bietensap knap je ook niet op.

Maar oké, geen alcohol. Dan geef ik me ook helemaal over, hè: géén alcohol. Ik hou ook eigenlijk helemaal niet van alcohol. Ik drink puur op karakter.

En even later zat ik in de keuken, aan de keukentafel, achter drie glazen: bietensap, wortelsap en paardemelk. Welk een levensvreugd...

Ik besloot te beginnen met het bietensap. Na zeer veel pijn en moeite had ik het voor de helft op en toen kon ik écht niet meer. Ik dacht: dit red ik met geen mógelijkheid! Dus ik het boekje 'Positief denken' erbij gepakt... Ik sloeg het op een willekeurige pagina open en ik las: 'Het glas is nooit half leeg, maar half vol.'

Dus, doet u dat toch maar niet meer. Ik vind het echt ontzettend lief dat u mij die boekjes hebt toegestuurd, maar ik geloof niet dat het iets voor mij is. En dat geeft toch ook niet? Ik bedoel: de een voelt zich ongemakkelijk in Lourdes en ik heb dat dan bij die boekjes, dat geeft allemaal niks.

De vrouw

Zoals u weet, staat achter elke vrouw een sterke artiest.

Ik zat een keer in m'n werkkamer toen mijn vrouw binnenkwam: 'Waar ga je het in je nieuwe programma eigenlijk over hebben?' Ik zei: 'Nou ja, ik heb eerder te veel onderwerpen dan te weinig.'
'Nu ontwijk je mijn vraag,' zei ze, 'door een ándere vraag, die ik helemaal niet gesteld heb te beantwoorden!'
'O, is dat zo?'
'Ja,' zei ze, 'dat is zo!'
'O, neem me niet kwalijk, alleen een beetje melk graag.'

En toen begon ze te lachen en ze zei: 'Nou ja, het maakt ook niet uit waar het over gaat, als het maar niet over míj gaat.' Ik dacht: maar dát is een leuk onderwerp, mijn vrouw! En ik kan heel eerlijk, recht uit mijn hart zeggen: mijn vrouw is helemaal te gek. Écht te gek. Ik ben vaak te goed, maar zij is te gek.

Het begon bij ons al gelijk heel erg gek. Toen we elkaar voor het eerst ontmoetten hadden we allebei het gevoel dat we elkaar al heel lang kenden. Dus m'n openingszin was: 'Het lijkt me beter dat we een tijdje uit elkaar gaan.'

'Ja,' zei ze, 'dat lijkt me ook, want dit ken ik nou wel een keer.' Afijn, wij uit elkaar... Maar het rare was, dat veranderde niets aan de situatie.

'Tja,' zei ze, 'dan kunnen we net zo goed bij elkaar gaan wonen, het maakt toch geen verschil.'
'Ja, dat is eigenlijk ook wel zo.' Dus zij mee naar mijn huis... Onderweg zei ze: 'Ik zal je maar meteen zeggen welk vlees je met mij in de kuip hebt: ik ben hooggevoelig en hoogbegaafd.' Ik zei: 'Zolang het niet hoogzwanger is, vind ik alles best.'

Want zwangerschap is de meest voorkomende seksueel overdraagbare aandoening, hè.

'Dus je bent hooggevoelig?'
'Ja, ik ben hooggevoelig. Ik heb een vijfde zintuig.'
'Je bedoelt waarschijnlijk een zésde zintuig... hoogbegaafde vrouw.'
'Nee, nee, nee, een vijfde.'
'Een vijfde zintuig hebben we allemaal.'
'Da's niet waar, Ray Charles had er maar vier.'
'Ja, ja. Dus je hebt een vijfde zintuig...'
'Ja, zit in de familie. Oom Kees was doof én helderziend, die had ook een vijfde zintuig.'

Ik dacht: die is goed maf, die moet ik hebben! En tot m'n grote vreugde zei ze: 'Nu ik toch met je meeloop naar je huis, zal ik dan ook maar gelijk blijven slapen?'
'Eh, eh, ja, dat is goed. Dan leg ik wel een matras op de grond.'
'O, nee,' zei ze, 'ik ga niet op de grond neuken.'

Dus ze hield het tempo er nogal strak in en binnen de kortste keren waren we getrouwd. Zoals ieder ander hu-

welijk begon ook dat van ons met rozegeur, maneschijn, etc. etc. Maar eveneens als ieder ander huwelijk ontmoette ook dat van ons het onvermijdelijke moment dat er gekibbeld wordt, dat er irritaties worden uitgesproken en dat er flink ruzie wordt gemaakt.
Waarom vrouwen dat doen, weet niemand... maar ze doen het.

Mijn vrouw ook: talloze malen liep ze door het huis: 'Ik ga bij je weg, ik ga op een flatje wonen, ik spring in het kanaal...' En meer van dat soort loze beloftes...

Op een gegeven ogenblik had ze het echt te bont gemaakt en ik zei: 'Eruit! En nou eruit!' Maar dat wou ze niet... En toen zijn we uitgekomen op een gedeeltelijke scheiding. We waren wél gescheiden van bed maar niét van tafel. Zodat we het noodgedwongen op de tafel moesten doen.

Omdat we dat allebei toch wel wat onhandig vonden hebben we de zaak maar omgedraaid en sindsdien krijg ik elke morgen ontbijt op bed.

En nu is ons huwelijk weer helemaal te gek. Écht te gek. Vind ik wel. Kijk, een homohuwelijk is vaak te goed. Want bij een homohuwelijk is sprake van twee geesten in een en dezelfde wereld. Ja, mooi makkelijk, zo kan ik het ook. Maar mijn vrouw en ik, wij hebben geen homohuwelijk, wij hebben een geméngd huwelijk. En bij een gemengd huwelijk is altijd sprake van twee geesten in minimaal twee werelden. Minimaal! Bij ons is het wel helemaal extreem: mijn vrouw denkt letterlijk over alles anders dan ik. Ik vind dat een mooi voordeel, want anders zou het maar een saaie bedoening zijn. Mijn vrouw ziet dat héél anders.

Omdat een vrouw ook anders ís dan een man. Het feminisme heeft dat aanvankelijk lang proberen te ontkennen... en ik heb niks tegen het feminisme - al vind ik 'De Libelle' vaak wel érg fanatiek - maar een vrouw ís anders dan een man. Om te beginnen is een vrouw veel stérker dan een man. Zo kan een vrouw volkomen zelfstandig ongelukkig zijn terwijl een man daar altijd weer een vrouw bij nodig heeft.

Dat komt omdat een vrouw een gevoelsmens is. Een vrouw heeft domweg meer gevoel. Gevoel voor kaartlezen, voor dvd-bediening, voor een vastgelopen computer...

Terwijl een man veel exacter is ingesteld. Een man weet exáct wanneer het handig is om te gaan huilen en wanneer niet.

En dat verschil tussen man en vrouw dat moet je koesteren en dat moet je omarmen. Er zijn mannen die dat anders zien. Je hebt mannen die hun vrouw als hun 'maatje' zien, maar dat vind ik vreselijk. Als ik m'n vrouw als m'n 'maatje' zou zien, zou ik op slag impotent worden. Ik ben geen matennaaier.

Ik vind dat verschil tussen man en vrouw mooi. Ik zal u ook een voorbeeld geven waaróm ik dat verschil tussen man en vrouw zo mooi vind. Mijn vrouw en ik zijn naar de film geweest en na afloop vraag ik haar: 'Hoe vond je de film?' En dan zegt zij: 'Ik vond hem mooi.' Dan vraag ik: 'In welke zin vond je hem mooi?' En dan antwoordt zij: 'In positieve zin.'

Ik begrijp daar niets van, maar ik vind het wel prachtig: 'Ik vind het mooi, in positieve zin.' Credo quia absurdum. Je hebt mannen die zijn zó dom dat ze zich aan dit soort gedachtegangen gaan ergeren, maar dat is echt het stomste wat je doen kunt. Je moet je er goed op voorbereiden dat het zeer wel kan gebeuren dat als je bijvoorbeeld samen met je vrouw naar het schaatsen zit te kijken, dat ze dan zo opeens iets zegt als: 'Knap eigenlijk, hè, dat ze vroeger op houten schaatsen wereldkampioen werden.'

Geniet van zo'n gedachtegang... Ik zie nu ook een aantal dames kijken van: 'Goh, dat is toch ook heel knap...?'
Is ook zo, is echt heel knap, ik doe het niet na in ieder geval, laat ik het zo zeggen... Zelfs niet op hoge noren... Kunt u nagaan...

Mocht dat trouwens uw vrouw zijn, of uw vriendin... Geníét ervan, met volle teugen... want besef wel dat zíj soortgelijke verbazingen heeft bij de gedachtegangen van jóú. Net zo goed. Zo zaten we een keer naar het schaatsen te kijken en ik zei tegen haar: 'Weet je wel dat ik sneller schaats dan Gerrit Hulzebosch?' Ze zei: 'Je bedoelt waarschijnlijk Erik Hulzebosch.' 'Ik zei: 'Nee, Gerrit. Erik gaat me veel te hard.'

Dan vindt zij dat raar gedacht van mij, terwijl ik er maar niet achter kom waar mijn eventuele denkfout zou liggen. En ik het weer raar vind dat zij echt denkt dat ik sneller zou kunnen schaatsen dan Erik Hulzebosch! Ik heb al moeite met Gerrit...

Dus geniet van dat verschil... En, ook héél belangrijk: wees zuinig op je huwelijk, want trouwen doe je maar eens in je leven. Je hebt mensen die het vaker doen, maar die zijn wel érg hardleers vind ik.

Nee, ik vind dat verschil mooi. Maar, laat ik wel eerlijk blijven, er zijn wel een paar vrouwelijke eigenschappen, waar ik moeite mee heb. Een vrouwelijke eigenschap waar ik niet zo dol op ben is uit een misplaatst soort samenhorigheidsgevoel, alles willen doen wat de man ook doet. Daar hou ik niet van. Ik zal u een voorbeeld geven, en misschien herkent u de situatie: we zijn neergestreken op een terrasje, voor een kopje koffie, en ik vraag haar: 'Neem je nog iets bij de koffie?' En dan antwoordt zij: 'Ik doe wat jij ook doet...' Dan zeg ik onmiddellijk: 'Ik ga er een potje bij masturberen.' En die aanpak werkt voortreffelijk.

Worteltjestaart

Als ik nog heel even door mag gaan over mijn vrouw... want uiteindelijk was en is ze het belangrijkste... Ik kwam een keer thuis en ik rook dat m'n vrouw worteltjestaart aan het bakken was. Worteltjestaart, ja. M'n vrouw en ik: wij éten ook als konijnen.

En terwijl de worteltjestaart in de oven stond te garen wilde m'n vrouw een portie seksualiteit. Nou ja, dan ben ik zo, dan strijk ik wel weer met mijn hand over mijn hart en dan offer ik mezelf wel weer op...
En helemaal omdat ze speciaal voor de gelegenheid nieuwe lingerie had gekocht. Van die sekssokken met jarretels d'r boven.
Sekssokken!
Maar ja, die sekssokken koopt ze dan wel weer in de aanbieding voor de helft van het geld. Vrouwen zijn zo godsellendig praktisch, hè... Dus daar stond mijn vrouw praktisch te wezen in d'r sekssokken voor de helft van het geld. 'Hoe vind je mijn nieuwe lingerie?' vroeg ze. Ik zei: 'Dat is geen lingerie, dat is een voorbehoedmiddel.'

'Jij maakt ook altijd overal een grapje van.' Ik zei: 'Dat is geen grapje.'
'Als dat geen grapje is dan is dáár het gat van de deur!' En ze smeet me de worteltjestaart naar het hoofd.
Zó ongeveer verloopt bij ons het voorspel.

Monogaam en polygaam

Ik had een interview met een kwaliteitskrant. En ik weet nog dat ik van tevoren dacht: ach, wat mooi, een kwaliteitskrant. Maar die kwaliteitskrant vroeg me heel plompverloren, compleet uit het niets: 'Heb je wel eens onveilige seks gehad?' Ik zei: 'Pardon?'
'Of je wel eens onveilige seks hebt gehad.' Ik zei: 'Wat een rare vraag.'
'Nee hoor, dat is tegenwoordig een heel gewone vraag. We leven niet meer in de middeleeuwen... Maar laat ik hem anders stellen: ben je monogaam of polygaam?'
'Tja... Ben ik monogaam of ben ik polygaam... Dus... Ik vind dat een vrij lastige vraag, meneer. Jawel, want de kapelaan leerde ons vroeger: er is maar één God... En Hij bestaat uit drie personen... En zo is het met de liefde eigenlijk ook een beetje. Er is voor mij maar één vrouw... En toch bestaat ze ergens wel uit meerdere personen.'

'Aha, dus je bent polygaam?'
'Nou... in gedáchten hoereer ik heel wat rond, maar in de praktijk, als het Puntje bij het Paaltje komt, bak ik er niks van. Dan zou ik wel willen, maar m'n hele lichaam blokkeert en weigert dienst. Dus de kapelaan had ook gelijk toen hij zei: "De geest is gewillig, maar het vlees is zwak."'

De interviewer moest er ook even over nadenken en toen zei hij: 'Ja, dan ben je dus toch monogaam.'

‘Nou, principieel niet... Maar uiteindelijk is toch het mooiste wat je als man in het leven kan overkomen: een vrouw ontmoeten waarvan je zegt: dat ís ’m! Met haar breng ik de rest van mijn leven door, andere vrouwen bestaan er niet meer voor mij. Dat is echt het mooiste wat je als man kan overkomen. En ik ben een enorme bofkont, want het is mij al honderden keren overkomen.’

Maar ja, ik ben dus wel getrouwd... en dan ontwikkel je een bepaald soort verstandige houding hierin. Zo zat ik laatst in een kleedkamer van een theater, toen er vlak voor aanvang op mijn kleedkamerdeur werd geklopt. Het bleek een vrouwelijke collega van me te zijn, die die avond in de andere zaal stond. Ze zei: ‘Herman, ik moet zo dadelijk op, maar ik ben hevig aan de diarree, zwaar ongesteld en ik heb een joekel van een blaasontsteking. Heb je misschien een stevige herenonderbroek voor mij te leen?’ Op zo’n moment gaat er bij mij onmiddellijk een alarmbelletje rinkelen dat zegt: kijk uit, Herman, dit kan een verleidingstruc zijn!

En je bent wél getrouwd, meneer...! En áls je getrouwd bent... én rijk... én beroemd... Ja, dan gaat het nog wel. Maar als je dan ook nog ’s humoristisch bent en woest aantrekkelijk... Dan komen de dames wel op je af.

Het gebeurt ook wel eens dat een dame handtastelijk wordt... Ik laat haar ook altijd wel even begaan... Maar tót een bepaalde hoogte, hè. Dan zeg ik: ‘Sorry mevrouw, ik ben getrouwd!’ Want laatst was er één die wilde beginnen met het naspel, ik zei: ‘Sorry dame, ik ben getrouwd!’

Toen zei ze: 'Ja, maar ik bén je vrouw!'
Het is wel lastig als je geen gezichten kunt onthouden.

Mijn laatste verleiding kreeg ik gistermiddag te verwerken... Ik zat in een klein cafeetje waar een dame naar me toekwam met een blik in d'r ogen waarvan ik onmiddellijk wist: dit kan maar één ding betekenen. Het was een vrouw van míjn leeftijd, maar ze kleedde zich nog altijd jeugdig. En haar naveltruitje ontblootte geraffineerd een klonterige pap.

Dus de verleiding was te doen, maar als bij een vrouw de leeftijd toeneemt, wordt haar geraffineerdheid ook groter en ze liet me de rug van haar hand zien.
'Zie je die vlekjes?' zei ze. Ik zei: 'Ja, die zie ik wel heel duidelijk ja.'
'Weet jij wel wat voor vlekjes dat zijn?' Ik zei: 'Ik heb geen idee... Ouderdomsvlekken?'
'Nee,' zei ze, '...eh, toe...'
'Lijkvlekken?'
'Nee, dat zijn schoonheidssproetjes!'
'O ja, nu weet ik het weer: schoonheidssproetjes...! Prachtig.'
'Ja? Vind je ze mooi?'
'Mevrouw, ik vind ze geweldig.'
'Echt waar? Ik heb ze over mijn hele lijf. Ik woon hier vlak in de buurt, als je met me meeloopt, laat ik ze je allemaal zien.'

Ik dacht: wat een schreeuwend contrast met vroeger! Noch als puber, noch als adolescent lukte het mij een meisje te krijgen... Avond aan avond zat ik eenzaam op m'n studentenkamer met een diep, diep verlangen mijn vriendin te troosten. Maar ik had geen vriendin en bovendien was die niet verdrietig.

Nog heb ik dat als ik jongelui van tussen de 15 en de 25 jaar op straat zie zoenen, dat ik denk: ach, kijk toch 's, Herman, weet je nog: das war keinmal.

Achteraf denk ik dat ik best wel meisjes had kunnen krijgen. Ik kan me althans wel een paar situaties uit die periode herinneren waarin ook wel een meisje naar mij toekwam met eenzelfde blik in de ogen als die mevrouw met de schoonheidssproetjes. En ook als jongeling dacht ik al: Herman, zoals dat meisje naar je kijkt... Dat kan maar één ding betekenen...! Maar ja... wát?!

'Dus,' rondde de interviewer het onderwerp af, 'uiteindelijk heb je in je leven alleen je vrouw bekend. Zoals dat zo mooi Bijbels heet.' Ik zei: 'Nou ja, ik heb in mijn leven natuurlijk wel meerdere vrouwen gehad.'
'Ach kom,' zei mijn vrouw, die net de kamer binnenkwam, 'jíj meerdere vrouwen gehad? Toen je mij leerde kennen heb je zegge en schrijve één vriendinnetje gehad.' Ik zei: 'Nou! Samen met jou zijn dat op de kop af méérdere vrouwen.'

Dus om kort te gaan, monogaam of polygaam... Ik vind het een vrij lastige vraag, die ik het liefst wil beantwoorden met een versje. Het heet: mijn promiscuïteit.

De een ligt liever links,
een ander liever rechts.
De een heeft tien orgasmes,
een ander eentje slechts.
De een maakt veel kabaal,
een ander doet het stil.
Het is mijn éígen leven:
ik droom zoals ik wil.

Een gevoelig jongetje

Ik zat een keer in een interview, voor een of ander tv-programma, tegenover een man, en die man was nogal rationeel ingesteld. Dat hij compleet knettergek was wil ik nog niet zeggen, maar het scheelde ook weer niet veel.

En deze nogal rationeel ingestelde interviewer vroeg me: 'Geloof je nou werkelijk, Herman, dat er een hemel is?' Ik dacht: ja, geloof ik dat nou werkelijk... Weet ik niet... Wat moet je nu met zo'n vraag, hè? Die vraag deed me eerlijk gezegd een beetje denken aan wat er gebeurde toen mijn ouders voor het eerst naar een ouderavond gingen: 'En? Hoo geet 't met oons Herman op skool?'
'Nou, uw Herman heeft een sterke fantasie. Maar maakt u zich niet ongerust, dat krijgen we er nog wel uit.'

Ik zat, moet u weten, in Almelo op een rooms-katholieke jongensschool. En op die rooms-katholieke jongensschool werden we doodgegooid met dogma's. Het dogma van: één plus één is twee... Het dogma van: iets is in wezen niets anders dan... 'Een boom is in wezen niets anders dan een zuurstoffabriek.' Die zuurstoffabriek benauwde mij en verstikte alle poëzie. Tot op een dag de kapelaan in de klas kwam: De kapelaan vertelde ons: 'Er is maar één God... en Hij bestaat uit drie personen.' Ik dacht: goddank, eindelijk iemand met wie je fatsoenlijk kunt praten.

Want tot dan toe had ik op school maar één interessant verhaal gehoord. Dat was het verhaal van de drie musketiers, want die waren met z'n vieren. Dat was een verhaal met Ruimte.

Maar de kapelaan barstte van de verhalen met Ruimte.
Zo zei hij: 'God is het begin van alles... Voor God was er niets... En Maria is zijn Moeder...!'

Het was of mijn dichtgeknepen keel weer openging en ik weer mocht ademhalen. De kapelaan had ook heel andere verhalen over een boom, hij had het niet over een zuurstoffabriek, hij had het over de boom van het Leven... De boom van Kennis van Goed en Kwaad... De boom van de Zondeval en de boom van de Verlossing... Kortom, een boom was weer: In Wezen Alles.
'Tja,' zei de nogal rationeel ingestelde interviewer, 'dat zijn natuurlijk fantastische sprookjes, maar ze zijn natuurlijk niet waar.' Maar wat is waar?

Het oog ziet niet wat op het netvlies valt...
Het oor hoort niet wat het trommelvlies doet trillen...
Het ziet en het hoort wat in het hart ligt.

En fijnzinnigheid is altijd waar.
Kwetsbaarheid... is ook altijd waar.

Lelijkheid en lompheid zijn een dagelijkse werkelijkheid, maar... een werkelijkheid. Nóóit de waarheid.

En de werkelijkheid verdwijnt, de waarheid blijft.

En het is de Dood die de Waarheid bréngt.
'De Dood?' zei een zanger aan dezelfde tafel gezeten. 'Die bestaat wat mij betreft niet.'
'En mijn dood,' zei naast hem een schrijver die nooit twijfelt, 'moet eerst maar eens wetenschappelijk worden bewezen.' Ik was verbijsterd. Hoe kun je nu zó je trouwste vriend verloochenen? Je vrouw kan je verlaten, je kameraad kan je verraden, maar de Dood heeft nog nooit iemand vergeten of verlaten. Denk daarom niet té onaardig over de dood, hijzelf is zo kwaad nog niet.
Hij is een gevoelig jongetje, dat houdt van dansen en van kunst.

Hij is je uiteindelijke minnaar, die het laatste bed met je deelt. Soms is hij in zijn liefkozingen wat onbeholpen en daardoor onbedoeld wreed. Vooral wanneer iemand zó prachtig is dat de Dood zich niet meer kan beheersen en te vroeg komt.

Maar hij heeft dat niet zo gewild en lijdt zelf ook... hij lijdt zelf ook. Ga daarom stijlvol met hem om. Als je losjes met hem danst, verandert elke dag in kunst.

'Kunst is, dat je leeft alsof je nooit doodgaat,' zei de schrijver-die-nooit-twijfelt. Anders had hij het wel in een willekeurige volgorde gezegd: kunst is dat je doodgaat alsof je altijd blijft leven.

En het is ons al eens voorgedaan: 'O, wat vreselijk,' jammerden de apostelen, 'onze rabbi is dood.'
'Och,' zei Maria Magdalena, 'dat gaat wel weer over.'

Want ook in geloof zijn vrouwen sterker dan mannen. En inderdaad, even later liep Hij er wel weer. 'O mijn God,' zei Thomas, 'U bent herrezen!? hoe is dat mogelijk...!'
'O,' zei Christus, 'je moet even over het dode punt heen, dat is alles.'

En dan...? Na dat dode punt? Als je uit de tijd gekomen bent...?

Als niets meer op je netvlies valt, en niets meer je trommelvlies doet trillen? Wat dan?

Ben je dan op die plek aangekomen waar altijd het juiste been wordt geamputeerd?

Oud en nieuw

Waarom vieren wij eigenlijk nog oud en nieuw?
Weet u, ik zou zo'n vraag wel eens andersom willen stellen: nieuw en oud nog eigenlijk wij vieren waarom?

Want na al die kerstdagen vol gebak, drank en verplichte bezoekjes, kunnen we met recht zeggen: het is gelukkig nieuwjaar!

Tot slot nog even dit

Tot slot nog even dit: zoals ik al eerder aanstipte wordt mij nogal vaak gevraagd: 'Goh, waarom wil je met alle geweld zo leuk zijn? Waarom wil je dat nou?'
Oké, het was allemaal flauwekul, en haha, wat hebben wíj weer een lol met mekaar, maar toch vind ik dat, als je alles wat ik verteld heb nog eens overziet, er best momenten in zitten, waarvan je kunt zeggen: 'Hé, daar zit wat in.'
Daarvoor dan mijn excuses.

Slotapplaus

Opstaan voor iemand misstaat niemand.

Mag ik u bedanken?

– Mag ik u hartelijk bedanken voor deze mooie voorstelling?
– Ga uw gang.
– Ik wil u hartelijk bedanken voor deze mooie voorstelling.
– Ga uw gang.
– Hartelijk bedankt voor deze mooie voorstelling.
– Geen dank.
– En ik had het nog zo gevraagd!
– Tja, is niks meer aan te doen.
– O, nou, u wordt bedankt.
– Ja, dat idee had ik al. Kopje koffie?
– Mag ik bedanken?
– Ga uw gang.
– Ik wil u hartelijk bedanken voor het lekkere kopje koffie.
– Ga uw gang.
– Hartelijk bedankt voor het lekkere kopje koffie.
– Geen dank, nog een kopje?
– Alstublieft.
– Dank u wel.
– Geen dank.
– Waarom niet?

Poëzie, zo moeilijk nie

Geluk is een dammer die fijn heeft gedamd.

Ei

Ik ben maar een jongen
die zingt wat hij voelt
en zich afvraagt

wat hij bedoelt.

Het leven dat kent zo
zijn ups en zijn downs
ook al denkt men van niet

of van wel.

Een jong in het ei
als een vogel zo vrij
voelt zich blij ook al

is tie een ei.

En ik ben maar een jongen
die zingt wat hij voelt
en zich afvraagt…

wat hij nu eigenlijk bedoelt.

De Canadezen

Aan hij die woont in Knokke, Brugge en Kortrijk,
weet u wel, dat u woont in drie plaatsen tegelijk?
De aarde raakt zo overvol, zag ik laatst vermeld.
Zo zijn wij al met vijf miljard, mijzelf niet meegeteld.

En al was ik wel geteld, dan nog bleef het veel.
La, la, la... la, la, la... la, lalalala.
Poëzie, zo moeilijk nie, op alles rijmt wel iets.
Behalve dan op waterfiets, op waterfiets rijmt niets.

De een rijmt: I love you, bijvoorbeeld een Canadees.
De ander zegt: je t'aime, bijvoorbeeld een Canadees.
Zoals hij is geQuebect, zo zingt de Canadees.
Ich liebe dich, da's een Duitser, die in Canada is geweest.

De Canadees, hij vond zijn Trees, 't was in de maand van mei.
Hij zei: joechei, het maakt me blij, zo'n vrijpartij met jij.
Hij vrijde hier, hij vrijde daar, met elke jonge meid.
En zo werd op den duur, heel Nederland bevrijd.

Een Canadees zegt: how are you?
Een Spanjaard zegt: I'm fine.

Mijn engelbewaarder

Geen gesprek is fijnbesnaarder
dan dat van mij
en mijn engelbewaarder
over de poëzie.

De poëzie toch
die nog het meest
geschonken lijkt te zijn
door onze Heilige Geest.

Want sprekend
over de schoonheid van het woord
met je bloedeigen engel
dan toch vertoef je,
ze noemt me schalkjes dan:
'M'n boefje',
voor de hoogste hemelpoort.

Dat rollende ritme,
dat tollende malende metrum,
vibrerende rijmschema's,
die verzen, die klanken, die au, au, o heerlijk!

Ja, arsis met thesis dat paart er zo vrij
in een bruisende schoonheid van woorden.

Maar dan zegt mijn engelbewaarder tot mij:
'Zeg, ga nu niet zo tekeer.
Anders ben je m'n boefje niet meer'.

Waarheid

Rozen verwelken.
Schepen vergaan.
Gezemel daarover
Blijft altijd bestaan.

Eens te zijn

Eens te zijn
Doel van God
Stil verglijdend zinnebeelden
Trekkend fel verlegen regenbogen
Langs een steeds weer vragend pathos van
Zien
Voelen
Lijden
Telkens weer
Een smekende omhelzing
Haast te veel
Voor de mantel van Dubrovnik

Nee mam,
'’t is geen cryptogram
'’t is poëzie
dat menig hart al wist te raken.
O, waarom dan
kan ik er geen
chocola van maken.

Poëziecursus

Het moeilijkste bij dichten,
ik vertel u geen geheim,
dat is toch wel het vinden
van het juiste rijmwoord.

'We zaten hand in hand
op het terras van een restaurant-café.'
Dat rijmt wel niet,
maar dat hoeft ook niet per se.

Het is mooier als het wel rijmt. Voorbeeld:

Ik hou van jou,
ik blijf je trouw.
Origineel is het niet,
maar het rijmt als een tiet.

Of deze:

Een struise meid uit Scheemda
viel voorover in de Etna.
Duidelijk en luid
bracht zij nog uit:
'Heet ja!'

Nog een:

De truc mislukt, gaat jammerlijk teloor,
de goochelaar pinkt een traan uit zijn oor.

Naast rijm is ook het metrum van belang. Metrum heeft te maken met waar je de klemtonen legt in een gedicht. Ik hoorde laatst op de radio in de STER*-reclame de volgende zin:*

Ik ben Karin en ik heb een druk gezin.

Dat is van een heel laag niveau, Kárin-gezín. Dat metrum klopt niet. Het is van een veel hoger niveau om te zeggen:

Ik ben Kárin en hij moet dáárin.

Wellicht dat u zegt: 'Karin-daarin, dat vind ik een beetje flauw.' Maar dan heeft u het niet over het metrum. Want dat is ijzersterk. Dan heeft u het over wat anders. Wat overigens ook wel van belang kan zijn in een gedicht.
Timing bijvoorbeeld, is ook heel belangrijk. Nemen we eens de timing van het nu volgende gedicht:

Mijn vrouw
trok de deur dicht
van ons huis
aan het Acaciaplein
en liep
naar het Rietstation.
Tien minuten later
vertrok haar trein
richting noorderzon.

Dit gedicht is zeer slecht getimed, want van het Acaciaplein naar het Rietstation is zeker een halfuur lopen...

Toen ik op de wereld kwam

Toen ik op de wereld kwam,
zei m'n moeder tot haar man:
'Ben, ik heb de bril niet op,
kijk even wie ik heb gebaard.'
En m'n vader keek naar mij
met veel verbazing in zijn blik.
Stotterend zei hij:
'Ik geloof warempel
dat het Finkers is.'

Mijn vooropleiding

Ik werd ingeschreven als gymnasiast.
Dat was ’t.

Raquel van Welch

Mocht ik u kussen, Raquel van Welch,
genezen was al mijne pijn.
Bij het denken aan u hoor ik de jingle bells,
in uw kozende armen wil ik zijn.

Elke ochtend om half zeven sta ik naast
mijn Almelose bedje gedwee.
De wereld is gries en grauw
maar ikzelf doe daaraan lekker niet mee.

De wind giert door het huis, ik sta met de billetjes bloot.
Maar in gedachten ben ik reeds in het verre Hollywood.
Wuivende palmen wiegen op gitaarakkoorden,
minzame meisjes doen knappen de boorden.

Mocht ik u kussen, Raquel van Welch,
genezen was al mijne pijn.
Bij het denken aan u hoor ik de jingle bells,
in uw kozende armen wil ik zijn.

Luister, mijn Raquel,
wij vormen een prachtig paar.
Toe, schenk mij uw lippen,
heel eventjes maar.

Haakjes openen, naar geen ander zal ik fluiten
eer deze droom is verwezenlijkt, haakjes sluiten.
Met mijn gitaar in mijn hand en u aan mijn zij
jodel ik van de nachtegaal, de zon en het getij.

Ach, mocht ik u kussen, Raquel van Welch,
genezen was al mijne pijn.
Bij het denken aan u hoor ik de jingle bells,
in uw kozende armen wil ik zijn.

Voor het bruidspaar

Gerrit en Ans gaan nooit naar de knoppen,
zij kunnen op een deurtje kloppen,
zij kunnen aan een belletje trekken,
zij kunnen de tafel dekken.
Maar dit alles doet niet terzake,
voor het bruidspaar een lekkere cake.

Nog altijd hoor ik dat beekje

Nog altijd hoor ik dat beekje
waar ik jou voor het eerst heb gekust.
Toen ik dat deed toen keek je
van schat, je hebt een brand geblust.
Toch zei je mij:
Henk, dat had je eigenlijk niet moeten doen
want mammie vindt me veel te klein
voor zo'n grote zoen.

Het duurde hooguit een weekje
voor je moeder ons geheimpje vernam.
Voor mammies boze woorden bezweek je
met als gevolg dat je nooit meer kwam.
Eenzaam alleen,
zat ik elke zondag aan de waterkant,
wachten tot je rijp zou zijn
voor de huwelijksband.

Je werd twintig, je werd dertig, je werd veertig.
En gisteren ontving ik je brief.

'Mijn allerliefste jongen,
luister even, lieve schat,
de tijd die is nu eindelijk bedwongen,
moeder vond dat ik de leeftijd had.
Denk je eens in,

net als toen samen aan de waterkant.
En als het gouden maantje lacht
schenk ik jou mijn hand.'

Ik heb de hele nacht niet geslapen.
Ik dacht de hele nacht aan jou.

Na vijfentwintig jaren smachten
is nu eindelijk de grote dag.
Tot je veertigste moesten we wachten
maar nu zegt moeder: het mag.
Niets is zo fijn,
jubelt nu je moeder met jou en mij,
dan een flinke vrijpartij
met permissie erbij.

Aan zee

Het fonkelend kronkelend watergeweld mompelt.
Het mompelt:
'Daar komt Ben Hur,
achter een jonge Venus aangestrompeld!
Ei, Venus, ei Hur,
wat wadet gij in dit nat?
Zij toch bedachtzaam,
opdat Schoonheid en Moed
niet ondergedompeld verschrompelt.
Hur, Ben Hur,
waar is uw wagen, waar uw ros?
Zijn zij dan minder dan deez' jonge maagd
wier wangen verdervend verleidelijk vlammen middels
een blozende blos?
Waarlijk, gij zijt niet meer wien gij was.'
En de bruisende, kolkende oceaan briest:
'Ben! (Ik mag toch wel "Ben" zeggen, hè Hur?)
Kom tot rust.
Venus zond haar verleidelijkste dochter naar u toe,
edoch, zij is tevens de verraderlijkste slang veur oe.
Het is de Dood dien Gij kust!

Nogmaals, gij zijt niet meer wien gij was.
Gij zijt niet meer Hij, waarvoor het volk brulde:
"Hulde Ben, Hulde!"
En ook dikwerf:

"Driewerf hulde!"
brulde.
Gij verwerd tot een zot
waartegen ratio zich suf lulde.

O, erbarm Voorzienigheid,
wees dezen drommel genadig,
breng hem tot inkeer, nog ene keer,
want kijk, hij verzuipt gestadig.

Tabee Ben,
daar verzuipt ge
in water en ongunst.
Blijft lof voor uw moed,
misprijzen voor uw zwemkunst.'

Mooi weer

Als het melkwitte meisje
schuchtertjes topless zont...
Als het stiekeme piertje
blozend toekijkt uit de grond...
Als het blonde haartje
zich niet meer schaamt
en slankjes uit het slipje wipt...
Als het roodborstje hipt
van tulp naar hyacint
en in laat're avondstond
in 't blonde kind
zijn naamgenootje vindt...

Ja,
wat dan nog.

De vrachtwagenchauffeur

M'n dertigtonner diesel lijkt een beste griezel,
zo donderend door de dalen van het Alpenland.
Ik hou van die machine, ik hou van dat geruis,
toch denk ik altijd: even nog, dan ben ik mooi weer thuis.

Het rijden langs de wegen is me zeer genegen,
al komt er van verschoning vaak niet veel terecht.
Gisteren moest ik laden, m'n haren vol met gruis,
toen dacht ik alweer: even nog, dan ben ik mooi weer
thuis.

Want thuis daar heeft m'n meisje het badje voor me klaar.
Ze vraagt: hoe was je reisje? En streelt wat door m'n haar.
Ze legt me in m'n bedje, dekens tot de kin,
met wat milde mentholpoeder, poedert zij me in.
Ik mag weer m'n pyjama met bruine beertjes aan,
voordat ik ga slapen een lepel levertraan.
In m'n wang een kneepje, dat kietelt lekker zacht,
ze leest wat voor uit *Pinkeltje*, we zijn bij hoofdstuk acht.

Vinger in de bips

De canyonkreekjes tint'len, de zon komt prachtig op.
Stiekem zit een bloempje te gluren uit zijn knop.
De ochtend wekt de prairie, een cowboy is al op,
vertroetelt met zijn merrie het bloempje in galop.

De cowboy hij heet John en stopt bij Mary-Lou,
en bedelt Mary-Lou: 'Zeg Mary-Lou, word jij mijn
vrouw?'
Zij raakt geprikkeld warm daarvan, want John als man
dat is niet niks,
en stopt uit pure geestdrift dan een vinger in haar bips.

Geschrokken stottert John: 'Wat onbeschaamd gedouw!
Je bent een grote viesterd, ik zoek een andere vrouw.'
Beschaamd stamelt zij: 'Ik heb al reeds berouw,
vergeef mijn rappe vinger en trouw je Mary-Lou.'

De liefde vat weer vlam, en lekker warm wordt John.
Zij zucht dan tegen John: 'Mijn hart dat hijgt naar jou,
o John.'
John schenkt haar voor de eerste keer een kus die knapt
als verse chips,
dan stopt zij, gatverdakke, wéér een vinger in haar bips.

De druppel die de emmer, hij stapt weer op zijn paard,
ziet af van zo'n vies meisje, verdwijnt in volle vaart.
En Mary-Lou, 't is droevig, zij weent er onbedaard,
en wordt door alle roddel, als bruidje niks meer waard.

Puisten en de pest, ja, elke nare kwaal,
zij kreeg het allemaal, dus luister meisjes in de zaal,
zoekt u een levenscompagnon?
Voeg bij uw lijst van huwelijkstips
de raad van dit chanson:
stop nooit een vinger in uw bips.

Mariagedicht - 1

Als trieste nevels sluieren,
doen drukken uw gemoed,
bedenk:
hoe dikwijls gij mocht luieren
in koesterend zonnegloed
en schenk
door immer vrolijk voort te gaan,
helder water
aan het uitgedroogde meer
van dit aards bestaan.
En dan zult ge merken dat het leven weer gaat bekoren
ja, somwijl zelfs
met een pijltje van dat schalkse Cupidootje
u het hartje doet doorboren.
En wellicht,
wellicht flitst er dan wel een fluisterende kreet door u hene:
'Moeder Maria, klare bron,
waruit het gulden beekje ontspringen kon
dat Jézus heet!!!

Mariagedicht - 2

Al te vaak wordt Zij gekwetst,
door mensen die niet willen weten
hoe in eerlijke eenvoudigheid
bescheidenheid zich aan te meten.

Al te vaak ook stelt men
óns zondig bestaan als norm
en ziet haar liefdevolle leven
als een gestoorde, ja geflipte vorm.

Het blijkt zo moeilijk trouw te wezen
als de mode naar ons lacht.
Als het modern is te verachten:
Zij, die nimmer heeft veracht.

Als barre barbaren zitten wij met halve garen
ons ego te verhogen.
Maar, mode-trippers, floepende flippers,
wat staat ons voor d'ogen als Zíj het eens verdomt
en Haar gebed voor ons verstomt?

Wilt de Onschuld toch niet krenken,
weest toch niet zo hoogverwaand.
'k Vraag u enkel: wilt bedenken,
't is heden weer Maria-maand.

In de tuinen van Sevilla

In de tuinen van Sevilla
beukt mijn hoofd een boom te barsten.
Snikkend zoen ik de platanen,
mijn gelaat doordrenkt van tranen.

In de tuinen van Sevilla
trilt de lucht en bloemen geuren.
De natuur in alle luister,
maar ik ween hier en ik fluister:

Leontien, Leontine, uwe boezem zou ik ziene.
Maar ik wacht hier al een week, die op zeven eeuwen leek.

Zeven dagen, zeven nachten,
was het wachten nog mijn enkel brood.
Het water is nu mijn dorsten naar de dood.

Want heeft de liefde geen hoop,
’t is een mens voor de sloop.

In de tuinen van Sevilla
hangt er weldra een te sterven.
Helse zonnestralen zieden
bij een leven dat gaat vlieden.

In de tuinen van Sevilla
zal de wind mijn lippen strelen,
doet mijn laatste zucht verzaam'len
en mijn dode mond zal staam'len:

Leontien, Leontine, uwe boezem zou ik ziene.
Maar ik wacht hier al een week, die op zeven eeuwen leek.

- Oehoe, hier ben ik al!
- Leontien, toch gekomen? Schat, het werd de hoogste tijd!
- 'k Heb spijt, ben wat laatjes, maar ik had een lekke band.
- Praatjes! Voor het vullen van die gaatjes ben je toch geen week lang kwijt?!

Dáár viel zij door de mand. Met haar lekke band.

James Bond

James Bond rijdt razendsnel door hartje Rome heen
waar druk verkeer krioelt.
James Bond weet wat hij doet, James weet wat hij doet:
hij rijdt verkeerd.

James Bond rijdt op de brug waaronder het gespuis
een tijdbom heeft geplaatst.
James Bond weet wat hij doet, James Bond weet wat hij doet:
hij zet zijn horloge terug.

Ik ben James Bond, ik laat me niet naaien.
Wie aan mijn anus komt, die komt aan mij.

James Bond achtervolgt het groot en zwaar gespuis
al vijf uur achtereen.
James Bond weet hoe dat komt, James Bond weet hoe dat komt:
hij staat in een file.

James Bond zit in het nauw en zal nu wel heel snel
iets listigs moeten doen.
Daar schiet hem iets te binnen, daar schiet hem iets te binnen:
ai... een kogel.

Jij krols katje van mij

Maart roert weer zijn staart, de kat vrijt onbedaard:
'Mijn naam is Karel Kater en ben danig van de kaart.
Dag poes, ik ben op jacht, je hebt zo'n zachte vacht,
je neusje wipt leuk op en neer en giechelend zeg jij zacht:

Jij krols katje van mij, jij lekker geinig knuffelding.
Jij krols katje van mij, dat wild gespin dat geeft mij zin,
samen met jou zij aan zij de zomer in te gaan.

Het voorjaar is een jaar dat mij weer steeds verbaast.
Want ondanks dat hij voorjaar heet, valt hij niet vóór het jaar.
Hij valt dus ín het jaar en is nog extra raar
want evenals het najaar duurt dat jaar niet eens een jaar.

Jij krols katje van mij, jij lekker geinig knuffelding.
Jij krols katje van mij, dat wild gespin dat geeft mij zin,
samen met jou zij aan zij mijn levens door te gaan.'

Op de fietse (Twents)

Mangs,
a'k op de fietse
fietse,
dan deank ik wa es.
Mer meestieds toch nich.

Mer á'k deanke,
dan deank ik:

Deank nich te völ as 't kan,
want ie möt nog verdan.

Tante Diny

253429, nummer van de telefoon
van mijn tante Diny die ik dringend spreken moet.
Ik wou vragen, tante Diny, was ik gisteravond nou
toeterzat en zag ik dubbel of hebt u inderdaad twee borsten?

Wat zegt u, een beetje vreemd dat ik u bel om vier uur
   ’s nachts?
Ja, ik dacht: laat ik niet bellen onder etenstijd.
Ik weet nog steeds niet, tante Diny, was ik gisteravond nou
toeterzat en zag ik dubbel of hebt u inderdaad twee borsten?

Waarom valt Kerstmis toch altijd
weer op een feestdag en waarom
heeft tante Diny nooit genoeg,
heeft zij stereotypisch twee borsten?

Wat zegt u, tante Diny, moet ik uw amandelcake
heel goed kauwen anders krijg ik klonten in m’n kots?
’k Wou alleen maar even weten, was ik gisteravond nou
toeterzat en zag ik dubbel of hebt u inderdaad twee borsten?

Tikkeltje onfris

Tikkeltje onfris
dat men in China niet
het spruitje schilt en kookt
alvorens men hem eet.

Het mag dan wel zo zijn
dat het Chinese volk
geel geen spruitjes eet
en daarom ook niet schilt en kookt,

tóch blijft het onfris
dat men in China niet
het spruitje schilt en kookt
alvorens men hem eet.

Et Iemen-eerske

Naar 'een ondeugend bijenbipsje' van
Wilfried Finkers

Aait wier
at 'n iemke
luk oondöggend
met zien eerske
an 't proonken is,

aait wier
at mie den vinger
noa et stekken zo
an 't boonken is,

deank ik:
doe drietklean
köttelfris eerske,
woarin 'n nöalke
zo oonderdoems zik verscheul,
steet 't oe nich an
da'k efkes an oe veul?

Mien vinger huult.
Et iemke kuult.
Et döt en dreait,
et hef zik good verneaid.

Nee, gen reuske zoonder deurnkes,
gen iemke zoonder nöalke.

Mien händke zo zeer,
Een reuske zo rood,
twee hellige eugkes
dee doodgoan doot.

Ik zag je staan met een banaan

Ik zag je staan
met een banaan
in je hand.
En ik hield van jou.

Die gele vrucht,
de lichte lucht
van je zonnebrand.
O, ik hield van jou.

Zo vreselijk veel van jou.

Ik zag ontdaan
dat de banaan
aan je andere hand,
een zekere Gerard was.

'k Wou dat ik was,
wat Gerard was,
want Gerard was
de vrind van jou.

Zo vreselijk veel van jou.

O, brengt men kind'ren jokken bij,
dan is dat weinig pedagogisch.
Daarom hoor je niet bij Gerard maar bij mij,
ook al klinkt dat weinig logisch.

Geef een hand aan mij,
laat één zo'n pisang vrij.

Gerard greep
m'n neusvleugeltjes beet
en trok eraan.
En ik hield van jou.

Zo vreselijk veel van jou.

Yeah, yeah, yeah, yeah, yeah, yeah.

Heerlijk Hawaï

De lucht is blauw, de zee is lauw,
het strand is altijd schoon.
Nasi-rames als ontbijt
dat is daar heel gewoon.
Kilima banana, Toean aloha hoe,
op Hawaï, Hawaï, Hawa-i,
is niemand levensmoe.

Ik zegge: Ha-ha-wa-i, heerlijk Hawaï.

Men surft, men zwemt, men pingpongt daar,
trekt touw en voetbaltoernooit.
Schaatsen en skiën wat minder helaas
omdat het daarginder veel dooit.
Kilima banana, Toean aloha hoe,
op Hawaï, Hawaï, Hawa-i,
is niemand levensmoe.

Ik zegge: Ha-ha-wa-i, heerlijk Hawaï.

Zonneschijn, maneschijn, dag en nacht schijn,
ons maantje dat schijnt er zo fijn.
Het schijnt er zó helder, het lijkt zonneschijn,
maar dat is niet waar, da's maar schijn.
Kilima banana, Toean aloha hoe,

op Hawaï, Hawaï, Hawa-i,
is niemand levensmoe.

Ik zegge: Ha-ha-wa-i, heerlijk Hawaï.

Liefde is vreemd

Niet van de kaartclub en niet van de zang,
ik zag haar en dacht maar waar ken ik haar van?
Ze is niet mijn tante en ook niet m'n nicht,
waarvan ken ik dan toch dat frisse gezicht?

Waar zag ik eerder die lachende blik?
Ik hield het niet meer en daarom vroeg ik:
'Zeg me je naam want ik weet hem niet meer.'
Ze zei: 'Beatrix van Oranje' en toen wist ik het weer.

Ze zei mij: 'Ik weet een geweldig café.'
Ik zei: 'Nou oké,' en ging met haar mee.
Ze gloeiden zo mooi in het zachtrode licht:
die lachende ogen, dat frisse gezicht.

Toen ik zei: 'Wat drink jij?' gaf zij mij een snauw:
'Ik ben koningin, dus 't is meervoud voor jou.'
'Pardon!' zei ik blozend en ietwat van slag.
'Wat willen de dames drinken?' en toen schoot zij in de lach.

Ze vond mij, zo zei zij, een leuke Jan Drol.
Ze lachte en danste, bracht m'n hoofd op hol.
'Kom dans ook, jij slome!' Mijn hart is gezwicht,
voor die lachende ogen, dat frisse gezicht.

‘Dat speelse spontane hebben jullie dat altijd?’
‘Alleen als we vrij zijn, niet in de baas z’n tijd.’
Zij moest eens weten wat ze heeft aangericht:
ik ben verliefd op dat frisse gezicht.

Bij het vallen van de nacht zei ze: ‘Wij zijn je bruid.’
Zij maakte mij een sprookje, maar blies het weer uit.
Ze moest naar haar werk en bij het ochtendlicht,
miste ik die ogen, dat frisse gezicht.

Op het journaal loopt ze strak in ’t gareel.
Ze doet heel formeel, maar ik weet hoeveel
spontaniteit en verliefdheid er ligt,
achter die lachende ogen, dat frisse gezicht.

Liefde is vreemd.
Liefde is vreemd.
Liefde is vreemd.

Waar is de wc?

Waar is de wc?
'Trap af naar benee.
Dat kleintje is 't fonteintje en die grote is de plee.'
Hé, hé. Hé, hé. Ga met me mee.

Sinds een week of twee, zit ik in de puree:
om de vijf minuten weer een eeuw op de wc.
Een boer uit Enschede deelde mij laatst mee:
'Als jij zo langer doorgaat, krijg je last met de EEG.'

Waar is de wc?
'Trap af naar benee.
Dat kleintje is 't fonteintje en die grote is de plee.'
Hé, hé. Hé, hé. Ga met me mee.

Enigszins onnodig wakker ik de spanning aan
door niet naar de heren- maar de damesplee te gaan.
Binnen in een geur van parfum en fris tegelwerk
staat het complete dameskoor van de Sint Jozefkerk:

Waar is de wc?
'Trap af naar benee.
Dat kleintje is 't fonteintje en die grote is de plee.'
Hé, hé. Hé, hé. Ga met me mee.

Kijk, daar is een deur, met het predikaat Privé,
is dat het? Ja dan nee, nee dan ook nee, dus nee.
'Hé, wat was dat voor idee? Dat kreeg ik niet goed mee.'
Is dat het? Ja dan nee, nee dan ook nee, dus nee.
'Hé!'

Waar is de wc?
'Trap af naar benee.
Dat kleintje is 't fonteintje en die grote is de plee.'
Hé, hé. Hé, hé. Ga met me mee.

Er is maar één wc en we moeten met z'n twee.
Er is maar één wc, o, wat doen we daar nu mee?
En er is maar één wc.

...Ooo!!!

Hé, hé. Hé, hé.
't Scheelde één tree.

Kerstmis

Denk nou niet: ik ben te min,
mijn leven heeft geen zin.
Want de kerstklok luidt ook
voor zo'n ei als jij.
Ook al ben je bajesklant,
of van de verkeerde kant,
tegen eind december
hou ik ook van jou.

Van Japan tot aan Yokohama,
in Laos, India en China,
maar ook alle Aziaten:
vrienden van elkaar.
Op de aarde zijn miljarden mensen,
om van het dubbele nog maar te zwijgen.
Vrede. Kinderen. Samen.
Mensen waarom?

Blank of bruin of mongool,
wao'er of creool,
wij zijn allemaal gelijk,
als het ware.
En al zijn je hersens klein,
dat is niet erg, want zalig zijn
alle armen van geest
en de benen van vrouw Van der Leest.

Van Japan tot aan Yokohama,
de Tibetanen met hun dalai lama,
maar ook alle Aziaten:
vrienden van elkaar.
Op de aarde zijn miljarden mensen,
om van het dubbele nog maar te zwijgen.
Vrede. Kinderen. Samen.
Mensen waarom?

Buiten tiert de vrede welig,
hier in huis worden wij melig
van de liefde die nu heerst in ons gezin.
De tv: één moordpartij
en slappe grappenmakerij
met dat *Kroamschudd'n* op de regio-tv.

Van Japan tot aan Yokohama,
in een kampong ergens op Java,
maar ook alle Aziaten:
vrienden van elkaar.
Op de aarde zijn miljarden mensen,
om van het dubbele nog maar te zwijgen,
Vrede. Kinderen. Samen.
Mensen waarom?

Sinterklaas

'Geen klacht ontvliedt het kind
dat blij getint lacht
en gezwind de pracht vindt
door Sint bedacht
en gebracht in de nacht
die tracht zonder wind
of koude macht
zo zacht
te vallen.'

Dit is nou typisch
zo'n Sinterklaasgedichtje, hè,
als het maar rijmt!

Dit verhaal begint in Spanje,
waar de gulle lach van een buurmeisje
het grote liefdesvuur ontsteekt
in een oude kindervriend.

En gul ook als haar lach,
dat is haar nooit gestreelde boezemweelde,
in haar schoonheid zo omvangrijk
dat zij toch wel wat benauwend
wordt voor 't arme longenpaar
dat daar zó zwoegt

dat, gepikeerd,
het vaak astmatisch protesteert.

Prinsheerlijk wiegt de navelknop
daar boven op een warme buik
en van dat zachte kussenvlak
glijdt af een strakdalende lijn
die zedig zich vlijt
in een pruimvers nestje
en dan verder glijdt
langs prikkelbeste bovenbeentjes
kuitsgewijs naar knuffelteentjes.

De familie van het meisje kent de oude man.
Men vindt hem een vieze oude man.
Spoedig krijgt hij half Spanje op zijn nek.
Sindsdien loopt Sinterklaas noodgedwongen
verkleed rond.

Föhn

Wind is blowing air in my hair.
Here and there and everywhere,
people stop and stare at my hair,
wondering what is that air doing there.
I'm the man with the air in his hair.

Bij Trudie op bijbelstudie

De laatste tijd krijg ik elke week
een Jehovavrouw aan de deur.
Zij heet Trudie, is lang en blond
en verspreidt een hemelse geur.

Lichaam fris als Suzanna
en met de schoonheid van David gebouwd.
En daarbij weer een verfijnde stijl
van bewegen, Salome vertrouwd.

En weet je wat ik wel wil?
Hé, weet je wat ik wel wil?
Stiekem bij Trudie op bijbelstudie.
Een paar uur met haar ongestoord
genieten van Gods woord.

Toch zeg ik telkens weer:
'Ik blijf katholiek tot een volgende keer.'

Maar weet je wat ik wel wil?
Hé, weet je wat ik wel wil?
Stiekem bij Trudie op bijbelstudie.
Een paar uur met haar ongestoord
genieten van Gods woord.
Samen lezen in Genesis
hoe de mens de schepping verfraait.

Even blozen als Petrus hoort,
dat de kraai al driemaal heeft genaaid.

Maar ik ben zo stom dat ik steeds weer zeg:
'Uw praatjes hoef ik niet.'
Maar Trudie is werkelijk de zonde waard,
waarom dan voel ik mij bezwaard?

En zeg ik telkens weer:
'Ik blijf katholiek tot een volgende keer.'

Want weet je wat ik wel wil?
Hé, weet je wat ik wel wil?
Stiekem bij Trudie op bijbelstudie.
De wereld is toch al zo kil
en dit is wat ik wil.

Tot nu toe

In elke stem die ik hoor
hoor ik je mond bij mijn oor
die zegt: 'Ik hou van jou.'

'k Ging naar de dokter daarvoor.
Ik vroeg: 'Waar komt dat toch door?'
Hij zei: 'Ik hou van jou.'

Sinds de dag dat ik je ken
staat de wereld op z'n kop.
... (Stukje tekst dat nog niet af is.)
En die liefde van jou
krijg ik bijna van jou voor nop.

Hooguit een jurkje of zo,
een keer een oorbel cadeau,
een doosje chocola.

Maar heel wat anders, nietwaar,
dan zo'n stakker die 's avonds laat
te twijfelen staat,

voor dat roodverlichte raam,
waar een rosse boezem welft.
Wat ziet zo'n man in Katendrecht;
echte liefde kost de helft.

En pas gelee mocht ik mee
naar mijn schoonlui in spe, te Delft.

Ik weet nog goed hoe dat was:
je vader was uit zijn sas,
hij had een rothumeur.

'O, wat een kutvoetbal, zeg,
dat kut-Den Haag was toch slecht!'
Je moeder kreeg een kleur.

'Gaat dat ook bij jou thuis zo?'
vroeg zij mij toen maar heel snel.
'Ligt ook aan het weer,' zei ik,
'als 't van dat kutweer is, dan wel.'

En sindsdien hoor ik erbij,
je ouders zijn toch zo gek met mij.

Liefde maakt vaak droef tot ziek aan toe,
maar 'k merk er weinig van, tot nu toe.

Geluk

Het zit in beschuitjes met muisjes,
als d'ooievaar zich heeft gemeld.
Het zit in de oma die 's ochtends
door kleindochter wordt opgebeld.

Geluk zit in heel kleine dingen:
een dagje aan zee met z'n twee,
een instrumentaaltje van Gordon;
geluk valt meestal erg mee.

De moordenaar wiens executie
een weekje nog werd uitgesteld.
Geluk is een weerloos oud vrouwtje,
alleen op straat met een bom geld.

Geluk zit in heel kleine dingen:
positief staan op de bank.
De moeder, die kraaiend en lachend
haar alimentatie ontvangt.

Het leven is een automobiel,
wij allen zijn een deel van het wiel.
Liefde is een bouwvakkerstas,
vreugde de waterpas.

Geluk dat is een klauwhamerkop,
je grijpt zijn steel en timmert erop,
maar als de kop er wat losjes op zit,
dan klapt het geluk op ’t gebit.

Een meisje dat denkt: ik word moeder
en daardoor geheel is ontsteld.
Maar opgelucht merkt op een ochtend,
ze had zich gewoonweg verteld.

Geluk zit in heel kleine dingen:
een dammer die fijn heeft gedamd.
Een jongetje dat door zijn vader
nog nooit in elkaar is geramd.

Het leven is een keihard bestaan.
Toch is het ooit nog uit liefde ontstaan.
Maar vaak was dat niet meer dan: ma uit haar sas,
vanwege weer extra was.

Geluk was ook die fiets die je kreeg
en als jarig Jobje besteeg.
En gleden je voetjes eraf per abuis,
dan trok het geluk door je kruis.

Oranjerood

Het is zo'n fleurig beestje:
oranjerood.
Het is alleen, hij fluit niet.
Ook is ie dood.

Vrouwtje liep weg,
pietje stierf
een weekje later.
Van verdriet...
of van gebrek aan water.

Jodel, jodel, jodel, jodel.
Ik jodel van mijn vrouw,
voor wie hij zong voor dag en dauw.
Ná dag en dauw
en als het even kon,
zelfs tússen dag en dauw.
Tot de noorderzon
haar meenam.
En ik naar haar
fluiten kon.

Wij pasten zo verdomd goed
bij elkaar.
Zo hoefde ik haar bijna
nooit te slaan.

Ik zit voor het raam,
ik fluister zacht haar naam:
'Veldhuis.'

Beschuit

Uit het Hoge Hexel komt dit liedje.
De titel is Beschuit.
Het is een heel droog liedje,
’t is zelfs niet mogelijk dat je ’t fluit.

Al het water uit de zee
neem ik in mijn emmer mee
naar het Hoge Hexel.
O, dat Hexel zit me hoog,
het is me veel en veel te droog,
dat Hoge Hexel.

En als op zoveel andere plaatsen
zit hier ook rotzooi in de grond.
Men weet nog niet wat het voor troep is,
misschien wel pure stront.

Al het water uit de zee
neem ik in mijn emmer mee
naar het Hoge Hexel.
O, dat Hexel zit me hoog,
het is me veel en veel te droog,
dat Hoge Hexel.

Een vrouw als jij

Een vrouw als jij
heb ik nog nooit gekend.
Sterker nog:
’k zou niet weten wie je bent.

Anders

‘Ik wil eens wat anders,’ zei zij
en richtte voor de verandering beide ogen op mij.
Ik dacht: wat is anders,
keek haar aan en zag:
mooi is anders.

Seksualiteit

Wanneer is je man ontrouw?
Nooit als hij het doet met jou.
Wanneer noemt hij je lieve schat,
na wat gaat hij eindelijk in bad?

Seksualiteit
is de allermooiste tijd.
Zijn liefde zit geheid
tijdens de seksualiteit.

Et heurt der toch wa bie (Twents)

Wanneer trek he met aandere wievn?
Nooit at he met oe döt vriej'n.
Noa wat he'j der 'n zetke gen last meer van,
trek he zik niks te vrog aansum an?

Et heurt der toch wa bie,
in 't ber wat knooierie.
Nen keerl höld lang leefhebberie,
dus et heurt der toch nog wa bie.

Het EHBO-lied

Zie ik na de reclame weer beelden van het front,
waar jongens elkaar verminken, creperen zwaargewond.
Of een man wiens tong wordt uitgerukt omdat hij de
waarheid zei,
dan voel ik het van binnen, dan breekt er iets in mij.
Want:

EHBO is mijn lust en mijn leven.
EHBO, mag ik de pleisters even?
't Is enig in zijn soort,
het heeft me altijd al bekoord.
EHB, O EHB, O daarvoor doe ik een moord.

'k Heb om m'n tuin een muur gebouwd en daar op de
bovenkant
glazen scherven ingemetseld met een goeie scherpe rand.
Naast de deur een plingplong bel, met daarop 220 volt.
Wie dan nog gezond de trap opkomt, wordt door de hond
gemold.
Want:

EHBO is mijn lust en mijn leven.
EHBO, mag ik de pleisters even?
't Is enig in zijn soort,
het heeft me altijd al bekoord.
EHB, O EHB, O daarvoor doe ik een moord.

Ik heb een zoontje tien jaar oud, die is psychisch gefixeerd
op zijn vader die hij haat, het is enorm gecompliceerd.
Schijnt een trauma-iets te zijn, het houdt met Oedipus
verband.
Ik heb er een pleister op geplakt, want ik heb alleen verstand
van...

EHBO, het is mijn lust en mijn leven.
EHBO, mag ik de pleisters even?
't Is enig in zijn soort,
het heeft me altijd al bekoord.
EHB, O EHB, O daarvoor doe ik een moord.

Het leven valt soms zwaar, het kan vaak moeilijk gaan.
Door treurigheid en sleur, kan ik het niet meer aan.
Dan zit het mij niet mee, ik denk aan scheermes en aan gif.
Ik denk: van tien hoog naar benee. En dan lach ik alweer grif.
Want:

EHBO is mijn lust en mijn leven.
EHBO, mag ik de pleisters even?
't Is enig in zijn soort,
het heeft me altijd al bekoord.
EHB, O EHB, O daarvoor doe ik een moord.

Ik kocht voor de grap wat patat

Ik kocht voor de grap wat patat.
De prijs was een gulden exact,
en als ik iets overdrijf
was de prijs één gulden vijf.

Om de smaak weg te werken,
voor een stuiver misschien,
nam ik een kauwgombal na nog.
Zo kwam het op één gulden tien.

Verkleinde daarna mijn budget
met een kadetje kroket.
Het was maar een sjofele zaak,
evenzogoed nog een knaak.

Voor een kwartje aan mosterd,
dat bracht het totale verlies,
inclusief die paar pilsjes,
op tachtig gulden precies.

Elfstedentocht

Het is een gegeven dat het succes van een lied afhankelijk is van de gradatie ellende. Zit er te weinig ellende in een lied, dan slaat het niet aan. Zit er te veel ellende in, dan zegt men: 'Ja, dat vind ik zo'n eigenaardig liedje, dat zegt mij niets.' Dat wil ik hier uitproberen.
In het eerste couplet van de Elfstedentocht gebeurt niets ellendigs, u zult zien, er valt niks te lachen:

Steeds weer als er vorst is, denkt de Fries: 'Vorst.'
En controleert het water op de dikte van de korst.
Koorts in elf steden: kan de tocht gereden?
Het antwoord komt vanzelf van de raad van elf.
De Elfstedentocht, zo verknocht
aan beerenburg, beerenburg.

Zie, dit was echt zo'n couplet waarvan je zegt: 'Ja, wat moet ik ermee? Daar blijf ik niet voor uit huis.' Wij voeren daarom de ellende iets op. Niet te veel, een half toontje en waarschijnlijk ook nog niet zodanig dat u zegt: 'Goh, wat ben ik mij aan het amuseren!'

Opa Nauta heeft de tocht ooit eens gemaakt
in alleen een onderbroek en verder poedelnaakt.
'Ben speciaal vertrokken,' kleumde hij, 'want ik ben al oud,
in een lange onderbroek, en nog heb ik het koud.'

De Elfstedentocht, in de bocht
met beerenburg, beerenburg.

Ook nog niet echt dat je zegt: geweldig.

Tjibbe, Sjoerd en Wibbe zouden het wel rooien.
Tjibbe, Sjoerd en Wibbe zaten mooi te klooien.
Zijn in een wak gereden, volledig overleden.
Zo heb je 't over Friezen, zo heb je 't over dooien.
De Elfstedentocht... uit de bocht...

Ziet u wel. Maar je weet natuurlijk maar nooit. Wie weet schuilt er wel een enorme klapper in dit werkje. Dus laten wij voor alle zekerheid de ellende nog eenmaal iets opvoeren. Niet te veel, een half toontje. Op het gevaar af dat u zegt: 'Ja, vind ik toch jammer, dat hij dat doet, had voor mij niet gehoeven.' Maar ja, schrijven is schrappen en dan moet je dus ook wat te schrappen hebben. Voeren wij dus voor de laatste maal de ellende nog iets op.

Over dooi gesproken: in wereldoorlog twee
werd hij vaak verreden, het weer zat vreselijk mee.
Een koude oorlog, dat is waar, drie schaatsers vroren
  dood.
Was toen niet zo'n bezwaar: het ging van de grote hoop.
De Elfstedentocht, wat een bocht... is beerenburg.

Ja, dit is dan zo'n couplet waarvan je zegt: 'Had voor mij niet gehoeven. Jammer, dat heeft zo'n jongen niet nodig.' Weet ik dat, houd ik daar rekening mee. Schrijven is schrappen en zo schrijf ik dus mijn liedjes.

De slijmbal

Niemand kan zo teder zingen,
niemand die ik ken
buiten mij, omdat ik,
de grootste slijmbal ben.

Als u triest bent zing ik troostend
en u bent diezelfde dag,
weer reconvalescent,
wat dat ook wezen mag.

Mijn spel is net Jan Vayne,
mijn zang is Net King Cole.
...net Nat King Cole.

Die Gitarre und das Meer,
Mandolines zingen zacht
en m'n solo klinkt zo lief,
zo gevoelig en zo zacht.

– gevoelige solo –

Lieve mensen,
ik ben ontzettend blij,
dat u zoveel houdt
van dat klef gedoe van mij.

Self-fulfilling prophecy

Op de kermis in Almelo zat Nijkamp bij de waarzegster, en hij hoorde van haar:

'Ik zie wippende borstjes in een bloesje van kant.
Een steelse blik berooft u van uw verstand,
een hooggehakte enkel maakt u dubbel zo blind
voor dat licht, dat staat op rood
en zo gaat Nijkamp dood.'

'Ja, hoor eens even,' zei Nijkamp, 'ik betaal geen duur geld voor zoiets. Kijkt u nog maar eens!'

Maar zij zei weer:

'Ik zie wippende borstjes in een bloesje van kant.
Een steelse blik berooft u van uw verstand,
een hooggehakte enkel maakt u dubbel zo blind
voor dat licht, dat staat op rood
en zo gaat Nijkamp dood.'

Teleurgesteld liep Nijkamp de tent uit, het winkelcentrum in.

Daar kreeg hij zijn genadeslag,
want raadt u eens wat hij daar zag?

Hij zag:

Wippende borstjes in een bloesje van kant.
Hij wendde snel zijn blik af naar een andere kant.
Zijn ogen stevig dicht liep hij zo snel als kon door,
door dat licht dat sprong op rood...

Waarmee ik dus maar wil zeggen hoe belangrijk het is dat een voetgangersoversteekplaats is voorzien van een ratelapparaat.

Tante Sien

Een stoere boerenvrouw, dat is mijn tante Sien,
die heeft in haar leven niet zo veel gezien.
Geboren in Vasse en altijd daar gewoond,
geen enkel ander dorp heeft zich ooit aan haar vertoond.
Haar hele leven heeft mijn tante Vasse slechts gezien.
Vasse ligt in Nederland, dat weet u wel misschien.
Het lag in de oorlog in het Duitse rijk
en na de oorlog weer in ons koninkrijk.
Dus dankzij de oorlog heeft mijn tante Sien
in haar leven toch nog iets van de wereld gezien.

Drie liedjes voor de Groningse jodelkoningin Hilde Kor

Het Hoge Noorden

Het jodelgilde kent ene Hilde
Hilde van achteren Kor.
Weg met de zorgen, ik jodel pas morgen,
jodel een Gronings record.
Het Hoge Noorden, te mooi voor woorden.
Daarom zing ik van je jodeladiejee,
het mooiste dal van heel het heelal
is Dollard tot aan Lauwerszee.

Hendrik de Cock, de kippen op stok,
geen storende berg in 't verschiet.
Dat is het decor voor een Hilde Kor,
ik jodel de suiker uit de biet.
Het Hoge Noorden, te mooi voor woorden.
Daarom zing ik van je jodeladiejee,
het mooiste dal van heel het heelal
is Dollard tot aan Lauwerszee.

Denk maar aan morgen, wij willen zorgen,
zorgen dat morgen wij twee,
fijn op een slee de helling afsuizen
van 't Hoge Noorden naar benee.
Weg met dat trimmen, wij gaan beklimmen
Martinitorens en kijken naar benee,
in 't mooiste dal van heel het heelal,
't is Dollard tot aan Lauwerszee.

In de sneeuw van Tirol

Luister even allemaal, zit er hier soms in de zaal
nog een knappe jonge vent die Tirol niet kent?
Laat hij opstaan uit zijn stoel, als hij voelt wie ik bedoel,
dan neem ik hem mee op reis naar dat winterparadijs.
Luister even allemaal, zit er hier soms in de zaal
nog een knappe vent met wintersporttalent?

In de sneeuw van Tirol zit jodelpret en jodeljool.
Skiën gaat nog niet zo vaardig, maar pootje over lukt al
aardig.
In de sneeuw van Tirol, een weekje zonder boerenkool.
En ook al is het een cliché, ik zing van jodeladiejee.

Zie je daar die blonde vent, 't is de skileraar die wenkt
of je onder aan de schans om het afstapje denkt.
Kijk, hij gaat al naar benee, ik denk, o jodeladiejee,
maar hij kan er heel wat van, 't is zo'n knappe jongeman.
Alle dames uit de groep roepen: 'O, wat zint Sie goed.'
Ja, zo'n jodelaar, die heeft het in zijn bloed.

In de sneeuw van Tirol zit jodelpret en jodeljool.
Skiën gaat nog niet zo vaardig, maar pootje over lukt al
aardig.
In de sneeuw van Tirol, een weekje zonder boerenkool.
En ook al is het een cliché, ik ski van boven naar benee.

Want het leven is waardeloos zonder een jodel,
helemaal hopeloos, geen fuck meer aan.

Meisje uit de polder

Ik ben een meisje uit de polder.
Ik krijg al hoogtevrees op zolder.
In de bergen van Tirol daar woont mijn lieve Hans.
Tussen hem en mij is het nooit veel geweest
want Hans heeft watervrees.

Ik zag hem op vakantie in Bergen aan de zee.
Ik was bang voor de bergen en hij was bang voor de zee.
In elkanders armen, daar vonden wij de steun.
En hij was zo charmant toen hij vroeg om mijn hand
maar het wordt toch nooit wat want:

Ik ben een meisje uit de polder.
Ik krijg al hoogtevrees op zolder.
In de bergen van Tirol daar woont mijn lieve Hans.
Tussen hem en mij is het nooit veel geweest
want Hans heeft watervrees.

Ik denk dat een Tiroler te hoog gegrepen is
voor een meisje uit de polder, maar wellicht heb ik het mis.
En vinden wij een plekje, desnoods in de woestijn,
dat niet te nat zal zijn en niet te hoog zal zijn
voor een prachtig trouwfestijn.

Ik ben een meisje uit de polder.
met een drankvoorraad op zolder.
Voor het mooiste bruilofstfeest
dat er ooit zal zijn geweest.
Tussen dan en thans ligt de Alpentrans
met als passagier mijn Hans.

De Ardennen

Ik ga naar de Ardennen, de frisse lucht is even wennen.
Vooruit met frisse tred en het eerste couplet.
'k Kreeg bijna flatneurose, het zat mij thuis niet mee.
Mijn lidcactus had schaamluis, mijn lintworm diarree.

Ik ga naar de Ardennen, de frisse lucht is even wennen.
Geen plantjes op een flat, maar het tweede couplet:
'Koekoek, koekoek,' roept een koekoek vol vuur.
En ik als stadsmens denk: hé, is 't al twee uur?

Ik ga naar de Ardennen, de frisse lucht is even wennen.
Wat nu wordt ingezet, is het derde couplet.
Je ziet de vreemdste wezens, in de heide en de turf.
Net zag ik nog een slang, met een hele lange slurf.

Ik ga naar de Ardennen, de frisse lucht is even wennen.
Nu allen schrap gezet, want er komt me een couplet.
Ik leef van Moeder Aarde, 'k pluk bramen en een zwaan.
Kijk, hoe mooi hij vliegt! Kijk, hij vliegt mij aan.

Ik ga naar de Ardennen, de frisse lucht is even wennen.
Ik haal het denk ik net, dat laatste couplet.
Ik ga naar de Ardennen, de frisse lucht is even wennen.
Nog steeds met frisse tred, het zesde couplet:

een potje met vet.

Groen

Roy gaat met Anja, Bart met Margriet,
ik ben op Bea, een ander wil ik niet.
We zaten aan het water in het malsgroene gras,
zij zag daar helaas hoe groen ook ík was.

Haar hemdje hing vrij, 't ontblootte haar rug.
Ik zou graag iets doen, maar ik deinsde terug.
Ik durfde niets, maar een kikkertje wel,
't sprong onder 't hempje en kriebelde haar vel.

Vervelende kikker, jij stom stuk natuur,
verpest met je sprong nog mijn eerste avontuur.
Straks gaat ze gillen en wil ze naar huis,
alleen door de schuld van dat kikkergespuis.

Zo dacht ik, ik kleurde en voelde me rot,
maar Bea ontspande, een zucht van genot.
'Wat doe je dat lekker,' zei ze erbij.
Bea verwarde die kikker met mij.

Toen durfde ik, ik gooide die kikker eruit
en streelde voor 't eerst een meisje d'r huid.
Ze zei: 'Nee, zo niet, je doet me nog pijn,
hou op, wat je net deed, dát was pas fijn.'

Bea en ik, we gaan met elkaar.
Soms pak ik haar vast of streel door haar haar.
Dan zegt zij: 'Zo fijn wordt het toch nooit meer
als toen je het deed voor de allereerste keer.'

Het meisje van de slijterij

Erna, Linda, Greetje, Bonnie, ja ook zij,
bracht mij net als al die anderen aan de zuiperij.
Het meisje van de slijterij, dat mocht mij meer en meer.
En het eind van het lied is altijd weer:
(Sol-la-sol-fa-mi-re-do.)

Ik werd verliefd op Greetje, zij was prostituee.
Met een smoes dat ik erop wou, bezocht ik dikwijls Gré.
Mijn liefde haar bekennen, ach, mijn aard is niet zo vrij.
Zodat ik weer gedreven werd, naar dat meisje van de slijterij.

Dan was er ook nog Gerda, huwelijksmakelaar.
Met een smoes dat ik wou trouwen, kwam ik vaak bij haar.
Ik trouwde dertig vrouwen, die scheidden weer van mij.
De flessen troost vond ik bij, dat meisje van de slijterij.

Vroedvrouw was Annetje, dus koos ik Yvet,
want die wou dertien kinderen en dan beld' ik steeds Annet.
Maar jaarlijks naast het kraambed, stond ik er zwijgend bij.
'Onze beste klant ben jij,' zei dat meisje van de slijterij.

Wanneer u mij begraven gaat, bijvoorbeeld na mijn dood,
zet niet te veel koffie, smeer niet te veel brood.
De opkomst zal gering zijn, één slechts treurt om mij.
Zoals ik u daarnet al zei:
(Sol-la-sol-fa-mi-re-do.)

Vele handen maken licht werk

Ik stoei met jou de hele dag door, we kussen urenlang.
Uitgeput geef jij mij een laatste zoen en zegt:
'Ik moet er niet aan denken dat ik dat
allemaal alleen had moeten doen.'

Trouw nog eenmaal met mij

Trouw nog eenmaal met mij, lieve Linda,
want ik hou alweer van jou.
Trouw nog eenmaal met mij, lieve Linda,
want ik was jou toch af en toe wel trouw.

Warme wollen truien breide jij voor mij.
Dat warm gevoel dat jij me gaf
is dat nu voorgoed voorbij?

Jij had maar een half woord nodig, dan wist je al genoeg.
Dat als ik hottentottententen zei,
dat dat dan op die tentoonstelling sloeg.

En scheiden brengt problemen, problemen met zich mee.
Slechts één is opgelost: 'k heb afstandsbediening bij de tv.

Dus trouw nog eenmaal met mij, lieve Linda,
want ik hou alweer van jou.
Trouw nog eenmaal met mij, lieve Linda,
want ik was jou toch af en toe wel trouw.

Duet (We staan samen sterk)

Met Brigitte Kaandorp

B: *Luisteraar, hij is knap, hij is leuk, hij is intelligent, hij is sterk, hij is woest aantrekkelijk, hij heeft een snor en een accent en hij staat hier naast me. Ik zing een duet met de man van mijn dromen.*

H: *Dank je Brigit. En zei Sokrates al niet: op ieder potje past een dekseltje? Al verschillen we nog zoveel, al kunnen we elkaar amper verstaan, als wij bij elkaar zijn, dan past zelfs de grootste sleutel in het kleinste slot.*

B: *Wat zeg je?*

H: *Wa?*

B: Jij bent de sleutel, ik het slot.
Jij bent de gids, ik ben de grot.
Jij bent de deksel, ik de pot.
We staan samen sterk, dit gaat nooit kapot.

H: Jij bent de zee, ik ben de pier.
Jij bent het glas, ik ben het bier.
Jij bent de koe, ik ben de stier. (B: O, Herman.)
Eén uur met jou is vijf kwartier.

B: Jij bent de trein, ik het station.
Jij bent de regen, ik de ton.
Jij bent de kers, ik de bonbon.
Jij bent de rups, ik de cocon.

H: Ik ben het zakje, jij de thee.
Ik ben de kaas, jij de soufflé.
Ik ben de keizer, jij de snee.
Ik ben Toon Hermans en jij Carré.

B & H: We staan samen sterk. We staan samen sterk.
We staan samen sterk. We staan samen sterk.

B: 'k Had nooit gedacht dat ik met jou zou zingen.
H: Ik mocht eerst niet van m'n verloofde...
B: Een liefdesduet.
H: Wie weet worden we 'r wereldberoemd mee.
B: Dan maken we nog meer van dit soort dingen.
H: We zingen over heel de wereld.
B: Dan kopen we een villa en een jacht.

H: Nou, een villa en jacht vind ik nou ook weer niet nodig.
B: Waarom niet?
H: Is duur!
B: Herman! We zitten midden in een romantisch duet...
H: Nou, ik vind dat toch wel belangrijk.
B: Sorry hoor, maar dat vind ik nu echt iets voor een Tukker, om nu over geld te beginnen.
H: Luister Brigit, ik vind romantiek best, maar het moet wel betaalbaar blijven.
B: Nou ja, dat vind ik nou echt belachelijk! Die pietluttigheid...

H: Ik ben bang, wij zijn het var-
ken en de tang.
Bonifatius en een Fries.
Jij bent het schrikdraad waar-
op ik pies.
Ik ben de kip, jij bent de grill.
Ik ben de Paus, jij bent de pil.
Wij zijn een doedelzak in Ti-
rol.
Jij bent Berdien Stenberg en
ik een viool.
Ik ben de steen, jij bent de
nier.
Ik ben Amstel, jij bent bier.
Jij bent Pieter, ik het klavier.
Het leek me ook sterk.

B: 'Betaalbare romantiek,' dat be
staat toch helemaal niet!
Krentenkakker ook eigenlijk
ook hé...
Moejem nou eens zien staan in
zijn ouwe kloffie... Geen
smaak ook, hè...
Ik had het gewoon met Danny
de Munk moeten doen. Die
begrijpt dat soort dingen ten-
minste... Stomme snor...
Ook nog een beetje reclame
gaan zitten maken op mijn ca
Boer!
Ik heb het hélemaal gehad!

B: Nou, mij ook. Het leek me ook sterk.
H: Het leek me ook sterk...
B: Het leek me ook sterk...

Hormonen

Ik zat als jong student, onwetend en bedeesd
tussen mensen met ervaring op een studentenfeest.
Ik keek daar leergierig naar een don juan.
Ik dacht: 'Als ik hém nadoe, dan komt het er wel van.'

Juan liep naar een meisje, vroeg of ze dansen wou.
Ik deed precies hetzelfde bij een andere vrouw.
Ik zei: 'Neem mij niet kwalijk, maar heb jij ook zin?'
'Weet je,' zei ze heel beslist, 'daar ben ik wel voor in.'

Eenmaal op de dansvloer keek ik weer naar 't andere stel.
Ze waren aan het zoenen, ik dacht: 'Wat gaat dat snel.'
Maar ja, precies hetzelfde, dat moest dus ook bij ons.
Het zweet dat brak mij uit, maar ik kreeg goddank respons.

Zij vrijden en wij vrijden, de avond vloog voorbij.
Wat later op het urinoir stond ik zij aan zij
met die don juan. Ik zei hem wat ik had aanschouwd.
Hij zei: 'We hadden wat te vieren, wij zijn net een jaar getrouwd.'

Ik moest er wel van blozen, maar dacht: wat maakt het uit.
Vanavond was mijn avond, ik viel niet op mijn snuit.
Dus zei ik tot m'n meisje: 'Wat je deed was magnifiek.'
Zij zei: 'Fijn schat, dat is dan vijftig piek.'

Hormonen, hormonen, die vragen om een zoen.
Hormonen, hormonen, je moet het van ze doen.
Hormonen, hormonen, ik ben nu al moe.
Maar van die hormonen moet ik eerst naar bedje toe.

Hoogleed 7, 4-6/12-13 (Twents)

Breuwman:

Diene beide börstkes
zeent as twee kleane knienkes.
Dienen haals is as nen geetelink
den oetkik noar de zun.
Eugkes as twee viewers.
Twee viewers
umraand deur 't Mosbekdal.
As et stärtke van nen kateker,
zo zuwer is dienen nös.
Dröa van purper
hest vlöchen in 't hoar.
En vlöchen hes doe mie der bie.

Broed:

Kom mien leef
en loa'w noar boeten goan.
Oons te boeten goan an wil.
Dan trek wie mornvrog de essen langs
um te kieken of et greun a greuit.
Of de knöppe a spreengt
en de karsen a bleuit.
Dan loat ik die
van leefde
gleuien.

Voorlichting

Onze zesde klas der jongensschool vond een onbeheerd
en eigenaardig boekje waarin heel wat werd beweerd.
De plaatjes waren ook niet van preutse origien,
je kon als je goed keek de eierstokken zien.

De aandacht voor de les was door die plaatjes afgedwaald
en daarom had de meester er de pater bijgehaald.
Meester zei dat pater wat kwam praten met de klas
en dat paters praatje 'voorlichting' was.

'Voorlichting' dat klonk als een heel belangrijk woord.
En ademloos hebben wij de pater aangehoord.
Na afloop zei de pater: 'Stel je vragen maar,
schaam je nergens voor, heus geen enkele vraag is raar.'

We hadden geen idee waar pater 't over had gehad.
'Heus, geen enkele vraag is raar,' maar niemand vroeg er wat.
Uiteindelijk is er dan toch nog één vinger opgegaan:
'Pater, waarom is er geen water op de maan?'

Pater vertelde van de dampkring en zo meer,
daarna keerde in de klas die vreemde stilte weer.
We stelden nog een vraag omtrent het suikerwinproces
en dat was dan het einde van de seksuele les.

Ik mag geen suiker van de dokter

Ik mag geen suiker van de dokter.
Niet dat ik ruzie heb met de dokter,
maar ik mag tóch geen suiker van de dokter.

Het is ondoenlijk, zonder meer,
maar ja, ondoenlijk is ook doenlijk,
want onweer is ook weer.

Zonder suiker valt me zwaar.
Mocht ik nog eenmaal mét, werkelijk waar,
ik kwam zo klaar als een klontje. Maar…

ik mag geen suiker van de dokter.
Niet dat ik ruzie heb met de dokter,
maar ik mag tóch geen suiker van de dokter.

De Heer liep op water, niet op benzine.
Ik tank geen water, ik spuit insuline.
De Heer liep op water, ik tank insuline.

Nog slechts op Lourdes durf ik hopen,
waar kreupelen zien en blinden lopen.
Ja, daar nog slechts durf ik hopen.

Want ziet u:
ik mag geen suiker van de dokter.
Niet dat ik ruzie heb met de dokter,
maar ik mag tóch geen suiker van de dokter.

Pappies vliegmasjien

De een is schizofreen,
een derde is ad rem.
De vierde is mijn pappie.
Hij werkt bij de KLM.

Kijk, daar zweeft mijn pappie!
Ik buig mijn knietjes vlug
en vraag Ons Lieve Heertje:
breng pappie gauw weer terug.

’k Heb van pappie en zijn vliegmasjien
één enkel boutje slechts.
Het was pappies eigen schuld,
die F-16 kwam van rechts.

Ik bad voor mijn pappie,
maar knielde iets te vlug.
Want mijn pappie keerde
nog nooit zo snel weer terug.

’k Weet dat pappie nu een engel is
en elke dag nog zweeft.
Komt een ander engeltje van rechts,
dan hoop ik dat pap voorrang geeft.

Kijk, daar zweeft mijn pappie,
nog hoger dan de lucht.
Toe, schenk hem, Lieve Heer,
een hele fijne vlucht.

Dood

En uiteindelijk opgenomen worden
in die zegenrijke schoot
van onze Hemelse Moeder,
om aldaar aan te zitten
aan dat Goddelijk Bruilofstmaal
waar niet om twaalf uur
de laatste koffie komt,
maar waar de polonaise
met alle Engelen en Heiligen,
met alle Machten en Krachten,
met Allen die staan voor Zijn troon,
zal duren tot in de eeuwen
der eeuwen

Amen.

Hoe heet dat liedje ook alweer?

Iedere man doet in zijn leven wel eens: dingen.
Dingen waarvan hij achteraf zegt:
'Dat had ik anders moeten doen.'
Maar ja, dat is wel achteraf, hè...
En weet alles maar eens achteraf.
Ik bedoel, als je alles achteraf weet, ja...
Kunst, als je alles achteraf weet.

Zo zat ik op de waterfiets
en zag mijn vrouw vanaf de kant naar mij lonken.
Ik zei: 'Pop, spring maar achterop.'
En zo is zij verdronken.

Achteraf zei ik, staande aan haar graf:
'Voor mij ben je pas gestorven, wanneer ik je vergeten ben.
Rust zacht, lieve... eh, lieve...'

O, dit is wel héél erg...
U moet het mij maar niet kwalijk nemen,
maar ik heb een geheugen als een, eh...
Ik heb een geheugen als een, eh...
Toe, zo'n ding met gaatjes.
Ja, dat komt: ik sta zelf nooit in de keuken, mijn vrouw
Aaltje kookt altijd.
Ooo! Rust zacht, lieve Aaltje!
In één keer...

Ik heb een slecht geheugen.
En ik heb al een slecht geheugen
zolang ik me kan herinneren.

Ik heb wel geprobeerd, hoor,
om door middel van geheugensteuntjes
mijn geheugen te trainen, maar dat valt nog niet mee.
Mijn voorletters bijvoorbeeld zijn E.B.
Nou, probeer dáár maar eens een ezelsbruggetje voor te vinden.

Of laatst nog: ik stond in de keuken. Ik schonk mezelf een borrel in, wat hoorde ik: telefoon. Dus ik liep naar de kamer, ik babbelde wat over de telefoon... Ik liep terug naar de keuken en nu wist ik toch zéker dat ik die borrel op het aanrecht had gezet.
Maar waar ik ook keek: geen aanrecht.

Ik pakte de borrel van de grond en dacht bij mezelf: hoeveel tijd heb ik in mijn leven wel niet op deze manier verspild. Als ik al die uren die ik verspild heb eens bij elkaar optel... en ik trek ze daarna weer van elkaar af... dan heb ik weer een uur verspild.

U luistert naar het verhaal van... toe... een slecht geheugen. Ik heb een slecht geheugen en om die ellende een beetje te kunnen vergeten, mag ik in mijn vrije tijd graag deltavliegen.
Deltavliegen, dan zweef je met zo'n ding een berg af.
Zo'n ding, toe zo'n, eh... Zo'n ding waar je aan hangt...

Een aanhanger!
En ik weet niet of u wel eens met een aanhanger van een berg afgesprongen bent... Maar dat overleef je dus niet.
En ook aan mijn graf zal iemand staan. En die zal zeggen:

'Hier rust, die en die... Hij is ons zojuist ontschoten.'

Dit verhaal
van de man met het slechte geheugen
is waargebeurd.
Ik weet het niet zeker.
Want die man met het slechte geheugen:
dat ben ik.

– Nee, dat ben JIJ niet.
– Nee? Dat was ik toch.
– Nee.
– Wie dan?
– Ja, dat heb ik je al zo vaak gezegd.
– Ben ik dat weer vergeten dan?
– Ik denk het.
– Ik ben de laatste tijd een beetje vergeetachtig... dacht ik?

Zeeland

Zondags zingt men Gods lof.
Keerl, o keerl, wat geet 't der of.
Polders en polders, klei met gras,
men oogst er veel lof,
lof en asperges,
Saskia's en Serges.
Da's Zeeland.

Donker Afrika

Ik heb je ontmoet in Donker Afrika,
bij een lantaarnpaal.

'I luv' you,' jij zei: 'I luv' you.'
Ik antwoordde jou: 'I luv' me too.'

O, aan de maan lag het niet, die was op haar volst.
Aan de nacht lag het niet, die was in het holst.

Maar ik dacht: de mooiste vrouw heeft de ogen van jou
en daarbij als 't even wil, Heino's zonnebril.

Jij zei: 'Ik voel mij zo verschrikkelijk onzeker.'
Ik zei: 'Ach kom.' En jij zei: 'Jazeker.'

Jij zei dat jij anorexia nervosa had.
En ik had wel zin in een relatie, maar niet in een lat.

Ik heb je ontmoet in Donker Afrika, bij een lantaarnpaal.
'Bij een lantaarnpaal?'
Bij een lantaarnpaal.

Het artiestenleven

Voor dag en dauw hoor ik de wekker gaan,
't is voor mijn vrouw dus ik kan weer slapen gaan.
Dan zorgt een volle blaas dat ik even toiletteer.
Ja, een artiest is altijd in de weer.

's Middags in de auto begin ik aan 't ontbijt:
twee zakken chips met wat paprika bereid.
Ik kauw nog even extra op die pindarots,
anders krijg ik weer klonten in m'n kots.

Altijd maar op reis, ik ken zo onderhand
uit mijn blote hoofd ons ganse vaderland.
Zo liep ik laatst door Tilburg, daar vroeg mij een man:
'Bent u hier bekend?' Ik zei: 'Herkent u mij niet dan?'

Dit was mijn story, dus u weet het nou,
er is nog één echte kerel en dat is mijn vrouw.
Ik ga er nu vandoor en tot slot nog meld ik u,
voordat ik wegga: 'Aju.'

Dat heeft zo'n jongen toch niet nodig

In het café klinkt een mop, het bedenkelijke werk:
'Een Turk, een neger en een jood, gingen samen naar de kerk.'
'Die grap is niet fijn,' zegt de kastelein,
'het is kwetsend en bepaald niet sterk:
altijd weer die grappen over de kerk.

Dat heeft zo'n jongen toch niet nodig.
Dat is volkomen overbodig.
Denkt hij nu echt dat zoiets moet?
Zo heeft zijn moeder hem vast niet opgevoed.'

Het ergst van allemaal, het is een grof schandaal,
is André van Duin, hij spot met elke kwaal.
Ain Mann mit ain Accent, een psychiatrisch patiënt,
een scheel oog, een wijd uitstaand oor,
ons hele koningshuis haalt hij erdoor.

Dat heeft zo'n jongen toch niet nodig.
Dat is volkomen overbodig.
Denkt hij nu echt dat zoiets moet?
Zo heeft zijn moeder hem vast niet opgevoed.

De apostelen zaten een keer in een bootje op het meer.
Ze waren ongerust, ze zochten de Heer.
Ze zagen hem even later wandelen op het water

en Petrus dacht: 'Wat overbodig,
dat heeft zo'n Jongen toch niet nodig?'

Persoonlijk vind ik niet dat dat echt moet.
Hoe heeft mijn moeder mij in godsnaam opgevoed?

Dansles

Ik ben te passief, dat is wat mijn vrouw mij verwijt.
Daarom zit ik op dansles, omdat daar de man steeds leidt.

Na wat startproblemen gaat het aardig goed,
nu mijn vrouw me aangeeft, hoe ik haar leiden moet.

Het gaat van:

Een, twee, drie,
vier. Een, twee,
drie, vier. Een,
twee, drie, vier.
Een, twee, drie,
vier. Zij, sluit,
zij. Een, twee,
drie, vier, cha,
cha, cha.

Nu wordt er van mij beweerd:
ik tel bij het dansen verkeerd.

– Meneer Finkers, ik probeer het nog één keer met u, ja?
Ik tel tot drie. Een, twee,
– Ja.
– Ik zei, ik tel tot drie!
– Tót, of tot en mét drie?

– U heeft gelijk, ik tel tot en mét drie:
een, twee, drie.

Het gaat van:

Een, twee, drie,
vier. Een, twee,
drie, vier. Een,
twee, drie, vier.
Een, twee, drie,
vier. Zij, sluit,
zij. Een, twee,
drie, vier, cha,
cha, cha.

Ik dans nu zelfs Latijns: 'Credo in unum Deum'.
Maar na zo'n uurtje dansles, is het uit met mijn bravoure.
Ik lig languit op de bank, met de beentjes van de vloer.

Het ging van:

Een, twee, drie,
vier. Een, twee,
drie, vier. Een,
twee, drie, vier.
Een, twee, drie,
vier. Zij, sluit,
zij. Een, twee,
drie, vier. Cha,
cha,

tja...

Ik moet poepen

(Hier zijn helaas een paar bladzijden uitgescheurd.)

Rouw

Heden is
geheel belangeloos
van ons heengegaan:
tante Sjaan.

Wij herinneren ons
de vele verhalen
die we van haar horen mochten
en we hopen
dat we de rust hebben gevonden
die we zochten.

Nana

Ik had vannacht een natte droom,
van Nana Mouskouri die zonder schroom
in minirok, langzaam haar bril uittrok.

Stomawals

Ik knipper wel eens met mijn ogen,
krab me wel eens aan mijn kont.
Af en toe ook wil ik pogen
me in de ochtendstond
nog één keer om te draaien
als ik gapend wakker word.
Verder doe ik feitelijk
niet bijzonder veel aan sport.

Ik heb me dan ook een conditie
van heb ik jou daar.
En krijg steeds meer kwaaltjes,
’t is vreselijk, echt waar.
De laatste tijd heb ik last
dat mijn blaas niet goed sluit.
Als ik moet lachen
dan gier ik het uit.

De uroloog heeft het bekeken
en hij keek niet zo blij:
‘Uw blaas is kaduuk,
u krijgt een uitgang opzij.’
‘Moet ik dan mijn hele leven
met een stoma?’ vroeg ik bang.
‘Jawel,’ zei de dokter,
‘maar dat duurt niet zo lang.’

De een vindt galgenhumor
het leukste wat bestaat:
'Er lopen twee galgen
door de Kalverstraat...'
De ander ben ik
met opzij zo'n ding.
Maar dat geeft niet,
ik huppel, ik dans en ik zing:

'Ik ben blij, zo blij,
dat m'n neus van voren zit
en niet opzij!'

Het moderne kerklied
Met Willem Wilmink

Mijn vader was al jaren niet meer naar de kerk gegaan.
Hij wist nauwelijks het verschil meer tussen paus en kapelaan.
Het Stabat Mater Dolorosa had hij zolang niet gehad
en Dies Irae Lacrimosa zong hij enkel nog in bad.

Dus ging mijn vader fijn weer op een ochtend naar de mis.
En daar klonken nieuwe liederen zo jeugdig en zo fris:
Rondom het altaar dansen we blij, te gek joh, Jezus leeft.
Ik hou van jou, ja net zoals Hij ook van mij gehouden heeft.

Ja, we zingen en we springen en we zijn zo blij...
falderiere, falderei.

Pak de hand maar van die ander, kom erbij en zeg maar 'Ja'.
Want jij mag er zijn van Jezus, wees lief, Hallelujah.
Lief zijn voor Hem en zacht zijn voor haar, ook Hij was
zacht, echt waar.
Dus knuffel de vrede naar elkaar, 'Kerk-zijn' is een streelgebaar.

En Hij stierf op Golgotha
falderiere faldera.

Als compleet veranderd vader kwam m'n pa de kerk weer
uit.
Thuisgekomen smeet hij het bankstel met een rotklap
door de ruit.
Hij riep naar de buurvrouw: 'Prostituee,' greep de jeneverfles,
zocht een karatefilm op tv, wierp naar de kat een keukenmes.

Hij vloekte zijn kinderen naar moeder d'r rok. Daar
hoorden wij verweesd:
'Kinderen hoedt u, weest toch bevreesd: vader is weer
naar de kerk geweest.'

Het jagerslied

Hallo, ik ben een jager, ik jaag van vroeg tot laat.
Leen mij uw oor, dan zing ik hoe dat gaat:
halihalohalohadelie. Ik jaag me uit de naad.

Als macrobioot zwoer ik ooit eeuwig trouw
aan een veel te zwaar onopgemaakte vrouw.
Dat bleek een vergis, ons huwelijk liep mis
en nou vreet ik vlees alsof het muesli is.

De jacht: het legt zo mooi je oerinstincten bloot.
Ik zag laatst een kwartel en dacht: die krijg ik dood.
Dus ik schoot op dat beest, de kogel ging luid
het ene oor in en het andere oor weer uit.

Net of door 't lawaai van mijn dubbelloopskanon
de kogel de slaap niet goed vatten kon.
Nu heb ik van het jagen alles wel verteld.
Eén belangrijk ding nog heb ik niet gemeld:

Men praat over jagers onnodig negatief,
want een jager jaagt uitsluitend selectief:
is een beest algemeen dan wordt er veel van afgeslacht,
maar zijn er van dat soort maar acht, dan schiet ik er
maar acht.

Het was drie november: de Hubertus-jacht!
Zo rond het middaguur, het angelus klepte zacht.
Ik richtte op een hert toen míjn hart getroffen werd
door dat kruis tussen 't gewei en een engel die mij zei:

'Dominus vobiscum, jager.'

PANG!!!

Een jager blijft een jager.
Hollahielaho!

De triangelist

Een maat of vier nadat De Vijfde begon,
had de triangelist zich ernstig vergist.
Hij werd bedankt, zonder pardon,
maar hij ging door met wat hij niet kon.

In een dweilorkest ging het ook niet zo best
en de Josti-band vond hem geen talent.
Playback dan met een band voor al uw partijen,
de sfeer in de zaal was prima te snijden.

Hij ging maar door zonder talent;
als straatmuzikant werd hij ook niet erkend
en als nicht in een club vol nachtamusement,
zong hij de masochistentango in z'n halfblote krent:

'O, bind mij en sla mij in woeste razernij.
Kom, doe de masochistentango met mij...'
Een man uit het publiek riep tot de eerste rij:
'Sla die vent dan op zijn bek, dan is iedereen blij.'

Verder en verder is hij afgezakt.
Hij werd voor het laatst in een film waargenomen
waarin hij een ezel van achteren pakt,
en om herkenning te voorkomen
zijn de ogen van de ezel afgeplakt.

Aladdin

Bij Blokker in de Grotestraat trof ik Aladdin.
Hij zocht een mooie nieuwe lamp, zo'n Turks geval van tin.

Het meisje zei met oostelijk accent in haar stem:
'Dit is een echte wonderlamp veur vief guld'n ma'j ne hemm.'

'Ach kom,' zei Aladdin, 'een wonderlamp, gelooft u dat?
Ik geloof in Allah en dat vind ik meer dan zat.

Vijf gulden zei u? Kijk, dat is een prijsje naar mijn zin,
maar wonderen? Nee, daar geloof ik echt niet in.'

Onmiddellijk kwam uit de lamp een geest, die zei beslist:
'Wie niet gelooft in wonderen is geen realist.'

'Excuses,' sprak Aladdin, blozend en bedeesd,
'dan denk ik dat ik altijd al wat zweverig ben geweest.'

'U mag een wens doen,' zei de geest met een vriendelijk gezic
'Ik lever wonderen op maat en ben zeer cliëntgericht.'

'Dan wens ik honderd jaar te worden,' zei Aladdin toen maar,
en meteen werd hij veranderd in een man van honderd jaar.

'Geintje,' zei de geest, 'ik maak het dadelijk ongedaan.'
Maar er was hem op de toverschool blijkbaar iets ontgaan.

Want wat hij ook probeerde en bezwoer met zijn lamp,
Aladdin bleef honderd jaar, een regelrechte ramp.

Dit was niet meer geestig, het werd echt te gek.
Het spook begon te zweten en werd rood tot in zijn nek.

‘Wat ís dit nu,’ riep Aladdin danig uit zijn sas.
‘Excuses,’ zei de geest, ‘ik Hocus Pocus nog maar Pas.’

En wat is weer uiteindelijk de moraal van het verhaal:
koop nooit iets bij Blokker want ’t is rotzooi allemaal.

Ik weet niet wat het is

Het is niet het werk, niet dat gejaag,
niet m'n agenda, en ook niet mijn maag.
Het is niet de taxus en niet de liguster,
zijn wij niet allen broeders behalve mijn zuster,
ik weet niet wat het is.

Het is niet die mooie Loes van der Laan,
met alles d'r op en met alles d'r aan.
Het is niet Katrien die haar complexen overwint
op het naaktstrand, met haar borsten wapp'rend in de wind,
ik weet niet wat het is.

Het is niet de wind die Columbus zijn schuit
naar Amerika blies, het zeegat uit.
Het is niet de syfilis, die een hele natie
van indianen doodde door de syfilisatie,
ik weet niet wat het is.

Het is niet New York, het is niet Bordeaux,
het is niet Berlijn, niet Almelo.
Het is niet Amsterdam, stad van hasj en coke,
waar vrouwen volop vrouw zijn, en mannen ook,
ik weet niet wat het is.

Het is ook niet de man met tatoeages en borsthaar,
en met strafblad, maar die om zijn nek toch maar
dat melktandje van zijn zoontje loopt te dragen,
hij heeft het er persoonlijk uitgeslagen,
ik weet niet wat het is.

Kent u dat gevoel?

Je vraagt aan je vrouw: 'Schat,
hoeveel mannen heb je nou gehad
in je leven?' En dan zegt je vrouw: 'Zeven.'
Dan schrik je toch wel even: 'O jee. Zo hé.
Ik ben dus al numero zeven.' Waarop zij zegt:
'Nou nee. Jij was numero twee.'

Kent u dat gevoel?

Omdat het niet meer gaat, bel je het omroeppastoraat
en je zegt door de telefoon: 'Pastor, ik zit in een crisis.
Ik heb het gevoel dat mijn vader niet mijn echte vader is.'
Waarop de pastor zegt: 'Hoe dat zo, mijn zoon?'

Kent u dat gevoel?

Je moet het kalmer aan doen van de dokter,
dus je pakt de fiets voor een keer.
Je neemt een aanloop met die fiets,
je springt op die fiets, benen in de lucht,
een machtig stoer gezicht,
en nét voor je neerkomt, weet je in één keer weer
dat voor een kleine reparatie
het zadel al een half jaar bij de fietsenmaker ligt.

Kent u dat gevoel?

Lassie

Zij waren daar hoog in de bergen verdwaald,
ze konden de weg niet meer vinden.
Ze zouden de hongerdood, zo leek bepaald,
gaan sterven en rap gaan ontbinden.

Lassie, Lassie, Lassie, de redder in nood.
Lassie, Lassie, redder van de hongerdood.

Lassie, een hond met compassie behept,
redde hen uit deze toestand.
Een brief in zijn bek met daarop een recept
en wat blokjes bouillon aan zijn halsband.

Lassie, Lassie, Lassie, de redder in nood.
Lassie, Lassie, redder van de hongerdood.

Zo redde ons Lassie die mensen in nood,
hij wist harten en magen te raken.
Ze zongen een loflied van: Lassie is groot,
geen hond die zo heerlijk kan smaken.

Lassie, Lassie, Lassie, de redder in nood.
Lassie, Lassie, redder van de hongerdood.

Arafat

In verband met de vernieuwde spelling, hoorde ik verluiden,
trekken ganzen dit jaar in F-formatie naar het zuiden.

Die nieuwe spelling, dat is: 'pannenkoeken', 'muizenstaartjen'.
Komt allemaal door Swiebertje: 'Kopjen kofjen Saartjen?'

Saartje was een vrouw uit het oude deeg gekneed,
'vrouwenemancipatie' was aan haar niet echt besteed.

Mannenemancipatie, dat is dat mannen nou
koken en poetsen, ik ben voor emancipatie van de vrouw.

Dat zeg ik ook heel eerlijk, ik ben niet zo'n huichelaar
als een Arafat die ik op televisie laatst zowaar

in Jericho zag lopen op een huishoudbeurs.
Ik dacht: wat moet die Arafat nou op een huishoudbeurs?

Arafat heb ik, of ik vergis mij sterk misschien,
nog nooit met een theedoek in zijn handen gezien.

Het sprookjesmuseum

Bezoek het sprookje van duizend-en-één-nacht
en van Doornroosje, in slaap gebracht.
Bewonder de prins die haar kussen moest,
Zij, die een eeuw lang geen tanden had gepoetst.

Jan Kortstee

'Laten wij bidden voor hen die het moeilijk hebben.
Maar vooral voor hen die moeilijk dóén.'

Van jonge leu en oale groond (Twents)

Dee oale essen zit a honderden joaren
vol gepokkel en gekleai.
De keender veendt doar oale vuurstenen in 't zaand;
de Tied is nooit echt neij.

En 't ieder neije joar dan zeg ie mekaar:
geluk-in-'n-tuk ik hop a'j 't veendt.
Mer geluk-in-'n-tuk dat heb wiej a wa,
gewoon umda'w der beent.

Sloerig en meu, good en gezoond,
van weeg töt de groov trek nen ceerkel zich roond.
Van jonge leu en oale groond koomp al 't leaven.

En op kroamveseet dan zee'j doar zonn'n kleanen
en dan deank iej: och den blood.
Met wat vun wereld krig he feilik te doon,
ze houwt 'm voort nog dood.

A wil he achter-eers zien leaven deur goan,
ik hop veur um dat dat ok kan.
Dat ze zejt: och, loa mer lopen den jong,
zo koomp he der ok wa.

Sloerig en meu, good en gezoond,
van weeg töt de groov trek nen ceerkel zich roond.
Van jonge leu en oale groond koomp al 't leaven.

De kloomp ma'j anhoalden (Twents)

[Naar 'You can leave your hat on' van Randy Newman]

Wichke doot oet den jas... Heel slouw.
Doot of den hood... Ik nem de kips veur die of.
Doot oet dat kleed... Heet, heet, heet, heet.

De kloomp ma'j anhoalden.
De kloomp ma'j anhoalden.
De kloomp ma'j anhoalden.

Doot miej 'n plezeer, doot 't lech der biej an... (wat mer braan wil).
En dan hier boawn op den stool... (o, leefhebberie).
Aarms hoag bovven 'n kop... (en 't gat dreaien).

Ie maakt 't leaven te liên.
Ie maakt 't leaven te liên.
Ie maakt mien leaven te liên.

De kloomp ma'j anhoalden.

Min volk hef der a proat van,
ze weelt oons oet mekaar.
Wa'w doot heb ze nich hoog.
Ze hebt gen benul.

Gen benul van leefde.
Wat wet zee van leefde.
Ik wet van leefde:

De kloomp ma'j anhoalden.
De kloomp ma'j anhoalden.
De kloomp ma'j anhoalden.

Gebed

Mogen wij vaker slachtoffer worden
van een onweerstaanbaar plezier
en daarbij niet weten te vermijden
anderen aan te steken.

Twents weesgegroet

Goeiendag Maria,
völ heil en zeagen.
De Heer mag oe liên.
Van alle vrouwleu
hef hee oe zeagend
en zeagend is Jezus
et Keend wa'j dreagt.

Heil'ge Maria
God zien Moo,
bid veur oons zeunders,
noe en in 'n tied
van oons stearven.

Gedachtenkwel

Aan hem of haar hier in de zaal, die aan gedachten lijdt.
Gedachten die maar doorgaan zodat je kop in tweeën
splijt.
Je denkt: hoe kan het zijn dat er een God van Liefde is,
als er een Auschwitz en een Kosovo en een 11 september
is?

Zo denk je en je denkt maar,
maar echt, je hebt er niet veel aan.
Je kunt wel denken dat mijn lul een bel is,
maar trek d'r maar eens aan.

Je vraagt je af waarom de één een kwaal te dragen heeft
en die hem op z'n langst een jaar of tien te leven geeft.
En waarom krijgt hij dan toch nog een jaar of tien met
goed fatsoen,
terwijl een ander die veel jonger is het met een maand of
twee moet doen?

Zo denk je en je denkt maar,
maar echt, je hebt er niet veel aan.
Je kunt wel denken dat mijn lul een bel is,
maar trek d'r maar eens aan.

Ik denk dus ik besta, dacht ik,
of had ik dat gedacht en denk ik dat verkeerd?
Waarom gaan de verkeerde mensen dood,
is het leven zo gemeen, is er altijd hongersnood?

En wat is nou in hemelsnaam de reden dat een man die
toch al blind geboren is ook nog eens doof moet worden
    dan?
Is kapitalisme ook fascisme? En fascisme idealisme?
Ieder -isme een vergisme? Katholicisme kannibalisme?

...denk je en je denkt maar, maar echt, je hebt er niet veel
    aan.
Je kunt wel denken dat m'n lul een bel is,
maar trek d'r maar eens, trek d'r maar eens,
trek d'r maar eens aan.

Nacht in een stoel

En op een ochtend...
werd ik wakker in een stoel
en ik keek naar een opgemaakt bed.
Mijn jas had ik nog aan,
m'n tas stond op m'n schoot
en m'n lichaam was koud en stijf.
Een klop op de deur: 'Housekeeping sir.'
En een donkere vrouw uit een ver land
zegt me lachend dat ik m'n bed
niet zelf had hoeven op te maken.
Ik mompel iets van: 'Kleine moeite' en terwijl zij
de ongebruikte badkamer binnengaat
sluip ik de trap af en betaal bij de balie
vierhonderd gulden voor een nacht in een stoel.

De Herman Finkers-Fuchsia

Ik dacht: ik ben verwend, want ik ben bekend.
Waar ik ga of sta, ik word door iedereen herkend.
Maar sinds kort ben ik pas werkelijk beroemd:
er is een fuchsia naar mij vernoemd.

Al sta je in Carré, en kom je op tv,
al win je in je leven een Elfstedentocht of twee,
je bent pas werkelijk en wereldwijd beroemd,
als men een fuchsia naar jou vernoemt.

De Herman Finkers-Fuchsia is een gemakkelijke plant.
Hij gedijt het beste in een woning zonder trammelant.
Met een vrouw des huizes die de hele dag gezellig zingt
en er zorg voor draagt dat hij op tijd en ruim voldoende
drinkt.

Als hij de ruimte krijgt en niet te veel wordt ingesnoeid,
zul je zien hoeveel hij geeft en hoe lief hij voor je bloeit.

Als de tijd verstrijkt, het leven uit me wijkt,
en Petrus aan me vraagt wat ik op aarde heb bereikt
dan is het eerste dat door mij wordt opgenoemd:
er is een fuchsia naar mij vernoemd.

De Herman Finkers-Fuchsia.
De Herman Finkers-Fuchsia.
Ja, een Fuch-, Fuch-, Fuchsia.

Ik ben een levende legende

Ik ben een levende legende, een hele grote held.
Kijk maar in de Volkskrant, daar wordt van mij verteld:

'Een levende legende, een hele grote held.'
De paus verklaart me heilig, m'n relieken zijn besteld.

Spaar m'n nagels en m'n schaamhaar, neem sperma voor een kind.
En voor een tientje mag u houden, wat u in mijn toiletpot vindt.

Ik ben een levende legende, ik ben uw eigen grote held.

En als ik mij eens klein voel, trap ik iemand dood.
Dan word ik veel besproken, dan praat men mij wel groot.

Omdat ik wou da'k hém was, schoot ik Lennon dood.
En dwars door 't volk in Apeldoorn, zo knalde ik me groot.

Ik ben een levende legende, mijn daden staan vermeld,
dagelijks in de Volkskrant, ik ben een echte held.

'k Ben zó zinloos dat ik groot word, heiliger dan held.
'k Krijg kaarsjes en processies, alleen door dom geweld.

Met de Bijbel, de Koran, met gajes uit de goot,
moord ik en zo schop ik mijn minderwaardigheid wel
dood.

Ik ben een levende legende, ik ben m'n eigen grote held.

Arme lieve depressieve vrouw

Arme lieve depressieve vrouw.
Kom nou maar gauw in mijn armen.
Ik zal je wiegen en warmen, en wees gerust,
ik wieg je met tederheid, niet met lust.
Al je geslachtsdelen laat ik met rust.

Mooie lieve depressieve vrouw.
Graag zou ik jou zien bedaren.
'k Streel daarom zacht door je haren, en wees gerust,
ik streel je met tederheid, niet met lust.
Al je geslachtsdelen laat ik met rust.

Ik maak een bad voor je klaar
en strooi daar achter elkaar
blaadjes in van roosmarijn,
van pepermunt en marjolein.

Ik zet wat lindebloesemthee,
'k neem de Libelle voor je mee,
met het Libelle-lente-hoekje
en Het-verwen-jezelf-eens-uitgebreid-met-appeltaarten-
boekje.

Ik zet het raam voor je open,
daar kwam een muisje door geslopen,
dat blozend zei: 'Ik hou van jou.'
En een muisje bloost niet gauw.

Een vogeltje vliegt naar de rand van 't bad.
Hoor je wel wat het kwinkeleert?
Ik heb 'm zelf dat geleerd. Het zegt: 'Vorstin.
U bent een mooie zeemeermin,
een lieve sprookjeskoningin.'

En heb je dan nóg aan het leven geen zin...
doe me dat niet aan... want dan weet ik het niet meer...
en dan ram ik hem er in één keer in.
Arme lieve, mooie lieve depressieve vrouw.

Amerikaanse talkshow

Een kinderlijk volk
op een tribune
klapt voor een vleesberg
die met dodelijke rancune
klaagt dat haar man
geen aandacht geven kan.
De presentatrice
gaat het gejeremieer belonen
en valt de man aan op zijn gebrek.
Ze zegt hem dat hij 'tederheid' moet tonen
aan honderdtachtig kilo klagend spek.

TMF

TMF toont de adolescent
veeleisend en verwend.
Omdat een adolescent
die veeleisend en verwend is,
de ideale consument is.

Nee,

niets klinkt verwender
dan jongelui op een commerciële zender.
Ik zie zoiets en denk meteen:
daar moet een oorlog overheen.
Bijvoorbeeld wereldoorlog-één.
Niks geen huis vol camera's en kickuh en fun.
Nee, met typhus in een loopgraaf onder spervuur in Verdun.
Met je afgeschoten been in het prikkeldraad, vol modder.
En daarna praten we verder als volwassenen,
bij Big Brother.

Men fietst niet meer

Men fietst niet meer, men sjeest.
Men wandelt niet, men rent.
Er wordt wat afgepeesd,
en aardig wat ontkend.

En 'iets' is niet meer 'iets',
't is altijd 'opgeleukt',
en men gelooft in Niets,
men vrijt ook niet, men neukt.

Verzorging heet nu 'zorg',
men wast niet een patiënt,
maar levert 'het product
2-10' aan een cliënt.

Omdat wij niet meer in
de middeleeuwen zijn,
zijn wij verlicht en vrij
consumptieslaaf te zijn.

Dan clam ik op heur buyksken;
en wy speelden 't olde speelkin
met heur höfken en met mien veelken,
gelyck in paradys men plach.
En my docht dat ik in roode rooskens lag.

En 't nachtegaaltje floot,
voor wie dat nog begrijpt,
zo teder op een tak;
het fluit niet meer, het pijpt.

Verlicht, maar weinig zicht.
Mijn God, wat ik U schreeuw,
geef ons voor extra licht
zo'n donk're middeleeuw.

Het waren twee koninghs kindren,
sy hadden malkander soo lief.
Sy konden by-een niet komen,
het water was veel te diep.

Verlicht, maar weinig zicht.
Mijn God, wat ik U schreeuw,
geef ons voor extra licht
zo'n donk're middeleeuw.

Pater Pio

Pater Pio was een kapucijn
die kon op twee locaties zijn.
Maar, en dat was de bijzonderheid,
hij kon dat tegelijkertijd.

En de stigmata had hij ook nog
en hij vloog ook door de lucht maar toch,
maar toch, maar toch, maar toch...
De vrouwelijke geest, de vrouwelijke geest
verbaast het allermeest.

Je ziet geregeld dat er mensen zijn
die genieten van een beetje pijn.
Ze boren gaatjes door hun snikkel heen
met een gewicht eraan, maar 'k zag er één:

nou, die hing wel zoveel aan zijn aal
dat was gewoon niet meer normaal.
Toch stond hij niet voor paal.
De vrouwelijke geest, de vrouwelijke geest,
verbaast het allermeest.

Neem mezelf, ik ben geen vrouw maar man.
En daar is nou net geen flikker an.
Met zo één ben ik niet graag getrouwd.
Alles wat ik zeg is onderbouwd.

Logisch, stap voor stap en weldoordacht.
Zo voorspelbaar als de dooie nacht.
Met een lichaam waar ik echt van gruw.
Veel te harig, hoekig en te ruw.

In plaats van tietjes en een lieve spleet
een domme zak en haren in m'n reet...

Het spijt me heel erg, maar ik kon niks anders vinden
in het rijmwoordenboek.
Ik vind het ook wel heel jammer.
Echt.

Maar het ríjmt wél!
Vind ik toch óók wel belangrijk: goed rijm.

...een domme zak en haren in m'n reet.
Maar een vrouw is zo mentaal bedeeld
dat ze daarmee graag de lakens deelt.

Ze kust en knuffelt, heeft zich vastgeklampt
aan zo'n vreselijk lijf en rampetampt
en dampt en duwt verkrampt.
De vrouwelijke geest, de vrouwelijke geest
is een verrukkelijk mooi feest.

Liever dan geluk

Vóór ze tanden heeft gepoetst heeft zij m'n dag al
opgeluisterd,
heeft zij al vele lieve woordjes m'n neus ingefluisterd.

Als zij haar vleeswaren bloot naar de badkamer wiegt,
bedenk ik zóveel mooie zonden dat ik die nooit krijg
opgebiecht.

Ik ken alles van haar lijf, het mijne ken ik slechter.
Haar linkerborst is groter, evenals haar rechter.

Als ik een jurkje voor d'r koop, in de winkel haar
omschrijf,
bloos ik haar maten uit mijn hoofd: achtendertig,
dubbel-D en S-5.

Ik heb haar liever dan geluk, ik heb haar liever dan de ware,
meer dan in m'n eigen lichaam, wil ik zijn in het hare.

Zij vervangt voor mij de fles, ik ben haar eigen trouwe
drinker.
En haar rechterborst is groter, evenals haar linker.

Ze vindt de wereld heel erg slecht, ze heeft al vaak
geprotesteerd.
Maar hoe harder of ze vecht, hoe harder zij beweert:

‘Heb me lief asjeblief, van eind mei tot eind mei.’
En dat mooi karwei, bedacht de Lieve Heer voor mij.

Ik heb haar liever dan geluk, ik heb haar liever dan de ware,
meer dan in m’n eigen lichaam, wil ik zijn in het hare.

Als ze honderdachttien is, hark ik haar vellen bij elkaar,
doe er ’n elastiekje om en vrij de hele dag met haar. (bis)

Ik heb haar liever dan geluk...

East is east

East is east and west is west,
and never the twain shall meet
maar het is in Almelo wel degelijk geschied.
De zaal van de jehova's staat pal naast de moskee
en tegenover het koffiehuis staat de bus naar Enskedé.
De een leest hier de Koran, de ander een encycliek,
maar hun vaders stonden naast elkaar in de textiel-
fabriek.
East is east and west is west, and never the twain shall
meet
maar het is in Almelo wel degelijk geschied.
En de groenteboer heet Blömer
waar de saz wordt bespeeld door Ömer.

Zere handjes

Als iemand in tranen vertelt van een pijn,
een pijn nog van vroeger, de jeugd was niet fijn,
omdat pa of ma, zus en zo dee,
denk dan vooral niet: dat valt toch wel mee...?

Want iedereen voelt zijn eigen verdriet,
dat is een grondrecht, vergeet u dat niet.

Ik liep als kleuter in een andere straat.
Een jongetje daar werd daarom heel kwaad.
Hij gaf me een klap en jammerde weer,
want door mijn schuld deed zijn handje nou zeer.

Iedereen voelt zijn eigen verdriet,
dat is een grondrecht, vergeet u dat niet.

Ik had een meisje maar merkte al gauw:
te pas en te onpas was zij mij ontrouw.
Ik maakte het uit, ze wenste me aids,
ze gilde en schreeuwde en haat me nog steeds.

Iedereen voelt zijn eigen verdriet,
dat is een grondrecht, vergeet u dat niet.

Ik gaf aan vrienden mijn liefde en geld,
totdat ik failliet ging, door ziekte geveld.
Die vrienden, ik had ze gegriefd en gekwetst.
Want zo was hun toekomst door mij niet geschetst.

Iedereen voelt zijn eigen verdriet,
dat is een grondrecht, vergist u zich niet.

Een vriend I

Het is blijkbaar nodig dat je stil en oprecht,
geregeld betaalt, en het liefst niet te slecht.
Pas als het zo is dat er aan je wordt verdiend,
pas dan mag je zeggen: ‘Ik ben een vriend!’

Een vriend II

Een vijand is niet zo erg.
Een vijand kun je nog wel aan.
Maar als een vriend gaat slaan...

Een vijand, heb hem rustig lief.
Vergeef hem alles, want hij weet niet wat hij doet.
Maar een vriend beseft alles donders goed.

Een vijand slaat je, daar is hij vijand voor.
Je geeft hem nog een wang, je voelt je heilig
en het leven gaat wel door.

Een vijand doet waar hij voor staat,
het is je vriend die je verraadt.

Je bent bedroefd tot stervens toe
en Petrus' ogen worden moe.
Terwijl je bloedt uit pure angst
is je apostel nog het bangst.

Als je ter dood veroordeeld bent
dan zegt hij dat hij jou niet kent.
En hang je stervend aan het kruis
dan blijft hij angstig in zijn huis.

En wil je schuilen voor gevaar
dan heeft hij snel een smoesje klaar.
Want ja, ook hij heeft een gezin
dus nee, je kunt er echt niet in.

Hij sluit zijn deur weer razendsnel
en zegt: 'Je snapt het zeker wel.'
Wanneer je aan het hachje komt,
is de vriendschap snel verstomd.

Maar een vijand is altijd trouw.
Een vijand hecht zó aan het leven van jou
dat hij graag het zijne geeft
als hij het jouwe daarmee heeft.

Hij gordt zich om met dynamiet
want om zijn eigen geeft hij niet;
hij blaast zich op zonder berouw,
dat doet hij allemaal om jou.

En op je executieplek
is ook een vijand niet zo gek;
hij is bekommerd om je lot
je krijgt van hem 't genadeschot.

Dus, daarom: wil jij m'n vijand zijn?
Ik heb iets nodig waar ik werkelijk op kan bouwen.
Een iemand die ik altijd kan vertrouwen.

En doe je dan toch nog onverwacht
iets dat ik van mijn grootste vijand
nimmer had verwacht, dan zeg ik: 'Zo hé...
wat val jíj mij ontzettend mee.'

Want een vijand is tot daar aan toe,
maar een vriend, je wenst het
je ergste vijand nog niet toe.

Normen en waarden

‘Ik masturbeer keer op keer,’
zong op de radio een vrouwencabaret.
Ik dacht: ‘Ho! Hier hou ik niet van.’
En heb de radio wat harder gezet.

Late roeping

Toen het macrobiotische meisje
tijdens haar stage
bij het welzijnswerk in Tubbergen
hoorde dat de plaatselijke pastor
voor hij als late roeping
naar het seminarie ging
bij de commando's had gezeten,
riep het vol afgrijzen uit:
'O nee...,
dan hebt u geleerd te doden?!'
De priester keek dromerig voor zich heen en sprak:
'Geruisloos en effectief.'

Oom Kees

Toen Oom Kees was overleden,
hij was gestorven moederziel alleen,
mocht ik van zijn boeken nemen
wat ik maar zou wensen.
Ik vond er één:
'Zo maak ik mij geliefd bij vele mensen'.
Het cellofaantje zat er nog omheen.

Proat op de boer

'He'j 't a heurd Annie?
Pestoor biej oons in 't doarp
möt homo ween.'
Annie zuchen en zear:
'Means, wat maakt 't oet?
Hee hoof toch nich te helpen melken?'

In Paradisum

Ik droomde van ons Pa die nog maar pas was overleden.
Ik vroeg hem hoe het dood zijn tot op heden was bevallen:

‘O, wa best,’ zei hij,
‘wie hebt hier ne reisleidster kregen
en dee juffrouw möt oons hier rondleiden,
mer ik help eer wa ’n betke
want ’t meanske kump der alleen nich oet.’

Pa was, naar hij zei: ‘goed te pas’
en ik was blij.

Blij dat hij niets was veranderd.

Mijn laatste eer

Voor mij geen feestje in de IT,
geen rondvaart met een boot.
De dag dat ik begraven word:
respect graag voor de dood.

Geen zangers met hun laatste hit,
geen champagne met een toast.
De dag dat ik begraven word,
wordt op het sterven niet geproost.

Geen rouwclown of rode mist.
Geen flesjes whisky in m'n kuil.
De dag dat ik begraven word:
alleen wat kraaien en een uil.

Verbloem niks met een witte kist,
laat alles zien, raak maar verward.
De dag dat ik begraven word:
zo in de kuil en alles zwart.

En brullen zullen jullie, janken van verdriet.
Omdat je niet weet wat je moet, nu je mij nooit meer ziet.
Kramp in je lijf, overal pijn, want je weet
dat je nooit meer blij kunt zijn.
Met je beide wangen nat, je ogen rood.
En als je dat niet doet: dan ga ik mooi niet dood.

Lieve dode dichter

Lieve dode dichter, in je kistje onder glas,
nu je uit je pijn bent, zie ik je pijnen pas.

Je moest leven met de tijd
die zich steeds verder sloeg,
van de warmte en de liefde
van oude straat en bruine kroeg.

Je bleef altijd die jongen
met zijn arm tegen de muur
van die warme Twentse kerk
na het hete middaguur.

Verwonderd vroeg je daar:
'Is Jezus een gedicht?'
De kapelaan vond je brutaal
en sloeg je in 't gezicht.

Want de tijd is een wereld
waarin schrijvers het bestaan
meisjes te beschrijven
met de sterren en de maan.

Je riep vaak woedend naar zo'n pummel
die níéts om meisjes geeft,
dat je zo'n schoonheid beschrijft met
de geur die om haar sokken zweeft.

Lachend keek men dan
die malle Wilmink aan.
Het jongetje trof telkens weer
die oude kapelaan.

Lieve dode dichter, in je kistje onder glas,
nu je uit je pijn bent, zie ik je pijnen pas.

Je wou van nu naar Sint Brandaan,
maar de tijd wou niet weerom.
Nu je uit de tijd bent
kun je eindelijk andersom.

Noe bi'j oet de tied Wilm,
Noe kö'j aansum.

Mijn promiscuïteit

De een ligt liever links,
een ander liever rechts.
De een heeft tien orgasmes,
een ander eentje slechts.

De een maakt veel kabaal,
een ander doet het stil.
Het is mijn éígen leven:
ik droom zoals ik wil.

Nader tot Haar

Ik droomde van m'n vrouw,
we lagen dicht bij elkaar in ons bed
in die droom die ik al dromende
voor waar hield.

Toen werd ik wakker naast m'n vrouw,
we lagen dicht bij elkaar in ons bed
en de droom leek iets dat mij alleen maar
ver van haar hield.

Ooit mag ik dood, dan word ik opnieuw gewaar
dat ik aan 't ontwaken ben,
wéér minder aan 't dromen ben,
dichter nog bij haar gekomen ben
dan toen het leven me, als een droom,
ver van háár hield.

Als een lied dat je eindeloos zingt en dat telkens weer
meer als nieuw klinkt.

Daarboven in de hemel

Ik ben een man van wetenschap, van feiten en zo meer.
Als iets niet is bewezen geloof ik het niet zozeer.
Als men glashard aan kan tonen dat ik me vergis,
pas dan zal ik geloven dat er geen hemel is.

Ik zat in een tv-program, een soort van kruisverhoor.
Men vroeg me daar: 'Zeg Herman, één ding heb ik niet
goed door:
jij hebt toch hbs gehad? Dat is geen kattepis.
Hoe kun je dan geloven dat er een hemel is?'

Ik zat in een tv-program en 't ging nog verder mis.
Er werd me haarfijn uitgelegd hoe ik me vergis:
'De hemel is iets achterhaalds, er wacht ons boven niets.
De hemel, wees nou eerlijk, is een verzonnen iets.'

'De veertigste van Mozart en de liedjes van Jacques Brel
zijn ook ooit verzonnen,' zei ik, 'toch bestaan ze wel.
Iets kan zijn verzonnen en daardoor juist bestaan.
Dat soms iets niet verzonnen is, neemt men zomaar aan.'

Dit lied is ook verzonnen en hoor hoe het bestaat.
Ik zing het graag omdat daarmee de hemel opengaat.

Dus, daarboven in de hemel zien wij elkander weer,
daar drinken wij een glaasje met Onze Lieve Heer.
Ook hij die nooit geloofde heft daar met ons het glas
en kan dan maar niet geloven dat hij ooit op aarde was.

Daarboven in de hemel zien wij elkander weer,
daar maakt Andries Knevel ruzie met de Heer:
'Zoals 't er hier aan toegaat,' zegt hij, 'strookt niet met de leer.'
'Dat klopt,' zegt God, 'en daarom heerst er hier zo'n fijne sfeer.'

Daarboven in de hemel zien wij elkander weer,
daar drinken wij een glaasje met Onze Lieve Heer.
Ook hij die nooit geloofde heft daar met ons het glas
en kan dan maar niet geloven dat hij ooit op aarde was.
Daarboven in de hemel...

Brigitte Kaandorp

Naar 'Andries Knevel' van Brigitte Kaandorp

Het gaat ontzettend goed met mij, alles zit me mee.
Ik kom op televisie en ik sta zelfs in Carré,
toch denk ik dikwijls bij dit zegenrijk bestaan:
wel jammer da'k 't nooit een keer met Kaandorp heb
gedaan.

Krijg ik weer een prijs, wordt mijn naam eervol vermeld,
of is me door de Koningin iets op de mouw gespeld
dan valt er op mijn lintje stilletjes een traan:
jammer da'k 't nooit een keer met Kaandorp heb gedaan.

Al was ik een konijn, of een haan in 't kippenhok
en viel ik van de liefde doodmoe van m'n kippenstok,
of Willem-Alexander en ik had voor 't vaderland
veertig kroonprinsesjes in mijn Máxima geplant,

en zelfs als ik in Lourdes hemels werd genomen
en de Maagd Maria tot een hoogtepunt zag komen,
al zat ik tachtig maagden rijk bij Allah in het hemelrijk,
och, 't was wel aardig en het stond me ook wel aan,
maar 't bleef jammer da'k 't nooit een keer met Kaandorp
heb gedaan.

Ik stel me voor m'n sterfbed, waar ik in mijn weelde rust
ik kijk op een mooi leven terug terwijl m'n vrouw me kust
en dan krijg ik plots een paniekerig visioen:
is er Kaandorp na de dood of moe'k 't daar ook zonder
doen?

Nu gaat Brigitte trouwen inclusief een heel groot feest.
Ik fantaseer hoe 't antwoord op zijn aanzoek is geweest:
'Lieve Jan, ik wil graag met jou voor 't altaar staan,
maar pas als ik het toch een keer met Finkers...'

Sint Joris en zijn Verkering

Plaats van handeling:
Een stad wordt gegijzeld door een draak. Iedere nacht komt het monster naar de stadsmuur, eist een kind en eet dat op. De Heilige Georgius, in de volksmond Sint Joris genaamd, staat boven op de berg die uitkijkt op het dal waarin de stad ligt, en is van plan de draak te verslaan. Dat is hij zeker van plan nu hij gehoord heeft dat het lot ditmaal op de prinsesselijke dochter van de koning is gevallen.
Terwijl Joris zichzelf moed inspreekt voor de strijd, staat de Verkering van Joris aan zijn zijde en heeft zo haar eigen gedachtes.
J: = Sint Joris, V: de Verkering van Sint Joris

J: Wijl u nu Heer deez' blik mij gunt
op de stad, zo lieflijk liggend in het dal,
bid ik U Heer, dat Ge herinneren kunt
dat ginder stad benee
ooit slechts hinder had van vreê.
Maar vooral Heer
dat het kinder had, groot in getal.

Edoch,
een boze, voze draak
houdt de stad nu in zijn macht.
En van je één, en van je twee,
zó komt hij in de nacht

en er is geen die huplakee
wel even het leed verzacht
want hij vraagt er een vrees'lijke prijs:
elke nacht een kind. Dat is zijn eis.

Iedere dag vermag het vrezende volk
in diepe droefheid gehuld,
middels het lot een kind te kiezen
dat het leven moet verliezen
aan het gedrocht.
En och erbarme,
heden is de arme die de rol van offerschaap vervult
de dochter van de koning,
waaraan net allen binnen de wallen zo waren verknocht.

Mijn Heer en God daar in de hemel
sta mij toe, ik moet nu gaan.
Er is geen tijd meer voor gezemel
thans ga ik die draak verslaan.

V: Zo ge naar me luistert
en poogt te verstaan
wat mijn hart u fluistert
dan moogt ge niet gaan.

J: Huh?!?

V: Zo ge naar me luistert
en poogt te verstaan
wat mijn hart u fluistert
dan moogt ge niet gaan.

Mijn lief mijn leven,
niet zo ijdel, niet zo fier...

J: Daar heb je mijn verkering,
wat doe jíj hier?

V: Tracht toch niet die draak te verslaan.
Ik verlies niet graag een knappe vent.

J: Weet je niet dat jij nu heel erg lastig bent?
Hup, opgeschoten!

V: Maar het monsterachtig gedrocht
dat mocht u verscheuren!

J: Ik moet u zeggen, vrouwtje,
dat dat zeer wel kan gebeuren.
Maar troost u,
want ik maak dat ik hem raak.
Ja, proost nu,
want de kwelling van de draak
die loopt ten eind.

Maar wat bloost u?
Wat slaat ge teder
de oogkens neder?

V: Toe Joris, wilt bedenken
dat uw deerne
zo verrekte geerne
aan uw zij verkeert.

J: (verlegen glimlachend) Weet ik toch wel...

V: ...?!?

J: ...?!?

V: ...?!?

J: Zeg Marie, wel potverdrie,
ik zie geen reden tot dit bedeesd verkeren,
zeker niet nu heden de ganse stad al wordt bevrijd!

Want zie, ik roep,
door mijne kleine coup,
de kinder weer in veiligheid.
Ja,
hoeperdepoep weer op de stoep,
de draak al in de soep,
en Joris wordt een heiligheid.
Nee,
geen reden tot bedeesd verkeren
kan ik nu bedenken,
want heden is het feest en heren,
dames, 'k wil u wenken:

heft de loftrompet
als ik ten strijde trek
en in de wijde bek
van de draak
mijn zwaard al boor.

Boordevol vreugde zal eenieder zijn
bij het horen van de tijding
hunner bevrijding.
O, stel u toch voor, die tederzoete tijding
welke wellicht wel zo zal zijn:
'Glorie mensen, glorie!
De wraak op de dolle draak
vond plaats door ene Jorie!'

V: Ja, hoor es,
jij heet Joris en geen Jorie!
Me dunkt, ge krijgt nog praats
met uw 'Glorie, glorie.'

J: Gij verwijt mij praats?
Wel mijn God,
snapt ge dan niet dat men het prachtig vindt
een troetelnaam te bedenken
voor hém, die het koningskind,
dat de dood reeds zag wenken,
gered heeft van het lot!?
Ge denkt ondermaats!

V: Mamma mia,
ge juicht al voor ge hebt gestreden
of ook maar íéts hebt gedaan,
voor het volk dat nu buigt
– want te zeer heeft het geleden –
voor Maria, en haar smeekt hen bij te staan,
want nog steeds niet week de dreiging
en geen mens nog kreeg de neiging u te roemen,

laat staan u met een troetelnaampje te benoemen,
want ook gij hebt nog niets gedaan
om de draak te verslaan!

J: How, how, how, how...
Dat verslaan gaat aanstonds nu gebeuren,
en ge hoeft niet gaan te treuren
van: 'Ik zal u verliezen gaan',
want wellicht zou ik dicht bij de dood nu reeds staan
indien mijn naam zou zijn 'Kareltje Kloris'.
Maar Marietje mijn, ik heet Joris,
en die naam is veilig,
ja, spoedig zelfs heilig.

V: Joris, luister even, lieve vent,
ik zal u verliezen, hoe de strijd zich ook wendt.
Ook als ge wint dan zal ik om u rouwen!

J: Ook als ge wint dan zal ik om u rouwen...
Vrouwen...!

V: Joris, ...

J: 'Joris',
ik geloof dat zij ervoor is
haar oor es
een flinke oplawaai te laat'n voel'n.

V: Joris, dat kun je nie bedoel'n!

J: Stop dan ook
met dat gezeur en dat getreur!
Het brengt me waarlijk aan de kook.
Ga zwemmen in de Seine
of sjoelen met Germaine,
ge maakt nog dat ik mijn woede op ú,
in plaats van op het monster ga bekoelen.
Godskeerl en genène!

V: Maar 't is waar wat ik zeg.
Ook als ge wint dan zal ik om u rouwen,
daar hij, die de draak overwint
mag trouwen met het koningskind!

En begrijpt ge nu
dat dát het is wat mij zo spijt?!
Want zo raak ik ú,
mijn ferme verkering kwijt.

Niet aan de dood, o nee,
ge legde net voldoende fiere voornemens bloot,
zo van: 'Als ik ten strijde trek en in de wijde bek
van de draak mijn zwaard al boor en...'
afijn, alles wat u zo-even zelve hebt gezeid,
nee, 't is daarom dat ik God verwijt maak,
dat ik u nu kwijtraak
aan die lekkere meid.

J: Hoor ik dat goed?
U zei...
de prinses met haar haartjes blond,

lipjes rond en oogjes blij,
u zei net terstond...
dat heerlijke haar,
dat ogenpaar,
die roze mond,
die zijn voor mij?

V: Als ge de draak overwint... ja.

J: O, dat winnen is voor mij geen kunst.

V: Da's zonneklaar.

J: En dan...

V: O gunst...

J: Trouw ik haar!
Denk mezelf eens in!
Sta ik nu eens stille bij dit prille begin
van een bijzonder bloeiend bestaan.
O, welk een zaligheid, schat
dat onze God de wijsheid had
juist míj dat te schenken.
Die hemelse heerlijkheid
van voortdurende aanwezigheid
van Hare Hoogheid
die zo verheven is door
schoonheid, reinheid,
en welhaast bovenmenselijke bekoorlijkheid
dat ik barst van verliefdheid

en zo volloop met dwaasheid
dat ik zojuist uit pure gekheid daarmee
alleen woorden die eindigen op 'heid' verzinnen dee.

V: Joris! Schei uit met die luimen
en aanschouw het afschuwelijke beeld
dat zich nu afspeelt
bij de wallen van de stad!

J: En dan een leven,
vrij van alle kommer, lekker loom
in de lommer van de boom
der koninklijke familie...

V: Joris, ik smeek u bij de heiligheid van Het
Vierde Constantinopel Concilie,
stop met dat zweven
en zie hoe het jonge koninklijk leven
nu de stadspoort door
geschoven wordt tot vlak voor
de voeten van de draak!

J: Die zoete fraaie wraak van mij
die zal de mensenmaatschappij
nog vaak heugen.
En zeker veel vaker toch,
als vooralsnog,
mijn wrake hem met dít helbleke zwaard,
niet groter dan een pook,
trefzeker mocht raken ook!

V: Och, joch toch!
De draak heeft de prinses al in zijn klauwen!
Doch u poogt uw gepoch slechts verder uit te bouwen.
Hoe onbeschaamd!
In plaats van erop af te gaan
zoals een vent betaamt,
zit ge hier in alle heerlijkheid
de geur van de bloem der roem op te snuiven
nog alvoor zich het zaad
uwer toekomstig legendarische daad
heeft ontkiemd!

J: Wat zeg je, schatje?

V: Wat zég je, schatje???

Dat wat je als een fatje
zit te verkletsen uit je gatje,
de prinses niet uit de klauwen heeft gered.
Want de tijd vergat je,
zodat je het stadje zonet,
doordat je
zat te wijven en te wauwen,
niet in de gaten hebt gehouden.
Hád je dat gedaan
dan trad je nu ontdaan
van wat daar nu geschiedt
naar benee
en vocht voor twee.
Nee, mijn pocherig schatje,
dan zat je niet hier,

maar mat je fier
je krachten met het dier.
Dát had je m'n schatje
en vrat je
het op
van kop
tot statje.
Vat je!?!

J: Nee, maar... Ik sta geheel versteld.
Zóveel poëtisch geweld
uit de mond van een meisje...

Doch wacht, die woordenbrij
was niet enkel poëzij;
ik verstond in dat lijstje
ook een woord van...
ja, van...
van: toorn.

V: Kijk dan ook eens naar benee!

J: Wel, ik ontwaar de prinses al bijna verloorn!
Snel, mijn zwaard, ik ga temee.
En lekkere meid,
bezing terwijl ik strijd
mijne glorie.
Ha, ha, wie míj bezingt
bezingt Victorie!

V: Daar gaat hij nu, mijn fiere held!
Pomperdepomperdepomperdepom...
O, in welk een heroïsche draf
gaat hij erop af.
En vliegensvlug!
Van je pomperdepom,
o, wat doet hij nou dom...
Hij gaat er langs heen,
dat noem ik pas stom.
Of neen!
Hij keert alweer om
en vliegt alweer terug in vol galop
en bracht zodoende ineen,
– hoe kómt hij erop –
de draak op 't verkeerde been!

En ziet toch,
ziet toch hoe fraai
hij in de van verbazing opengevallen bek
van dat uitzonderlijk misselijk monsterlijk gedrocht
zijn zwaard werpt!

Och hee,
het monster slikt het zwaard gewoon door en
Joris is dan zeker verloren.
Doch nee,
van de stadstoren
werpt men hem een lans toe.
Dat lijkt me een nieuwe kans toe.

Maar allez,
die lans is dezelfde
als waarmee
hij later als heiligenbeeld
zal worden uitgebeeld
in de Georgekerk te Almelo,
dan zul je nu wel zo
de genadestoot krijgen...

RRRRAAMMMMMM

O, dat doet hij héél mooi!
Met één klap raak
verandert hij de draak
in bloed en rotzooi! †

Ha, ha, kleine draakjes worden groot,
daarna gaan ze dood!

Zwierig zwaaien de zware poorten open
en het uitzwermende volk
doet met duizenden stemmen
het zwoele zwerk zwemmen
in een niet te temmen
'Glorie, Jorie, Glorie!'

Ja, waarlijk glorievol
zo was uw strijd.
En het volk, bevrijd
van zware tol,
dat vrijt zich op, mijn lieve pop,

aan uw succes, en de prinses,
ach, hoe aandoenlijk om te zien,
doet vreugdetranen rollen!

O, oneindig beminlijke Joris,
enig bestanddeel mijner verlangen,
kom, kom en blijf niet hangen
aan aardse roem en hoofse luister
maar kom, kom dan toch,
ik fluister...
Doch,
mocht dat niet baten,
zo krijs ik, schreeuw ik:
KOM, KOM!!
ik wil het blaffen, blèren, blaten,
KOM!!
Keer weerom
en kus
degeen die echte liefde u wil schenken...
Ik dus.

Ah nee...

AH NEE!!!

Waarom zo'n harde les?
Ge steekt de draak met mij, o Joris,
met mij, uw minnares.
O Joris, Joris, Joris toch,
welk een wreed exces...
Na uw zegepralen

laat ge u niet alleen binnenhalen
als held, doch,
snotdomme, ook als bruidegomme
van de prinses...

Daar gaat ge nu, mijn fiere held,
’t is droef verdriet dat zich nu meldt...

’t Is nu alles voorbij...
Die jaren zo dol,
ze waren zo vol
van vrolijk gevrij...

O, gij cru aards bestaan!
Eens van charme zo warm,
van erbarmen zo arm
zijt ge nu...
En zo kille...
’k Heb nog enkel de wille
om stille
te sterven...

Want daar gaat hij nu, mijn fiere held,
’t is droef verdriet dat zich nu meldt... †

Oudejaarsconference – 2015

[Over de luidsprekers klinkt president Obama die 'Amazing Grace' zingt. Projectie van een klok met alleen een secondewijzer. Je hoort 'Lujon' van Henry Mancini. De secondewijzer tikt op de maat van de muziek naar de twaalf toe. Een tafel en een stoel worden zichtbaar. Op de tafel: champagne in koeler, met servet en glas, schaal met oliebollen. Wat kranten, tijdschriften en een notitieblokje. Links op toneel flinke stapels kranten. In stoelrugleuning een zandloper waardoor zand loopt. Tafel en stoel staan elk op een draaischijf. Op de twaalf gaan de tafel en de stoel draaien. Hierdoor zie je dat de tafel niet recht is maar aan alle kanten scheef en de stoel blijkt niet rond te zijn maar vierkant.*
Op de twaalf zwelt de muziek aan. Als tafel en stoel zijn uitgedraaid gaat totaallicht aan en komt de cabaretier op. Zijn pak is asymmetrisch. De ene pijp en mouw langer dan de andere, en ook verschil in lengte tussen ene helft jasje en andere helft. Verder twee verschillende schoenen, maar wel dezelfde sokken, en een scheef strikje.]

Goedenacht allemaal, hier in de oudste schouwburg van het land.** En ook welkom, u in de huiskamer. We zijn

* Op 26 juni zong president Obama, bij de herdenking van een van de slachtoffers van de aanslag in Charleston, het 'Amazing Grace'.
** De oudejaarsconference werd gehouden in de Leidse Schouwburg. Gebouwd in 1705 en daarmee de oudste, nog in gebruik zijnde, schouwburg van ons land.

rechtstreeks op de vaderlandse zender. En aan mij nu, na een jaar vol aanslagen, oorlogsgeweld en klimaatdreigingen, de wat eigenaardige taak u een gráppig jaaroverzicht te bezorgen. Und... Wir schaffen das!* Ik ben er namelijk helemaal klaar voor.

[Loopt naar stapels kranten en wijst ernaar.]

Ik heb netjes het nieuws van het afgelopen jaar bijgehouden. En nu had de VARA mij gezegd dat je tegenwoordig het nieuws niet meer haalt uit de krant, en zelfs niet van internet, maar van Twitter. Dat gaat namelijk het snelst.

Toen dacht ik wel: mijn hemel. Wat ben ik dan al die tijd hopeloos ouderwets geweest! Ik was met het bijhouden van de actualiteit nog maar bij deel acht van Loe de Jong.**

En nou al die jongeren maar twitteren: Wie is Loe de Jong? En dan krijg je tweets terug met: Ja, dat is de broer van Siem.***

Maar twitteren is niks voor mij, daar word je doodzenuwachtig van.

Zit je net lekker aan je ontbijt, hoor je *pinggg* uit je broekzak, dan móet je kijken, dat is verplicht, en dan kijk je: o, er is ook weer iemand onthoofd. Ja, dan sla je toch een beetje raar dat kapje van je eitje af.

* Uitspraak van Angela Merkel op 31 augustus, tijdens het hoogtepunt van de Europese vluchtelingencrisis.

** Loe de Jong schreef *Het Koninkrijk der Nederlanden in de Tweede Wereldoorlog*. Een veertiendelig standaardwerk.

*** Siem de Jong is de broer van de eveneens voetballende Luuk de Jong.

Dus ik heb het nieuws maar gewoon heel ouderwets gehaald uit kranten, tijdschriften, van radio, televisie en teletekst. Jongeren moeten maar even googelen wat dat is. En ik heb een mooi jaaroverzichtje voor u gemaakt. Dames en heren, hier in Leiden en in de huiskamer, ik neem met u het jaar 2015 door. Ja, 2015 alweer. Het is zoals Danny de Munk ooit zei: 'Ik wil niet de filosoof uithangen, maar de tijd gaat snel.'

Daar gaat ie:
[Kijkt op notitieblokje.]
1 januari:

- De jaarwisseling is rustiger verlopen dan in voorgaande jaren.
- In Litouwen is de euro zonder problemen ingevoerd.
- Noord-Korea wil met Zuid-Korea praten over familiehereniging.

Ik dacht: nou, mijn jaar begint goed! En ik begon zelfs al een beetje trots te raken op míjn jaar. En of het nog niet mooi genoeg was, was er die eerste januari 's avonds op de radio een mooi eerbetoon aan Joe Cocker. Die was kort daarvoor in december overleden. Nu wil het toeval dat ik een enorme Joe Cocker-liefhebber ben. Dus ik belde naar de radio en ik zei tegen die diskjockeys: 'Als jullie nog een goede Joe Cocker-kenner zoeken: ik ben beschikbaar.'
'Goh Herman, wat leuk. We wisten niet dat je een Joe Cocker-kenner was.'
Ik zei: 'Ik ben een heel grote Joe Cocker-kenner.' Dus ik naar de studio.
'En Herman,' vroegen ze mij, 'wat vind je het mooiste

nummer van Joe Cocker?' Ik zei: '"Marmor, Stein un Eisen bricht".'
'"Marmor, Stein un Eisen bricht"?'
'Ja, en "Du".'
'"Du"?'
'Ja, "Du bist alles was Ich habe auf der Welt".'
'Van Joe Cocker?' Ik zei: 'Van Joe Cocker.'
En toen begonnen ze me heel raar aan te kijken. Echt zo op een manier waarvan ik dacht: dit vind ik niet zo prettig. En toen zeiden ze, op zo'n heel vervelend toontje: 'En Herman, wat vind je verder nog zo geweldig aan Joe Cocker?'
'Nou, zoals hij in de jaren zeventig op de platenhoezen stond, hè. Had hij zo'n grote zonnebril op, hield hij twee van die grote Duitse herders in bedwang, en dan had hij zo'n mooie witte coltrui aan en van dat albinohaar... Ja, geweldig, Joe Cocker.'
Toen zeiden ze: 'Hebben we het eigenlijk over dezelfde Joe Cocker?'
Ik zei: 'Goh ja, waarom niet?'
'Joe Cocker uit Sheffield?'
'O, dat kan wel.'
'Van het liedje "Unchain my heart"?'
'O, zong hij ook in het Engels?'
'Jaaa, Joe Cocker zong ook in het Engels.'
'O kijk, dat wist ik niet.'
En toen zeiden ze: 'Herman, we vinden jou een heel slechte Joe Cocker-kenner.' Nou, dat vond ik niet leuk.

Nog diezelfde maand januari overleed ook Demis Roussos. Dus ik weer bellen: 'Als jullie nog een goede Demis Roussoskenner zoeken.'

Maar nee, het hóefde al niet meer.
Vier dagen na Demis Roussos overleed ook nog Rod McKuen. Ik dacht: ik bel ook niet meer. Nee, op een gegeven moment houdt het gewoon op.

[Kijkt op notitieblokje.]
2 januari:

Ja, als ik het jaar moet doornemen, dan doe ik het goed ook.

Ik had nog niet gedacht: 2015 wordt een fantastisch mooi jaar, of de rest van 2015 kwam erachteraan. En dát was, om met Louis van Gaal te spreken: 'Like friends thou hast, on fortunes wheel, and grabble thy soul with hoops of steel.'*

Er zijn journaalbeelden, en er zijn krantenfoto's die ik niet meer van m'n netvlies krijg: ontvoerde meisjes bij Boko Haram, onthoofdingen bij IS, suïcidale piloten bij Germanwings**, miljoenen mensen op de vlucht, aangespoelde dode jongetjes...***
Al dat leed vrat zó op mijn hersens in dat ik compleet in paniek raakte. Ik dacht: moet ik met déze ellende, en met

* Voetbaltrainer Louis van Gaal staat bekend om z'n steenkolenengels, zoals: 'Chelsea is different cook'. (oktober 2014)
** Op 24 maart stuurde een piloot met suïcidale gedachten een airbus met 151 personen aan boord tegen een bergwand.
*** In september schokte een foto van het dode, aangespoelde Koerdisch-Syrische jongetje Alan Kurdi de wereld. De driejarige was een bootvluchteling.

dít verdriet, ú, op oudejaarsavond, een leuk uurtje bezorgen? Dat kán toch helemaal niet! Ik was hélemaal in paniek. En op een dag liep ik door het huis en ik riep: 'Engeltje!'
'Jaaa,' zei m'n vrouw. Ik zei: 'Mens, bemoei je er niet mee.

Ik zoek een engeltje.' Mijn vrouw keek me aan en ze zei: 'Het gaat helemaal niet goed met jou. Je hebt hulp nodig.'
En ze had gelijk, ik had hulp nodig. Dus ik naar Keith Bakker. Die had net zijn straf uitgezeten voor misbruik van vrouwelijke patiënten.
En die wilde zich daarom nu alleen gaan toeleggen op mannelijke. Ik dacht: dat is een goeie.
Dus ik naar Keith Bakker en ik zei: 'Keith, je moet me helpen, want ik zit er helemaal doorheen. Maar ik zeg je van tevoren: je moet me niet laten mediteren en ook niet laten schilderen, ik wil alleen praten en neuken en verder niks.'

'Huh,' zei Keith verontwaardigd. 'Prate en neujke... Net of ik zo'n babbelkous ben!'

[Kijkt op notitieblokje.]
3 januari.

Er is veel te veel nieuws. Dat krijg je met geen mogelijkheid in een conference van een uur gepropt. Dat had ik in januari al door. En ik vond het nieuws ook al heel snel niet meer leuk. Dus toen heb ik gelijk een paar honderd euro aan een student uit Delft gegeven. En ik heb hem gezegd: leg me dat NOS-journaal even plat als je wilt. Dat heeft die jongen keurig gedaan...*

En zo had ik dan ten minste één avondje rust.

GELOOF

En die rust had ik hard nodig. want ik was nog steeds aan het bijkomen van 7 januari. Weet u dát nog, 7 januari..? De aanslag op Charlie Hebdo.
Ik heb er veel over gelezen en ik heb er veel over nagedacht. En volgens mij zit het zo: religie, humor en kunst horen bij elkaar. Als een geloof niet tegen grapjes over dat geloof kan, en als het beeldenstormen gaat ontketenen, dan open je niet de hemel maar de hel.
En het eerste dat ik me afvroeg na Charlie Hebdo was: durf ik nog wel alles te zeggen op een podium? Eh, nee. Er zijn dingen die ik niet in het openbaar zou durven zeggen. Wat ik bijvoorbeeld niet in het openbaar zou durven zeggen, terwijl sommige politici daar blijkbaar totaal géén moeite mee hebben, zijn dingen als: Wij beseffen ons. Ik irriteer me aan. Het kabinet *die* besloten heeft.
Dat zou ik niet over m'n lippen durven verkrijgen. Maar als je sommige politici hoort dan denk je: nou..! Hun zijn nog dapper als mij.

In dit jaar vol religieus geweld vroegen mensen geregeld aan mij: maar hoe zit dat bij jou, Finkers, jíj bent toch óók godsdienstwaanzinnig? Ja, dat klopt.
Ik doe aan katholicisme. Maar, ik ben zeker niet eenken-

* Op 29 januari legde een negentienjarige student met een nepwapen het NOS-journaal plat.

nig. Ik doe aan katholicisme. Maar ik ben ook zeer geïnteresseerd in het boedhisme, het hindoeïsme, het soefisme, het taoïsme... En de laatste tijd probeer ik me de beginselen eigen te maken van het priapisme. Het priapisme is een aandoening waarbij je vierentwintig uur per dag een erectie hebt.

En ik moet zeggen dat ik dát tot nu toe de moeilijkste spirituele stroming vind om in de vingers te krijgen.
Nu werkt mijn leeftijd ook niet mee hoor. Mijn vrouw zat laatst heel lang naar m'n kruis te kijken. Ik zei: 'Wat zit je toch raar naar me te kijken!?'
'Nou,' zei ze, 'laten we maar naar bed gaan, want hij doet het nou.'
Nee, als je de zestig gepasseerd bent neemt je spiritualiteit wel wat af.

Ik doe dus aan katholicisme. Maar het is niet uit verhouding, en het is niet scheef. Zo weet ik drommels goed dat er aan de katholieke kerk van alles mis is. Ze houdt van humor en het barst van de kunst, en de paus stáát in de daklozenkrant, en het Jaar van de Barmhartigheid ís geopend,* maar voor de rest mankeert er nog veel aan de katholieke kerk.
De Maagd Maria bijvoorbeeld werd op haar vijftiende jaar zwanger van de Heilige Geest. Dus zó oud is al het misbruik in de katholieke kerk.

* Op 8 december (Maria Onbevlekt Ontvangen) opende paus Franciscus het Jaar van de Barmhartigheid.

En onze zedenleer...Mijn hemel. 'Homoseksualiteit is tegennatuurlijk.' Ja, homoseksualiteit is tegennatuurlijk. Net als over het water lopen, en na een paar dagen weer opstaan uit de dood. Je zou óók kunnen concluderen dat homoseksualiteit dus evenééns een wonder is.
Maar op dat idee is de Heilige Stoel nog niet gekomen.

En bovendien, het is allemaal een kwestie van interpretatie. Christus zelf heeft zich nooit negatief uitgelaten over homoseksualiteit. Integendeel zelfs: in het Evangelie staat dat Johannes de leerling was die door Hem werd bemind. En Hijzelf zei: 'Ge zult door de nauwe poort naar binnen gaan.'

Oké, het ís interpretatie, dat geef ik toe. Maar onze kerkvaders interpreteren net zo hard hoor. Ze hebben zelfs veel te veel geïnterpreteerd. En daarom loopt de kerk nu leeg. Jammer. Veel van mijn collega-cabaretiers zijn van huis uit katholiek. Maar ze willen er niets meer van weten. Ik heb wel geprobeerd hoor, ze weer in de Moederkerk terug te krijgen. Maar ze waren totaal niet meer voor onredelijkheid vatbaar.

Jammer. En nou gaan we in Nederland de toekomst in onder kardinaal Eijk.
Maar onze pastoor zei al: onder een Eijk groeit niks.

Die is niet van mij, die is van onze pastoor. Maar ja, Eijk is wel het hoofd, hè.
In Utrecht. Wat klinkt dat raar eigenlijk: hoofd in Utrecht.
Dom-kop zou een betere omschrijving zijn misschien.

Over domkoppen gesproken, een Nederlandse intellectueel zei naar aanleiding van 7 januari: 'In elke religie schuilt potentieel gevaar. Weg met religies.' Dat klopt.
In elke religie schuilt potentieel gevaar. Net als in elk theelepeltje. Met een theelepeltje kun je heel mooi een oogbol uit een oogkas wippen. Met kurkentrekkers kun je ook leuke dingen doen. Weg met theelepeltjes en kurkentrekkers.
Er schuilt veel flinterdun denkwerk in onze vaderlandse elite.

Maar ik moet wel eerlijk blijven en dan moet ik bekennen dat ikzelf ook wel eens denk, als je toch ziet hoeveel geweld er iedere keer weer rond religie hangt: als nou alle religies eens de wereld uit zouden zijn, zou de wereld er dan niet een stuk mooier uitzien? 'Imagine no religion.'* En het ergst vind ik geweld rond kinderen. Je hebt kindsoldaten, kinderprostitutie, kinderslavernij, dan denk ik wel eens: als toch alle kinderen eens de wereld uit zouden zijn, zou de wereld er dan niet een stuk mooier uitzien? 'Imagine no children.'

En daar heb ik een liedje over. Over dat oude mechanisme dat dit jaar gelijk na al die aanslagen weer de kop op stak: kijk nou toch eens wat religie doet. Weg met religie.
Het liedje heet 'Kip Zonder Kop'. En het staat op m'n telefoon. Het is uiteindelijk 2015.

* Na de aanslagen van 13 november in het Parijse Bataclan (89 dodelijke slachtoffers) werd het nummer 'Imagine' van John Lennon weer populair. In dat lied de zinsnede: 'Imagine (...) and no religion too'.

[Pakt smartphone en bladert wat.]
Het liedje is wel een beetje een probleem. Want het is niet een heel sterk liedje. Het liedje is ook weer niet echt slecht, zeer zeker niet, maar het heeft, hoe zal ik het zeggen, toch niet het niveau dat u van een Herman Finkers-voorstelling mag verwachten. Het is meer een leuk dingetje voor de Annie M.G. Schmidtprijs.

[Bladert verder in smartphone.]
En ik heb uw plaatsgenoot Armin van Buuren gevraagd of hij zo vriendelijk wilde zijn bij m'n tekst wat gezellig, muziekvervangend gebonk te maken.

Dat heeft Armin gedaan en dat heeft hij naar me ge-appt. En ik moet zeggen: het valt me niet tegen wat hij ervan gemaakt heeft. Het swingt natuurlijk niet écht, het komt uit een computer. Want échte swing is wat anders, hè. U kent de definitie van swing toch wel? Swing is: íets te laat toch nog net op tijd komen. Dat is een typische uitvinding van negers.

En dat is een héél foute opmerking die ik nu maak. Het is zeer discriminerend wat ik nu zeg. Het woord 'neger' mag je niet gebruiken.
Dat zag ik in het Rijksmuseum.* Want het woord 'neger' is een belediging. Het komt namelijk van het Latijnse *niger.*

* In december maakte het Rijksmuseum Amsterdam bekend dat het woord 'neger' niet meer mag worden gebruikt bij de omschrijving van de collectie.

En dat betekent letterlijk: *glanzend zwart*. En dat is een belediging.
Tukker is géén belediging. *Tukker* betekent letterlijk: *domme heikneuter.*

En daar zijn wij Twentenaren bijzónder trots op:
'Honderd procent Tukker...' 'Proud to be a Tukker.'
En daarom heb ik een voorstel. Ik wil voorstellen dat wij Twentenaren, als goedmakertje voor de slavernij, de zwarte mensen aanbieden te ruilen van bijnaam. Dan mogen wij, Twentenaren, ons voortaan *neger* noemen, *glanzend zwart*, en dan noemen de zwarte mensen zich voortaan *Tukker*. *Domme heikneuter.*
En dan is onze Driekusman opeens ook geen suffig boerendansje meer. Maar echte vlotte négermuziek. Lijkt me geweldig!

Ik ben namelijk een groot liefhebber van zwarte muziek. Mijn favoriet is B.B. King. Die overigens in 2015 is overleden.* Dus als iemand nog een goeie B.B. King-kenner zoekt...

Ik ben beschikbaar. En ik heb hem zien optreden ook! Begin jaren zeventig al in een café in Nijmegen. King trad daar op voor een uitsluitend zwart publiek.
Glánzend zwart! En één domme heikneuter. Dat was ik.

* Op 14 mei overleed B.B. King, een van de allergrootste bluesgitaristen ter wereld.

En op de voorste rijen zaten uitsluitend vrouwen. Glánzend zwarte vrouwen.
En B.B. King zong voor die vrouwen: *Rock me baby, rock me all night long. Till my back ain't got no bone.* Nou, die vrouwen waren niet meer te houden, hè! En B.B. King was toen nog goed ter been, dus hij rende naar de coulissen, pakte daar een flesje bier, deed zijn duim erop, schudde dat flesje bier door elkaar, stopte dat in zijn broek, liep naar de eerste rij, deed zijn gulp open en spoot die glanzend zwarte vrouwen helemaal onder! Nou, en die vrouwen werden wíld! En ook de mannen daar vonden het GE-WEL-DIG!!! Nou, werkelijk. Het was zó schandalig..! Zwarte Piet schááмde zich gewoon dat hij dáármee geassocieerd werd!

Want verdorie, ook dít jaar weer gedoe rond Zwarte Piet, hè. Al voor het vierde jaar op rij. En het is nu ook al doorgedrongen tot de provincie.
Dit jaar mochten in Almelo bij de intocht van Sinterklaas aanvankelijk alleen witte Pieten en gekleurde Pieten meelopen. En toen zijn de zwárte Pieten naar de rechter gestapt want die voelden zich gediscrimineerd. En toen werd dat weer teruggedraaid. Dus toen zeiden ze daar in Den Haag: 'Haal die rechtbank daar weg uit Almelo...*
Want anders komen we nooit van die verrekte Zwarte Pieten af.'

* In 2015 werd bekend dat de rechtbank in Almelo mogelijk moet sluiten. Dit is uiteindelijk niet doorgegaan.

Bij mijn neefjes op school zou er een sinterklaasspel worden opgevoerd.
En een aantal kinderen mocht Pietje zijn. En toen zei Stanley, een Surinaams jongetje: 'Ik wil ook Pietje zijn.' Waarop een neefje van me zei: 'Nee, Stanley, jíj mag geen Pietje zijn, want jij bent zwart! En dat is racistisch!'

'Ja, Stanley,' zei mijn andere neefje, 'jij bent een grote racist! Je bent net Erik van Muiswinkel.'
En toen begon Stanley te huilen en juffrouw zei: 'Kom op jongens. Stanley kan er toch ook niks aan doen dat hij ons zo doet denken aan ons slavernijverleden.' Jammer hè.

Ik vind het jammer, al dat gedoe rond Zwarte Piet. Tot en met het roepen van *Fuck de koning* aan toe.* Zowel de tegenstanders als de voorstanders van Zwarte Piet zijn vaak zó grof in de mond, het lijkt soms bíjna parlementair taalgebruik.

Ik vind alleen wel: als er toch een groep mensen is die elk jaar weer zo gekwetst raakt bij het zien van de figuur Zwarte Piet, waarom schaffen we Zwarte Piet dan niet gewoon af, zo moeilijk is dat toch niet?
En dat geldt voor nog wel meer dingen vind ik. Als toch iedere keer weer een groep zo gekwetst raakt, bij het zien van een cartoon over Mohammed, dan kunnen we toch ook wel andere cartoons maken, zo moeilijk is dat toch niet?

* In november 2014 riep een anti-Zwarte Piet-activist 'Fuck de koning'. In 2015 werd hij vrijgesproken van majesteitsschennis.

En zo zijn er ook mensen die het erg kwetsend vinden dat op zondag de zwembaden open zijn. We kunnen toch ook wel op andere dagen van de week zwemmen, zo moeilijk is dat toch niet?
En die korte rokjes, dames, is dat nou echt nodig? Vinden sommige mensen erg kwetsend.
En als u van de herenliefde bent, dan kan dat toch ook wel een beetje stiekem.
Daar hoeft u toch niet nodeloos bepaalde groepen mee te kwetsen... Eh, goed...

Weet u, ik heb het net gehad over het geloof van volwassenen. Maar Sinterklaas is het geloof van kinderen. Het stamt af van een heel oude mythe. Het gaat nog terug tot de Germaanse Joelfeesten. Die Zwarte Pieten, dat zijn helemaal geen negers, het zijn de donkere dagen voor de zonnewende. En die brengen alvast het licht met zich mee. In de vorm van Wodan. Een oude man met een lange witte baard, die op een paard door de lucht rijdt.
Het strooien van pepernoten is alvast het zaaien van het nieuwe voorjaar.
Sinterklaas zelf schijnt zelfs nog iets te maken te hebben met ongeremde, vrije seks. Vandaar die schimmel tussen zijn benen, hè...
Ja, dat is een heel oud grapje. Maar het zijn ook heel oude mythes hè.
En dan mag dat.

Ik heb Armin gevonden, daar gaat ie:
[Sluit een kabeltje aan op smartphone. Rapmuziek klinkt.]

KIP ZONDER KOP

Leven als een kip zonder kop.
Oóóh, wat knapt een mens daarvan op!
Lekker naar de Toppers met een mooie kortingskaart.
Liedjes zitten zingen zonder kop en zonder staart.
Brullen als een kip zonder kop,
Óóóh, wat een knapt een mens daarvan op!

Lachen als een kip zonder kop.
Oóóh, wat knapt een mens daarvan op!
Wil je lachen, heb je zin?
Doe dan je Tena Lady in,
Dan gaan we mooi naar Almelo
Naar de Herman Finkers-Show.
Gieren als een kip zonder kop,
Óóóh, wat knapt een mens daarvan op!

Dénken als een kip zonder kop!
Oóóh, wat knapt een mens daarvan op!
'Als er geen religie was dan was er minder leed.
Zonder al die kerken was de wereld niet zo wreed.
Geloof is een psychose en een godsbesef naïef,
Bewezen psychiatrisch en waanzinnig primitief.
Augustinus, Gerard Reve, Desmond Tutu, ga maar door,
Onvolwassen, zieke geesten, net als Gandhi, Thomas More.'
Zó te redeneren, o, dat kan zo heerlijk zijn.
Met het flinterdunne denkwerk van een middelmatig brein.
Zwetsen als een kip zonder kop,
Óóóh, wat knapt een mens daarvan.
Óóóh, wat knapt een mens daarvan.

Óóóh, wat knapt een mens dáárvan op!
[Black-out.]

Zo, dat was 7 januari. Het schiet maar niet echt op. Op de een of andere manier komen we in 2015 maar niet verder dan 7 januari.
En ik heb het nog helemaal niet gehad over de Haagse politiek. Want ja, zei de VARA, het is een oudejaarsconference, dus er moet toch ook wel een beetje Haagse politiek in. Dat wil ik wel doen. Maar het is niet echt m'n specialiteit. Desondanks heb ik het wel allemaal gevolgd hoor. Zo weet ik dat het kabinet bijna was gevallen, over bed, bad en brood, en dat dat ging om een heel zwáár principe. Het principe dat het kabinet niet mocht vallen.

En dat alleen Fred Teeven en Ivo Opstelten het niet hebben gehaald. En dat daarna Wilma Mansveld weg moest. En deze maand Anouchka van Miltenburg. En dat ze de rest van de VVD maar even hebben uitgesteld tot volgend jaar. Dat weet ik allemaal wel, hoor.

Trouwens, dat Fred Teeven weg moest vond ik nog wel jammer. Ja, hij was net zo lekker bezig met het uitzetten van al die vervelende kinderen. Ik dacht: daar wordt de wereld ook niet slechter van. 'Imagine no children.'

En toen moest hij toch weg vanwege gedoe rond een deal met een topcrimineel. Maar, zei Teeven, met die deal was niks mis. En Teeven vergist zich nooit, want vergissen is menselijk.

En zo las ik ook nog iets over, kom hoe heet die rechtse ballenclub ook alweer... De Partij van de Arbeid.

Die lag in de clinch met ene staatssecretaris Sander Dekker.* En dan denk ik:
Sander Dekker, Sander Dekker... Ja, ik geloof wel dat ik weet wie dat is, maar zet hem niet in één rij met tien andere cliniclowns, want ik haal hem er niet uit.

Dus dan moet ik hem googelen, en dan lees ik dat Sander Dekker de man is die nóg meer geld wil uittrekken om kinderen nóg meer te kunnen toetsen op hun rekenkundige vaardigheden. Want rekenen is het enige vak dat wij Nederlanders belangrijk vinden, hè. Dat geld wil hij halen uit een speciale belastingheffing. Die heffing zou moeten heten: *onderwijs-tz*. Ik vroeg Sander Dekker waar die *tz* voor stond. Hij zei: 'Voor *toeslag*.'
Want rekenen is het enige belangrijke vak, hè.

Dan heb ik iets van: ik zeg wat ik denk, en ik denk lekker niks.
Sander Dekker is de broer van Britt Dekker. Britt was de enige thuis die goed kon leren.

Maar dat geeft tegenwoordig niks. Want de beleidsmakers van nu gaan er prat op geen enkel verstand te hebben van het terrein waar ze over beslissen. De voorganger van San-

* Toenmalig staatssecretaris Sander Dekker kreeg onenigheid met de Partij van de Arbeid over de rekentoets voor leerlingen.

der Dekker was er ook zo een. Die zei: 'Ik héb niks met kunst, ik weet er ook niks van, dus ik ben zeer geschikt om daarin te gaan snijden.' Je zult zo'n chirurg hebben, zeg: 'Goedendag meneer Van 't Hek! Ik kom vandaag een openhartoperatie bij u doen.
Ik weet niks van het hart. Ik weet niet eens waar het gekke ding zit, 't interesseert me ook geen flikker, dus ik ben zeer geschikt om in u te gaan snijden.'*

Je zou politici toch preventief oppakken. En verplicht laten deradicaliseren!

En ze komen er nog mee weg ook! Als Jansen-Steur geen neuroloog was geweest maar een politicus, dan had hij een glansrijke carrière gehad.** Politicus van het jaar is nog té hoog gegrepen, maar hij zou léuk kunnen meekomen.

Dit jaar zijn ze bij ons in Twente begonnen met het pompen van dieselolie en afvalwater van de NAM in leegstaande ondergrondse zout- en gasvelden. Terwijl de lekkages ons nu al links en rechts om de oren vliegen wordt ons voorgerekend dat de kans op een lekkage nagenoeg nul is. Dat doet me denken aan de begintijd van de kernenergie. Weet u nog? Toen de eerste kerncentrale kwam? 'De kans

* Tijdens de feestdagen onderging cabaretier Youp van 't Hek een openhartoperatie.

** De neuroloog Jansen Steur werd bekend vanwege het opzettelijk stellen van onjuiste diagnoses bij zijn patiënten. In 2015 kwam deze zaak voor de rechter.

op een ongelukje met een kerncentrale is eens in de miljoen jaar.'
Ik wil niet de filosoof uithangen, maar wat gáát de tijd snel hè.

DE HALVE GAREN

Er was er eens een halve gare en die was niet gaar.
Hij was het voor de helft maar en dat stond een beetje raar.
Dus ging hij naar de dokter en hij zei: 'Kijk nou, mevrouw,
m'n ene helft is lekker gaar, m'n andere is rauw.'

'Och hemel,' zei de dokter, 'ja, dat weet ik ook niet hoor.
Hier heb ik pillen, poedertjes noch medicijnen voor.'
Toen ging de halve gare naar de psychiater toe.
Die wilde hem wel helpen, maar hij wist alleen niet hoe.

De dominee geraadpleegd en die zei: 'Dit is niet pluis.
Meneer, u bent aparter nog dan Christus aan het kruis.'

Ten einde raad het gekkenhuis, want ja, je moet toch wat.
Maar alle halve garen dáár die waren hem snel zat.
'Halfgaar zijn dat is één ding maar dit gaat over de top.
Dit mag u ons niet aandoen. Nee, zo knappen wij niet op.'

Tja, dacht de halve gare: 'Als ik het goed bezie
dan sta ik er alleen voor, ben m'n eigen therapie.'
Hij zette zijn gedachten keurig netjes op papier
en zorgde dat het rijmde bij muziek uit een klavier.

Zo trok hij langs de podia, bracht mensen veel plezier.
'O, wat een leuke halve gare!' En ik heet u welkom hier!
[Schijnslot.]

Nu zijn er halve garen ook, veel gekker nog dan ik,
met géén gevoel voor rijm en met een humorloze blik.
Zo'n geval is ernstiger; een gek zonder muziek
zoekt iets te vaak een eindbestemming in de politiek.

Alwaar hij met zijn daden u het lachen doet vergaan.
Legt met uw duur belastinggeld veel nutteloosheid aan.
Een kerncentrale en een veel te dure slechte trein.
En ook een vliegveld Twente dat weer snel failliet zal zijn.

Ik snap wel dat u af en toe wat geld aan mij besteedt;
u krijgt een avond dat u alles eventjes vergeet.

Maar waarom, als u weer eens in een stemhok mag gaan
staan
kruist u halve garen met het rode potlood aan?
Zo houdt u slecht beleid in stand en smijt u met uw geld
en moppert op de lieden die u zelf hebt aangesteld.

Halfgaar ben ik en mét mij veel bestuurders op een rij;
u bent het Hooggeëerd Publiek, maar net zo gek als wij.

Wel raar eigenlijk. Dat je geacht wordt het in je oudejaarsavond over Haagse politiek te hebben. Ik weet niet hoe het ù vergaat maar ik denk thuis op oudejaarsavond nooit aan Haagse politiek. En u ook niet, dat weet ik zeker.
Nee, wat doe je op oudejaarsavond? Dan maak je een tus-

senbalans op van het leven. Allereerst sta je stil bij de mensen die ons tot dusver allemaal zijn ontvallen. Dit jaar toevallig veel mensen waar ik een groot kenner van ben. Te veel om op te noemen. Maar alleen in Nederland al:

Frans Molenaar, H.H. ter Balkt, Sietze Dolstra, René Gude, Drs. P, Wim Ruska, Gerard de Vries, Albert West, Thé Lau, Dimitri van Toren, Dick Nanninga, Ellen Vogel, Willem Aantjes, professor Smalhout, Nol Graas, Aafje Heynis, Yoka Berretty, Armand, Joost Zwagerman, vriend Paul, oom Leo, oom Wim, tante Minie, en buurvrouw Annie.
Allemaal namens Henk Krol, van harte gefeliciteerd!*

Dáár denk je aan op oudejaarsavond. En je denkt na over de stand van zaken in de liefde. Daarover straks meer. En verder denk je na over je gezondheid en over die van je dierbaren. Even wat betreft m'n eigen gezondheid: ik kreeg in 2002 te horen dat ik een aandoening heb waardoor ik, statistisch gezien, nog tien jaar te leven had. Dat was in 2002.
Nu ben ik aan het rekenen geslagen. En zo ben ik erachter gekomen, dat statistisch gezien, de kans dat ik negentig word, aanzienlijk groter is dan de kans dat ik nu al drie jaar dood ben.

Dat is niet omdat de statistieken toen niet klopten maar de medische wetenschap heeft in die dertien jaar niet stil-

* In november feliciteerde de politicus Henk Krol, via Facebook, meerdere mensen met hun verjaardag, terwijl ze al overleden waren.

gezeten. Ik maak een diepe buiging voor de medische wetenschap. Zo gebruik ik nú een medicijn... Dat is het nieuwste van het nieuwste. Er zíjn mensen aan dit medicijn overleden, maar dat is dan ook de enige bijwerking die het heeft.

Het grappige is wel dat de medicijnen die ik verreweg het meest heb gebruikt, gewoon de goeie, oude antibiotica zijn geweest. Ik heb onderhand zóveel antibiotica geslikt, ik hoef bijna geen vlees meer te eten.

Dit is nog even voor de vegetariërs onder u: zonder vlees kán wel, maar u moet dan wel antibiotica bíjslikken.

Ik zeg het er maar even bij want mensen hebben tegenwoordig geen idee meer waar hun voedsel vandaan komt. Ze weten niet eens meer dat runderbiefstuk van een paard komt.*

Dat was míjn gezondheid. En wat betreft úw gezondheid: mocht het slecht gaan met uw gezondheid, wat ik van harte niet hoop, denk dan niet aan alles wat u níet meer kunt, maar aan alles wat u nog wél kunt. Dat is aanzienlijk minder werk.

En wat betreft de gezondheid van mijn dierbaren: mijn moeder zit al een tijdje in een verpleeghuis. En met haar

* In april werd een vleeshandelaar uit Oss veroordeeld voor fraude met paardenvlees. Na vermenging met rundervet verkocht de handelaar het paardenvlees als rundvlees.

heb ik de laatste tijd de meest wonderlijke gesprekken. Zo vroeg ze me laatst: 'Wat voor dag is het vandaag?' Ik zei: 'Het is vandaag donderdag.'
'O,' zei ze, 'dat is heel bijzonder!' Ik vroeg: 'Waarom ma, is het zo bijzonder dat het vandaag donderdag is?'
'Nou,' zei ze, 'meestal is 't geen donderdag.'

Ik dacht: verrek, moeder heeft gelijk. Er zijn meer andere dagen in de week dan donderdag. Dus het is eigenlijk wel heel bijzonder dat het donderdag is.

'Maar,' zei ik, 'het is meestal ook geen vrijdag.'
'Nee,' zei ze, 'en meestal ook geen zaterdag.' Ik zei: 'Nee, en ook geen zondag. En ook geen maandag. En ook geen dinsdag. En ook geen woensdag.'
'Nee, precies!' zei ze, 'want anders zou het donderdag zijn, en dát is het dus meestal niet!' Wonderlijke gesprekken.

Op ons aller gezondheid. En die van m'n moeder!
[Heft glas richting camera.]
En Youp, een goede revalidatie toegewenst.

[Pakt glas champagne en drinkt 'm in één teug leeg. Schenkt zich daarna weer een glas in.]
Ja, u denkt wellicht, wat drinkt hij veel. Maar ik heb gisteren een glas water gehad, en nu heb ik een ontzettende nadorst.

[Slaat weer het glas in één keer achterover. En schenkt weer in.]

Er zijn mensen... die als goed voornemen voor 2016 hebben... minder drinken...
Ik nie.

[Drinkt weer.]
Ik heb als goed voornemen voor 2016: eindelijk eens m'n cd's, dvd's en boeken...or-de-nen. Op alfabetische volgorde.
Dus de boeken zet ik bij de *B*...
De cd's zet ik bij de *C*...
en de *DVD*'s...
zet ik bij de, ja... Bij de *V*.
Van *Films*.

Je kunt tegenwoordig ook alles online bekijken en beluisteren. Maar ik ben toch wel erg gehecht geraakt aan m'n oude cd's, lp's en cassettebandjes. Het schijnt ook bewezen te zijn dat de uitvoering waarin je een bepaald muziekstuk voor het eerst hebt gehoord, je hele leven lang de mooiste uitvoering van dat muziekstuk blijft vinden. En dat klopt precies! Zo heb ik de *Matthäus-Passion* voor het eerst gehoord in een uitvoering van Het Cocktail Trio.

En dat vind ik nog steeds de mooiste uitvoering die ik ken. Terwijl ik ook wel weet: ja, zo heeft Bach het waarschijnlijk niet bedoeld.
Jongeren moeten maar even googelen wat Het Cocktail Trio is.

[Strekt de benen, trekt zijn broekspijpen wat op en kijkt naar zijn (identieke) sokken.]

Ja, de Alzheimer stichting had me gevraagd of ik twee verschillende sokken wilde aantrekken. Maar dat vond ik wat overdreven.*

Nou..! Eens zien..! Wat heb ik nog meer voor u uitgezocht aan actualiteiten:
Mea Vita, Nieuwbouw ROC Leiden, Rochdale, de Fyra, ABN-Amro, Prorail, Volkswagenfraude, Sepp Blatter, Erdogan, Poetin, Donald Trump.
Maar goed, dat valt allemaal onder de halve garen. Dus dat hebben we al gehad.

[Pakt van een stapel kranten de krant van 14 november.]
Over halve garen gesproken. Dit is natuurlijk de overtreffende trap:
Parijs, 13 november. En nog geen maand later was het weer raak in San Bernardino.** Om van het Midden-Oosten zelf nog maar te zwijgen. Maar goed, religie en geweld heb ik al uitvoerig behandeld.

[Pakt weer een krant.]
Dit heb ik nog niet behandeld, en het is wel belangrijk. In 2015 is er van alles veranderd in de zorg. En daarbij gaat

* In 2015 was er een campagne van Stichting Alzheimer Nederland waarbij Nederland massaal foto's deelde van het dragen van twee verschillende sokken.
** Op 13 november vond de aanslag in de Parijse concertzaal Bataclan plaats. In San Bernardino schoot een echtpaar, 'geïnspireerd' door IS, op 2 december 14 mensen dood in een instelling voor verstandelijk gehandicapten.

weer van alles mis. Daar ben ik zelf ook achter gekomen, dat er van alles misgaat in de zorg. Mijn moeder zit dus in een verpleeghuis en ze belde me laatst op. Ze zei: 'Herman, er is hier van alles veranderd. Ik heb een andere kamer gekregen. Als je vanmiddag komt, ik zit nu in kamer D3.' Ik zei: 'B3?'
'Nee,' zei ze, niet B3.., D3.'
'Van Bernard?'
'Nee,' zei ze, 'niet van Bernard, van Dirk.' Ik dacht: Wie heet er nou Birk?
Dus ik had al gelijk door, moeder heeft een gehoorapparaat nodig.

Dus ik met moeder en haar pgb naar de audicien. Is maar goed dat ik meegegaan ben, want die man was héél moeilijk te verstaan...

En nu wilde toch mijn moeder met alle geweld géén gehoorapparaat. En die maffe audicien wilde per se dat ík er een nam. Dus ik had al gelijk door: er gaat van alles mis daar in die zorg.

[Pakt weer een krant.]
Dit las ik in *Het Financieele Dagblad*. Ik heb even moeten googelen wat dat was. Een kort bericht: 'Het afgelopen jaar zijn de míljárdairs erop vooruitgegaan, en de míljónairs erop achteruit.'
Dus de kloof tussen arm en rijk wordt steeds groter.

Dat komt, zo las ik, door het toegenomen neoliberalisme in de wereld. Neoliberalisme is: zo min mogelijk overheid en zo veel mogelijk vrije markt. Zeg maar: de huidige situatie in Libië.

[Gaat op een stapel kranten zitten en pakt een prop van de grond en vouwt die open.]
Deze had ik eigenlijk al weggegooid. Maar ja, u reageert zó leuk dat ik die toch ook even wil proberen: de koning en koningin zijn op bezoek geweest in China. Waar ze geprobeerd hebben Máxima te vergiftigen. Maar dat is ze mooi niet gelukt!*
Daarvóór waren ze al op bezoek geweest bij Obama. Om Amerika te bedanken voor het feit dat zoveel Amerikaanse soldaten bereid waren geweest, in '44 – '45, hun jonge leven te offeren voor onze vrijheid. Obama dankte de koning hartelijk voor het compliment en vroeg of wij dan zo vriendelijk wilden zijn om als tegenprestatie twéé, onschuldige gevangenen uit Guantanamo Bay op te nemen. Je geeft zo'n Tukker ook één vinger en hij pakt de hele hand, hé.**
Maar dat doen we mooi niet...We zijn gekke Henkie niet, kom nou.

[Wijst naar een krantenstapel.]
Er is dit jaar een klimaatakkoord gesloten in Parijs. Maar

* In oktober werd koningin Máxima onwel tijdens een staatsbanket in China. Later werd nierbekkenontsteking geconstateerd.
** Op 1 juni vroeg president Obama tijdens het bezoek van de koning en de koningin aan het Witte Huis, of Nederland twee gevangenen uit Guantanamo Bay zou willen overnemen. Nederland heeft aan dit verzoek geen gehoor gegeven.

dat werkt natuurlijk nooit. Het is veel te duur om de aarde niet te laten vergaan.*

[Kijkt in de Financial Times.*]*
En dat geld kunnen we niet missen. Want ik las in de *Financial Times* hoeveel alleen al één tank kost. Die kost: vijf miljoen dollar! En daar moest ik aan denken toen ik in het journaal weer zo'n ellendig, kapotgeschoten stuk land zag, ergens in Syrië of Irak. En daarin reed zo'n tank. En ik wist: die kost vijf miljoen dollar. Daarna zag ik hoe vanuit de lucht een kruisje werd geplaatst op die tank, op een knop werd gedrukt en *wham*... In minder dan één seconde was die hele tank van vijf miljoen dollar wég. Lucebert schreef het al: 'Alles van waarde is weerloos.'

Vijf miljoen dollar voor één tank! Als je toch nagaat wat je met dat geld in zo'n land aan mooie dingen kunt doen.
En vanavond wordt er alleen al in ons land voor zeventig miljoen euro aan vuurwerk afgestoken. Zéventig miljoen! Als je toch nagaat hoe blij al die derdewereldlanden zouden zijn met al dat kruit.

[Pakt weer een krant.]
Maar er is ook wel positief nieuws: diskjockeys zijn weer aan het eind van het jaar in een glazen huis gaan zitten. Om geld in te zamelen voor een goed doel. Dat vind ik altijd prachtig. Ik weet niet eens precies wat het doel was. Ik

* Deze grap is later, serieus bedoeld, overgenomen door meerdere politieke partijen.

geloof iets voor een Syrisch Orkest of zoiets.*
En als je nagaat hoe erg de situatie in Syrië is, dan moet het voor zo'n orkest toch helemaal niet te doen zijn.

[Pakt weer een krant.]
Dit is een berichtje dat u waarschijnlijk helemaal niet is opgevallen, maar dat ik heel belangrijk vind. In 2015 heeft men opnieuw gekeken naar de spelling. Dat doet men om de tien jaar, en dat is voor het laatst gebeurd in 2005. En dit keer heeft men besloten de spelling eens een keer *ongewijzigd* te laten. En dat doet me deugd! Ik zal u vertellen waarom. Kijk. Ik woon nu 61 jaar in Nederland. En dat taaltje heb ik helemaal overgenomen.

Dus de Nederlandse taal gaat me aan het hart. En een verzorgde, eenduidige spelling hoort daarbij vind ik. Maar als je toch ziet hoe mensen tegenwoordig schrijven! Men schrijft maar wat. Dat deed men vroeger ook, maar ja, toen moest men wel. Want er was geen afgesproken spelling. Dat zie je nog aan de achternamen, dat er vroeger geen afgesproken spelling was, en hoe lastig dat is. Want neem nu eens een naam als: nou ja, zeg maar: *Koenders.***
De VARA zei: gooi er maar zoveel mogelijk namen van politici door, dat is altijd goed. Dus zeg: Koenders.
Koenders, is dat nu met een C of met een K? Want je hebt

* Van 2004 tot 2017 sloten iedere decembermaand radio-platendraaiers zich voor het goede doel op in een glazen huis, onder de naam: 'Serious Request'.
** Bert Koenders was minister van Buitenlandse Zaken in het kabinet Rutte-II.

allebei hè. Zo heb je ook Finkers met een F en Finkers met een V. Je hebt ook mensen die heten: C – H – O – U – N – D – E – R – S. Dus, *Chounders*. Maar je spreekt het uit als: Koenders. En bij ons in de familie zit zelfs een tak en die mensen heten, als je het schrijft: Fin-kers. Maar je spreekt het uit als: Middel-kamp.

Dat is een héél oude spelling, hè. Maar ja, dat is voor die tak van onze familie wel lastig hoor. Want iedere keer als ze ergens hun naam moeten achterlaten is het van: 'Hoe heet u?'
'Middelkamp...'
'Ja, Middelkamp, Middelkamp. Met een F of met een V?'

Dus dat is lastig, geen eenduidige spelling. En dan heb ik het nog niets eens over namen als: Hennis-Plasschaert, Schultz van Haegen, Xess Xava, Varoufakis, Tsipras.*

HOOP

Ja, dat was me ook een langgerekt verhaal zeg: Grexit of geen Grexit. Ik wil niet de filosoof uithangen, maar ik heb de tijd nog nooit zó lang op twee voor twaalf zien staan.
Het ging hard tegen hard. De stropdassen tegen de losse boorden. De stropdassen hebben gewonnen. Die grijnzende Dijsselbloem is ook een van die beelden die ik niet

* In 2015 resp.: minister van Defensie; minister van Infrastructuur en Milieu; de in oktober geboren zoon van Yolanthe en Wesley Snijder; de Griekse minister van Financiën en de minister-president van Griekenland.

meer van mijn netvlies krijg. Ik had daarom een beetje te doen met de Grieken. En ik dacht: kom, laat ik de Grieken eens economisch voorthelpen, en een keer gaan eten in een Grieks restaurant.
Dus ik naar een Grieks restaurant... Het was december, dus lekker warm weer.

En de ober vroeg: 'Wilt u buiten eten of binnen?' Ik zei: 'Graag buiten.'
'Hebt u voorkeur voor een bepaalde plek?'
'Ja, graag een tafeltje bij het raam.'

Hij zei: 'Tuurlijk meneer.' Het was een heel aardige man. Ik vroeg hem: 'Bent u een echte Griek?' Ja, hij was een echte Griek.
'Als ik vragen mag, waarom hebben jullie eigenlijk toegegeven aan die stropdassen?' En toen legde hij me uit hóe graag de Grieken bij Europa willen horen. Europa, daar hebben ze ál hun hoop op gevestigd. Net als al die vluchtelingen die nu over ons continent uitzwermen. Ons Europa staat voor: hoop. En nu is het de vraag of dat geen ijdele hoop is. Want het gaat erom: hoe reageren wij op de hoop van die vluchtelingen? En op de aanslagen in Parijs? In de stijl van Merkel en Hollande, of in de stijl van Le Pen en Wilders? Met andere woorden: wordt het Europa of nationalisme?
Of huren we weer gewoon, net als vroeger, de Turken in om het vervelende werk te doen?

Europa of nationalisme. Griekenland koos voor Europa. De rest van Europa is hevig verdeeld. Ik was daarom afgelopen zomer in Berlijn. Want als je ergens kunt nadenken over de vraag: moet het Europa worden of nationalisme, dan is dat wel in Berlijn. En ik zat daar, aan de voet van de Brandenburger Tor, in de lounge van Hotel Adlon. De bediening was typisch Duits: streng, maar rechtvaardig.

Aan de bar zat een dame van dik in de negentig. Maar dik in de negentig of niet, ze droeg een blote avondjurk, die ruim zicht gaf op een decolleté, dat ik het beste kan omschrijven als: *Gesunkenes Kulturgut*.

Ik raakte met haar aan de praat en ze zei me dat ze Eva Goebbels heette. Nu klinkt dat in onze oren misschien verdacht. Goebbels. Jongeren moeten maar even googelen waarom. Maar u moet wel bedenken dat in Duitsland Goebbels een heel gewone naam is. Dat is daar net zoiets als bijvoorbeeld hier, pakweg: Mussert.

We kregen het over het weer opkomend nationalisme in Europa. Ik vroeg Eva wat zij ervan vond. En Eva zei: 'Ach, das Vaterland. Es soll was.' En dat deed me denken aan dat oude Duitse liedje: 'Ich hab mir in Frankreich die Pfeife verbrannt, alles fürs Vaterland.'

'Warum,' zei Eva, soll das eine Vaterland besser sein als das andere. Und warum soll immer méin Vaterland das bessere sein?' Maar ja, ik snap dat wel. Wat van jezelf is waardeer je toch meer. Het is niet goed, maar ik heb het ook.

Zo vind ik míjn tuin mooier dan die van de buurman. En ik vind míjn cd-verzameling smaakvoller dan die van de buurman. En ik vind míjn buurvrouw leuker.., dan die van de buurman.

En opeens dacht ik: maar dat ís het! Als we nu allemaal óns buurland beter vinden dan het buurland van het land naast ons. Dan zijn we er toch?
Ik vroeg Eva wat zij van het idee vond.
'Och, mein Lieber!' zei ze. 'Dann kämpfen wir doch dárüber.'

Ze stond op, liep moeizaam weg en zei: 'Tschüss, mein Jungen aus Holland. Bis nächsten Krieg.'

Ja. Dat zei ze. 'Bis nächsten Krieg'. 2015 was, wat dat betreft, nogal een herdenkingsjaar. Het was precies tweehonderd jaar na de Slag bij Waterloo en het begin van ons koninkrijk. En precies honderd jaar nadat, midden in de Eerste Wereldoorlog, de Armeense genocide plaatsvond. Waarvan de Turken overigens zeggen dat je dat zo niet mag noemen.
Sander Dekker zat daar een beetje mee. Dus hij vroeg aan zijn zusje: 'Britt, hoe zal ik dat met die Armeniërs nou noemen?' 'Nou ja,' zei Britt: 'Ik geef die Turken wel gelijk. Ik bedoel, als dat met die Armeniërs *geen ocide* was, wat was het dan wel?'

En het was precies 75 jaar geleden dat de Tweede Wereldoorlog begon. En precies zeventig jaar dat hij weer eindigde.
Ik heb dit voorjaar nog een filmpje gemaakt over de bevrijding van Almelo. Dat filmpje was voor RTV-*Oost*. Of eigenlijk moet ik zeggen: *ErjTeejVeejOowst. Het gelijd van uw aigu reejgioow.*

We stonden daar in het centrum van Almelo te filmen, we hadden van die jaren veertig-kleding aan. En sommige figuranten droegen een Wehrmachtuniform. Weer anderen waren verkleed als Canadees. Komt er een Almeloër op een bromfiets keihard op ons afgereden, remt vlak voor ons, en roept: 'O, gottegottegot!!! Wát zijn jullie aan het doen!?! Toch geen film over de oorlog aan't maak'n of wel?'
Ik zeg: 'Ja, we maak'n een film over de oorlog.'
'O, gottegottegot! Áls mijn vader dat ziet, dan komt bij hem álles weer boomm. Komt toch niet op televisie of wel?'
Ik zeg: 'Ja, het komt op *ErjTeejVeejOowst*.'
'O, gottegottegot! Mijn vader kijkt áltijd *ErjTeejVeejOowst. Het gelijd van uw aige reigiau*. En dan ziet hij dat, en dan komt bij hem álles weer boomm, dan komt álles weer boomm.'
Ik zeg: 'Goh, heeft je vader in het kamp gezeten of zo?'
'Mijn vader? Nee..! Mijn vader heeft half Almelo verraad'n, en dat komt ammaal weer boomm!!'

En het was nog maar twintig jaar geleden dat in Srebeníca de genocide plaatsvond. Waarvan Poetin weer zegt dat je dat zo niet mag noemen. Je moet Srebénica zeggen.
En het is nog maar één jaar na het neerschieten van de MH17.
En nu worden vice versa de Rússische toestellen uit de lucht gehaald.
Want het rommelt flink in de wereld.
Ik had er al zo'n voorgevoel van. Want dit jaar is op de Waalsdorpervlakte, tijdens de Dodenherdenking, de kle-

pel uit de klok gevallen.* Ik dacht: zou dit de stilte voor de storm zijn? *Bis nächsten Krieg.*
In Syrië is de Derde Wereldoorlog feitelijk al aan de gang. Maar hoe gaat dat hier in Europa? En toen ik eind november door het stilgevallen Brussel liep, waar vanavond zelfs het vuurwerk is afgeschaft,** dacht ik: zou dit *der Nächste Krieg* in Europa zijn?

Kijk. Europa is bij ons Europeanen niet populair. Maar dat is allemaal wel een beetje scheef.
[Wijst op pak.]
en een beetje uit verhouding.
[Wijst op tafel.]
Want het is kiezen: één Europa, óf oorlog.
Deze uitspraak is niet van mij. En ook niet van Frans Timmermans. Ze is van Mitterand. Niet François. Ook niet Henri. Maar Gerrit.
Gerrit Mitterand. Gerrit Mitterand is mijn automonteur.

En meestal heeft Gerrit het over winterbanden en bougies vervangen. Maar als hij een borrel op heeft, ja, dan kan hij wel eens vervelend uit de hoek komen, en dan zegt hij van die rare dingen als: het is kiezen, één Europa, óf oorlog.
Gerrit kan dan ook altijd heel kwaad worden als ze, bijvoorbeeld bij demonstraties, Angela Merkel afbeelden met een Hitlersnorretje.

* Tijdens het luiden op 4 mei viel op de Waalsdorpervlakte de klepel uit de klok.
** Vanwege verhoogde terreurdreiging annuleerden zowel Parijs als Brussel het vuurwerk op 31 december.

En dat kán natuurlijk ook niet. Alsof alle Duitsers hetzelfde zijn. Dat is natuurlijk onzin.
Van de andere kant vind ik dat de eurofielen veel te ver gaan wanneer ze bijvoorbeeld Geert Wilders afbeelden met een Hitlersnorretje. Dat kan natuurlijk óók niet. Want ook niet alle rechts-nationalistische leiders van een eenmanspartij zijn hetzelfde.

Nee, dat nationalisme van Geert Wilders is een milde, vriendelijke, zelfs héél in de verte nog énigszins democratische vorm, als je dat vergelijkt met dat van Adolf Hitler.
Gek genoeg wil Geert Wilders niet hebben dat je hem vergelijkt met Hitler. Ik dacht: goh, maar waarom dan niet, hè? Ja, ik snap het wel, want laten we eerlijk zijn, Hitler, daar wás natuurlijk wel wat mee.
Hitler, ik weet niet of u dat nog weet, Hitler had zijn haar altijd heel raar zitten.

Maar ja, denk ik dan, als dat nou alles is. Wel een beetje een opgewonden standje die Geert. Een beetje een borderline-typje.
En als ik heel eerlijk ben, vind ik dat Adolf Hitler zijn haar leuker had zitten dan Geert Wilders.

Begrijp me goed: het is zeker niet mijn bedoeling in mijn oudejaarsconference rechts-Nederland te gaan bashen. En ik wil ook beslist links-Nederland niet gaan bashen. Het enige dat ik wil bashen is het onnodige gebruik van Engelse woorden in de Nederlandse taal.

Dus ik wil ook wel, met alle plezier, Diederik Samsom gaan vergelijken met Hitler. En ja, als ik Diederik Samsom vergelijk met Hitler... Ja, dan had Hitler helemáál een prachtige kop met haar, natuurlijk!

Maar ook Samsom wil niet vergeleken worden met Hitler. Geen enkele politicus wil vergeleken worden met Hitler. Ik snap dat niet. Ik word juist heel gráág vergeleken met Hitler. Dan kom ik er gunstig van af. Maar bij politici zit dat blijkbaar anders. Jammer.

Zeker van de PVV. Want die partij heeft wel een beetje mijn hart gestolen.
In tegenstelling tot mijn collega-cabaretiers, mag ik de PVV wel. Alleen... dat elitair filosofische gelul van hun! Stelletje nuanceneukers.

Geert Wilders voorop. Het is altijd bij hem: Ja, enerzijds dit en anderzijds dat... En laten we toch vooral niet vergeten dat er altijd twee kanten aan een zaak zitten...
Op een gegeven moment denk ik: kom op Geert! Nóu een keer als een dolle olifant door de porceleinkast!
Anders help ik wel een handje. Dat ik een keer naar zo'n PVV-bijeenkomst ga, en dat ik dan door de microfoon roep: 'Willen jullie meer of minder intelligentie?' En dat dan de hele zaal roept: 'Minder!'
Kijk. Dán kijk je niet weg. En dán noem je het gevaar bij de naam.

Maar goed. Geert Wilders mag dan soms wat overgenuanceerd en al te filosofisch uit de hoek komen, ik geef hem

wel gelijk als hij zegt: 'Je moet de hoofdzáken van de hoofddóekjes onderscheiden.'
Soms is enige nuance nog niet zo verkeerd.

LIEFDE

Zo..! Om even bij te komen van dit nationalistische geweld een tekst over de schoonheid van Gods schepping. Het is getiteld:

DE BENEN VAN GREETJE

Greetje heeft zúlke mooie benen, dat
als ze zwaar gehavend en kapot zijn,
dan nóg heeft Greetje mooie benen.

Greetje heeft zúlke mooie benen, dat
als ze straks gerimpeld, oud en rot zijn,
dan nóg heeft Greetje mooie benen.

Greetje heeft zelfs zúlke mooie benen, dat
als ze helemaal geen benen had gehad,
dan nóg had Greetje mooie benen.

Wat heeft Greetje mooie benen!

When a man loves a woman, zong Percy Sledge. Volgens Leo Blokhuis is Percy Sledge in 2015 overleden.* Dus als iemand nog een goeie...
Leo Blokhuis-kenner zoekt...
Ik ben beschikbaar, maar dat weet u.

Volgens Leo Blokhuis beschrijft 'When a Man Loves a Woman' de ramp die je overkomt wanneer de liefde je overvalt. De liefde grijpt je bij de kladden en schakelt je vrijheid van meningsuiting helemaal uit. Ik weet nog goed toen de liefde míj voor het eerst te pakken had.
Ik was hopeloos verliefd op een meisje bij ons op de hbs. Ik vond dat meisje zó mooi dat ik haar niet durfde aan te kijken. Dus ik weet niet eens zeker óf ze wel mooi was.

Dát doet de liefde! Ze laat zich niet vangen, en ze laat zich niet temmen. Toch zit het in de mens dat wel te proberen. Zo eindigt bijna elke romantische film, en elk romantisch sprookje, als het even kan met een huwelijk. Ik persoonlijk hou meer van een happy end...

Maar de romantiek wíl dat huwelijk. De romantiek vindt toch het mooiste dat je met z'n tweeën naar een vertegenwoordiger van de wet stapt, en in een officieel document dat aan alle juridische eisen voldoet, laat vastleggen dat je vrijelijk en exclusief over elkaar kunt beschikken, en aangeeft hoe je denkt het geld en de goederen onderling te verdelen. Dus in feite is er niets zo romantisch als notarieel recht.

* Op 14 april overleed de Amerikaanse soulzanger Percy Sledge.

Ikzelf heb ook getracht de liefde te vangen in een huwelijk. Want wees eerlijk: wat is een man zonder vrouw? Een gelukkig hoopje mens.

Dus ik heb net zo goed het een en ander notarieel laten vastleggen. En dat is ook publiekelijk bekend. Maar 'de liefde is nader dan de rok', zong drs. P,* dus de liefde trekt zich niets van die romantiek aan.
Zo gebeurt het wel eens dat na afloop van een optreden een dame naar me toe komt en laat merken dat ze iets fysieks met me wil. Ik zeg dan altijd: 'Goh, waarom dat dan?'
En het antwoord is dan meestal iets in de geest van: 'Omdat ik je lekker vind.'
En dan denk ik: ja hallo zeg, 'omdat ik je lekker vind...' Gaat het dan altijd alleen maar om de seks? Ik heb toch verdorie ook géld!

Ja, daar ben ik dan, denk ik, toch net iets te veel romanticus voor. En met mij vele andere mensen. Want ook in 2015 zijn er weer vele huwelijken voltrokken. Doodvonnissen en huwelijken worden: *voltrokken*.

En ik wens u daarbij alle geluk van de wereld, maar overwaardeer het huwelijk niet. Uiteindelijk is het huwelijk niet meer dan één groot ingewikkeld bedacht systeem, bedoeld om de geslachtsdelen een beetje christelijk onder elkaar te verdelen.

* Op 13 juni overleed Heinz Hermann Polzer, beter bekend als Drs. P. Zanger, pianist, dichter, tekstschrijver en componist.

Maar laten we eerlijk zijn: voor veel mensen is het huwelijk nog helemaal niet zo verkeerd. Sommigen hebben nu eenmaal begeleid wonen nodig.

Ikzelf net zo goed. Zo was ik in 2015 precies 25 jaar zeer gelukkig getrouwd.
Een gelukkig huwelijk noemt men in de psychologie: het stockholmsyndroom.

Men vroeg mijn vrouw en mij op ons 25-jarig huwelijksfeest voortdurend: 'Wat is het geheim van jullie huwelijk?'
De sleutel voor een gelukkig huwelijk, dames en heren, is: áls er wat is, onmiddellijk uitpraten. Want hoe gaat dat in een relatie? Op een dag zegt de vrouw tegen de man: *[dramatisch]* 'Je houdt niet meer van me.' En dan zegt de man: 'O, jawel hoor.' En dan zegt zij: *[zeer nuchter]* 'O, mooi.'
Als je het maar gelijk uitpraat, is er niks aan de hand.

En als je tijdens dat uitpraten erachter komt dat je wel héél erg verschilt van elkaar: wanhoop dan niet. Ze zeggen wel eens: 'Twee geslachten op één kussen. Daar slaapt de duivel tussen.' Maar dat is onzin. Zo zit m'n vrouw heel anders in elkaar dan ik, maar dat geeft niks. Het levert wanhopige gesprekken op, en fantastische seks. We liggen de hele dag misverstanden glad te kezen.

Nee, mijn vrouw is geweldig! Had ik u al eens verteld dat m'n vrouw een keer een briefje voor me had klaargelegd met:
'Wil je vandaag *uit jezelf* het gras gaan maaien?'
Ja.., het is een hete donder.

Dat voorzichtig aftasten van die onbegrijpelijke, andere sekse is juist een fantastisch boeiend spel. Ik kwam ooit een keer mijn oude Twentse collega Harm oet Riessen tegen. Ik zeg: 'Moin Harm, hoo he'j 't der met?'
'Hil best,' zeg Harm, 'Ik heb ne nieje vriendin.' Ik zeg: 'Ach, kiek es an, wat is't der veur een?'
'Nô,' zeg Harm, 'hee rookt nich, hee dreenkt nich, en vanoavnd goa'k es kieken wat he nog meer nie döt.'

Nee, vrouwen zijn geweldig. Mijn vrouw voorop. Als ze aan mijn vrouw komen, komen ze aan mij. En dan hebben ze een héél kwaaie tegenover zich.
We waren uitgenodigd voor een première in Amsterdam. Nou, wij mooi opgetut naar Amsterdam... We komen daar bij het theater aan, en dan ligt er verdorie maar weer één kaartje klaar! O, dan kan ik wel zó kwaad worden, hè.
'Waarom ligt er nou maar één kaartje klaar?'
'Nou,' zegt de caissière, 'omdat u heeft aangegeven: "Ik kom met één persoon."'
Ik zeg: 'Ja, mijn vrouw.'
'Dan had u moeten aangeven: "Ik kom met twee personen."'
Ik zeg: 'Wat moet ik met drie kaartjes?'
'O, excuses voor het misverstand.'

Ja, excuses voor het misverstand. Als je toch nuchter al het leed beschouwt,

[Wijst naar stapel kranten en tijdschriften.]

dat elk jaar weer aan ons voorbij trekt, elk jaar weer, dan kun je niet anders dan concluderen dat het hele leven eigenlijk één groot misverstand is.

[Pakt een oliebol; de hele vracht oliebollen komt mee.]
[Klopt zijn handen af.]

Goed. Het jaar 2015 ligt achter ons. Dat jaar begon mooi, zoals ik u verteld heb. Daarna kwam dit:
[Wijst op stapel kranten.]
En dat kan nu allemaal naar Anouchka van Miltenburg, die het in de papierversnipperaar mag gooien.*

En ik wil het jaar ook weer mooi eindigen. Om een héél klein beetje tegenwicht te bieden aan al het geweld en al het geschreeuw, dat nu door Anouchka wordt versnipperd.
En dat doe ik met een eerbetoon aan de kwetsbaarheid, de zachtheid, en de schoonheid. En nu ga ik iets heel gevaarlijks doen:

Ik wil namelijk m'n oudejaarsconference besluiten door heel erg met u de diepte in te gaan. Maar dat is link. Want er is televisie bij, en ik weet uit ervaring, dat als je de diepte in gaat, dan dalen de kijkcijfers. Maar, en dat is het gekke, de waarderingscijfers stíjgen dan juist. Dit verzin ik niet, dat is écht zo. En nu wil ik vanavond met mijn oudejaarsconference zowel hoge kijkcijfers als hoge waarderingscijfers. En ik heb daar het volgende op gevonden:

* Op 12 december maakte Kamervoorzitter Anouchka van Miltenburg haar aftreden bekend. Aanleiding was de brief van een klokkenluider inzake de 'Teevendeal', die door haar door de papierversnipperaar werd gehaald.

Ik ga zo dadelijk heel erg met u de diepte in, door te praten over de zin van het leven, aan de hand van Benedictus van Nursia*. Maar zapt u dan níet weg, beste kijkers, want terwijl ik m'n verhaal houd komt er een blote vrouw het podium op. En die mist u dus als u wegzapt.

Denkt u echter: ja, hoor eens, ik heb niet de tv aangezet om naar een blote vrouw te kijken... Negeert u dan die blote vrouw en luistert u naar mijn verhaal. En zo hoop ik én hoge kijkcijfers én hoge waarderingscijfers te krijgen. Daar gaat ie:

Ik heb het met u, op de drempel van het nieuwe jaar gehad: over de spelling en de politiek, maar toch vooral, over het *geloof*, over *de hoop*, en over *de liefde*. Zapt u niet weg dames en heren. Corry komt zo op.

Nog even wat betreft het geloof: bij mensen thuis zie je bijna geen Mariabeelden meer. Boeddha echter is ongekend populair. Maar wat bezielt mensen om het beeld van een jonge vrouw met een kind op haar arm te gaan vervangen door een lookalike van Paul de Leeuw?

Ik zocht laatst tuinkabouters. Want daar hou ik van, tuinkabouters. Dus ik naar het tuincentrum. Maar ik zag toch nérgens tuinkabouters! Wel zag ik overal Paul de Leeuwtjes. Paul de Leeuw is de nieuwe tuinkabouter.

* Grondlegger van het kloosterleven in Europa, en door Paus Paulus VI tot patroonheilige van Europa uitgeroepen.

Ik heb toen maar een Paul de Leeuwtje gekocht met kruiwagentje, en een Paul de Leeuwtje met hengeltje.

Ik heb wel eens het gevoel, als ik zo door de wereld loop, en om me heen kijk, dat ik de enige bezoeker ben in een gesloten afdeling.

En wat betreft *de hoop:*
over een paar minuten trekt de Tijd opnieuw haar jas van een jaar uit, en staat weer kwetsbaar, naakt en hoopvol voor ons. Vooral hoopvol. En nu is de grondlegger van de hoop, de grondlegger van Europa, Benedictus van Nursia.
[Roept naar de coulissen.]
Eh, Corry!
Het wordt nou wel héél ingewikkeld. Ik ben al bij Benedictus van Nursia. Dus ik denk dat het verstandig is dat je nu opkomt.

[Op fond verschijnt de wijzerplaat van de Big Ben weer. Eigen muziek gespeeld door een strijkkwartet start. Klassiek balletdanseres Nathalie Ho-Kang-You komt op in korte peignoir. Er staat geen licht op haar, zodat je alleen haar silhouet ziet. Ze gaat voor de klok staan. Het binnenste van de wijzerplaat verandert in egaal wit, zodat het silhouet van de danseres nog duidelijker afsteekt.]
Benedictus was, zeg maar, de Paul de Leeuw van rond het jaar vijfhonderd. Maar ik denk dat hij voor onze tijd misschien wel net zoveel kan betekenen als Paul de Leeuw. Want iedereen is tegenwoordig aan het multitasken.
[Cabaretier wijst naar danseres en naar zichzelf.]
Ik vermoed dat u nu ook enorm aan het multitasken bent.

Maar Benedictus zei: 'Niet doen.' Nooit meer dan één ding tegelijk willen doen. Dus niet én willen leven, én gelukkig willen zijn.

Want dan krijg je al snel het idee dat het leven zinloos is. Je wordt zinloos geboren, je leeft zinloos, en je gaat zinloos dood. Een hopeloze zaak.
Maar Benedictus heft die hopeloosheid op.
'Want,' zei hij, 'de wereld is niet perfect. Dus heeft ons leven zin.'

[Danseres doet in silhouet haar peignoir uit en begint aan haar dans. Ze danst mooi en stijlvol. Op zeker moment gaat er ook licht op de danseres schijnen zodat niet alleen haar silhouet te zien is. Je ziet dat ze naakt is.]

Om te proberen met kwetsbaarheid, met zachtheid, en met schoonheid, die wereld iets mooier te krijgen dan ze is.
Want als je leven wérkelijk zinloos was, zou dat betekenen dat de wereld perfect is. Want een perfecte wereld: wat kun je dáár nog aan toevoegen?
Maar de wereld is imperfect.

[Wijst op stapels kranten.]

Dus kunnen we aan de slag. Met kwetsbaarheid, zachtheid, en schoonheid.
Zonder deze drie gaat het niet.

[Danseres beweegt naar cabaretier, pakt zijn hand en neemt hem mee in haar dans.]

Want anders krijg je wellicht rare ideeën over wat een mooiere wereld is. Volgens het kalifaat is in de mooiere wereld geen vrouwelijk schoon. En geen muziek. En ik hoorde een dominee op de radio zeggen: 'God zingt niet.'

Nee, Allah houdt niet van muziek, God zingt niet. Zeker nog nooit een vogel horen fluiten. Nog nooit de wind horen ruisen in de toppen van de bomen. Nog nooit het klokken van een baby gehoord aan de borst van zijn moeder. Nee, God zinkt niet, nee. Als je Hem in het water gooit, loopt hij gewoon terug.

Maar zingen doet hij wel.
[Danseres Nathalie staat weer voor de klok en alleen haar silhouet is nog zichtbaar. Muziek stopt.]
Voor dovemansoren.

[Een jongenssopraan begint 'Ubi Caritas et Amor' te zingen. Tafel en stoel draaien weer terug naar hun beginpositie. Silhouet Nathalie verandert in dat van een hart.]

Zo eenvoudig is het de wereld iets mooier maken dan ze is: 'Ubi Caritas et Amor, Deus ibi est.'
'Waar zorgzaamheid is en liefde, daar is God.' Oftewel: hebt elkander lief, gelijk Ivo Niehe zichzelf.*

[Podium donker, behalve één speciaaltje op HF. HF *pakt champagneglas.]*

* Dit is een zwaktebod van mij. Tijdens de try-outs bleek deze naam de hardste lach op te roepen. Ik weet eigenlijk niet waarom. Heb Ivo een paar keer ontmoet, en hij bleek een aimabele man te zijn. Donald Trump was inhoudelijk gezien beter op z'n plaats geweest, maar toentertijd leefde Trump nog amper in de publieke opinie. Ik had toch niet voor de praktische lach moeten gaan, maar voor de inhoud. Vanaf 2017 zou Thierry Baudet natuurlijk de perfecte naam zijn geweest.

Nog even over die zorgzaamheid en liefde:

Bij m'n moeder in het verpleeghuis zit een mevrouw, en die wil, sinds ze in dat verpleeghuis zit, niet meer poepen. Ik sprak haar man en die zei me: 'Gek hè, ze wil hier niet poepen. Maar dan bellen ze mij, dan kom ik langs, hou haar hand vast, vertel wat over vroeger, hier in Almelo, zing voor haar wat oude liedjes, en dat is heel gek, maar dan poept ze zo.'

Zulke zorgzaamheid en liefde, daarvan wens ik u en de wereld, voor 2016 heel veel toe.

[Heft glas naar de camera en de zaal.]

Gelukkig nieuwjaar!

[Deuren gaan open en ouvreuses komen met champagne en oliebollen de zaal in. Deze beelden zijn de laatste beelden van de oudejaarsconference 2015.]

Als niets meer zijn zal...

Op de dag van zijn eerste Heilige Communie, in het Parijs van de jaren twintig, hoorde de kleine Guy de Fontgalland Jezus tot hem spreken en dit zeggen: 'Zie, ik maak je spoedig tot mijn engeltje, want hier op aarde zou je maar verwelken.' En het kwetsbare jongetje, met 'zijn kinderlijke Godsvrucht tot zijn "Mama uit den hemel"', straalde van vreugde.

Niet alle van dit soort jongetjes valt een zo'n grote genade te beurt. Er zijn er die gedoemd zijn twee-en-tachtig te worden en te schrijven. Ik heb er een van gekend, hij heette Gerard. Ik heb hem voor het eerst ontmoet op zijn begrafenis. De handdruk was een gestileerde. Met zo'n dikke duizend anderen werd me in een Vlaamse kerk de gelegenheid geboden langs het priesterkoor te schuifelen en een hand op de eenvoudige, vurenhouten kist te leggen. Een kus had ook gemogen zag ik, toen een jonge jongen van een kwartier na mij bij de verse reliekschrijn neerknielde en het deksel kuste.

Het afscheid was niet minder aangrijpend. Een voor een kregen de treurenden van pastoor Desmaele de wijwaterkwast aangereikt om met onbekrompen maat het stoffelijk overschot te zegenen en de gebroken, achtergebleven levensgezel te condoleren.

De achternaam van Gerard had ik al veel eerder ontmoet. Naast mijn grootouders (in Almelo) woonden een ongetrouwde broer en zus: 'van't Riw' en 'vrouw van't Riw'. Althans, zo klonk het uit de mond van mijn familie. Bij het spelen op de stoep voor het huis van opa en oma keek ik eens op het naambordje van deze twee, naar oude sagen klinkende, bejaarde mensen en las: 'Van het Reve'. Toen ik mijn moeder vroeg hoe je 'van't Riw' eigenlijk schrijft, zei ze: 'Gewoon, zoals je het uitspreekt: R -e -v -e.'

Van het Reve is een typisch Oost-Nederlandse naam en komt van Revenboer tot Revink in vele varianten voor. Hij is verwant met het werkwoord 'rijven' dat 'afrukken' betekent. 'Riw' is ook verwant met 'rif' en 'reef' waarmee men vroeger een akkerstrook aanduidde. Een 'rif', 'reef' of 'riw' is dus een strook land dat werd afgescheiden ('afgerukt') van een groter geheel en waar op eigen houtje verder werd geboerd.

Gerard moest schrijven en heeft geschreven. Alleen, op eigen kracht, afgescheiden van Godt, alles en iedereen. Met zijn taal trok hij de argeloze lezer het papier in en sloeg hem om de oren met het besef dat de mens geroepen is de liefde te leven maar gedoemd is daarin te mislukken. Met de muziek die hij bij dat eenzaam, maar moedig voorwaarts moeten wist te maken, heeft de Schrijver een omvangrijke schare lezers op een onvertaalbaar grote hoogte weten te troosten en te sterken. Ikzelf ben daarop geen uitzondering en kan me dus opgenomen weten in een grote groep. En zo zie je maar weer hoe afhankelijk wij zijn van Godts genade: zelfs eenzaam zijn gaat niet perfect. Daarvoor moet je toch Godt-Zelf heten want daar is er maar één van en ook Die heeft het niet gemakkelijk want Hij bestaat uit drie personen. 'Altijd wat,' zei Gerard dan. Want hij was een groot mysticus. Maar daarover later meer, eerst moet ik nog kwijt hoe ik Gerards werk heb ontmoet.

Midden jaren zeventig woonde ik in Groningen ('Niet mijn, Uw wil geschiede') en zat op een avond met een aantal medestudenten naar de VPRO te kijken, die een verslag bracht van het zo geruchtmakende optreden van de katholieke Volksschrijver op een poëtisch festival in Vlaanderen. Hij bracht daar een zogenaamd racistisch gedicht. In de felle discussie die daarna werd getoond liet de zich toen al Reve noemende Gerard terloops de opmerking vallen dat 'Poëzie de enige werkelijkheid is, al de rest is flauwekul'. Deze schijnbaar achteloos geplaatste zin raakte bij mij een plek die nog niet eerder was geraakt, maar er wel al die tijd in een verborgen stilte om had geschreeuwd. Tot mijn stomme verbazing riep het bij mijn medestudenten een totaal tegenovergestelde reactie op. Men had al langer twijfels maar nu was het voor hen zonneklaar dat Reve kon worden afgeschreven. 'Vroeger schreef hij nog wel leuke dingen, maar nu is hij niet meer toerekeningsvatbaar. Wat een onzin, belachelijk etc. etc.'

De verrekijk werd uitgezet en vervangen door een plaat met Zuid-Amerikaanse verzetsliederen. Dát was nog eens mooi. Niet, zo was me allang duidelijk, omdat men de muziek fraai vond of omdat de teksten tot mooie poëzie waren gekneed, maar omdat de liederen aan de goede kant stonden in de wereldwijde klassenstrijd. Met mededogen met een lijdend volk had het niet veel te maken; het ging er meer om dat de boekhouding in het principiële hoofd op orde moest worden gebracht. Nee, die strijdliederen dat was heel wat anders dan dat onduidelijke, zweverige pianogetingel van Ravel, om maar wat moois te noemen. Diens pianomuziek had ik rond diezelfde tijd ontdekt en wist, net als de taal van Reve, een onbenoembare waarheid te verwoorden. Tenminste, dat leek me zonneklaar want je kon het horen, en enthousiast had ik een stukje van de uit de gemeentelijke bibliotheek geleende grammofoonplaat gedraaid voor mijn generatiegenoten. Ik had me weer eens flink vergist. Het was 'rare, functieloze muziek' waar een student van de jaren zeventig blijkbaar 'niets mee kon'. De haat tegen kunst... Je zult toch kunstenaar zijn en gedwongen worden 'functioneel' te zijn, zoals onder vele regiems het geval is. Als ik mag parafraseren: 'Overdag schrijft hij zijn marsen voor de staat. Des nachts, in het geheim, speelt hij Ravel'. Vanaf die onbegrepen avond besloot ik Reve te gaan lezen.

Bij dat lezen groeide bij mij al snel de stellige overtuiging dat de uitgetreden communist in de eeuwen na ons niet alleen te boek zal komen te staan als een niet te evenaren schrijver maar ook als een groot mysticus. Hij hield er zelf al rekening mee dat hij heilig zou worden verklaard en was alvast begonnen met het opsparen van Schaamhaar en andere hebbedingetjes om in de toekomstige behoefte aan relieken te kunnen voldoen. 'Hij hield er een geheel eigen manier van geloven op na,' zo hoorde je vaak. Maar dan zou een kwart van de wereldbevolking er een geheel eigen manier van geloven op na houden; onvermoeibaar en telkens maar weer riep de Schrijver dat hij niets nieuws onder de zon verkondigde, maar slechts doorgaf wat in de katholieke kerk al eeuwen werd doorgegeven. Zelfs in zijn stijl leek hij op zijn 1600 jaar oudere medekatholiek Augustinus. In eveneens zeer zorgvuldig geconstrueerde zinnen beschreef Augustinus niet zozeer een gebeurtenis of een gesprek dan wel de gedachtenontwikkeling die hij bij die gebeurtenis of dat gesprek doormaakte. Hét thema in dat alles was ook bij Augustinus de grote hunkering naar Godt en het zich daarin volledig ontoereikend weten. 'Mijn verlangen dat vecht naar U,' zoals Minne schreef in een gedicht dat op het bidprentje van Gerard stond afgedrukt. En het: 'Gij die was en is en zijn zal, ik houd op met drinken, ik zweer het voor Uw aangezicht. Maar wanneer precies, dat weet ik nog niet,' roept dezelfde katholieke gevoelens op als Augustinus' 'Heer, maak mij kuis, maar nu nog niet'. Een wijsheid van de oude kerkvader die ik voor het eerst hoorde tijdens de middagmaaltijd in de refter van een klooster in Vaals. Die maaltijd werd, zoals gebruikelijk, zwijgend genuttigd. 'In stilte' is niet het juiste woord, want daarvoor maakten het bestek en de malende kaken teveel kabaal. Bovendien was er een broeder die tijdens het eten op reciteertoon, recto tono voorlas uit een de-geest-voedend-geschrift – toevallig Augustinus – en dat reciteren gaf de Reviaanse zin avant la lettre een bijzonder komisch effect. Maar geen van de monniken grinnikte. De menselijke hunkering en de worsteling die uit deze gedachte spraken overheersten en werden mét de kapotgekookte groente en aardappelpuree genuttigd, opgerispt en herkauwd. Allemaal kwetsbare jongetjes.

Je hebt ook niet kwetsbare jongetjes. 'Ach, Reve was voornamelijk grappig,' zei een jongetje dat beweerde de ontdekking van de hemel te hebben beschreven maar ons slechts een zelf in elkaar gefiguurzaagd hiernamaals liet zien. Dat van dat figuurzagen is niet van mezelf, maar heb ik ergens gelezen. Ik weet niet meer van wie die uitspraak is, maar ik zal er niet van staan te kijken als Gerard de eigenaar is. Zeker was Reve grappiger dan wie ook. In een gesprek met Eelco Brinkman: 'Je heet toch Eelco? Mooie naam. Als ik geen Gerard zou heten zou ik Eelco willen heten.' 'Dank je Gerard.' 'Maar ook alleen dan!'

Maar vaak ook werd het diepste wezen van de Schrijver ontkend door maar alles af te doen als grappig. Zo heb ik op de verrekijk een Nederlandse actrice het gedicht 'Dagsluiting' snikkend van de lach horen voordragen. 'Het hangt bij ons op het prikbord in de slaapkamer en als mijn man en ik niet kunnen slapen dan lezen we elkaar dit gedicht voor en vallen we gierend van de lach in slaap.' Doorhalen dan wel weglachen wat niet gewenst wordt van je lievelingsschrijver. Maar Gerard was niet gelovig om des te grappiger te kunnen zijn, hij was grappig om zich des te geloviger te kunnen uitdrukken. Waar het protestantisme humor al gauw ziet als 'spotten met', als slechts een middel om afstand te creëren, gebruikt het rooms-katholicisme humor maar wat graag om dichter bij het Mysterie te komen. Als juist een middel tot intimiteit in plaats van afstand.

'Om Reve te kunnen begrijpen moet je wel een beetje katholiek zijn,' zei Pastoor Desmaele bij de laatste gang van de Dichter. Natuurlijk is het onzin te beweren dat iemand die katholiek is per definitie goed bij zijn hoofd is, integendeel zelfs. Iemand die katholiek is, is zeer hoogstwaarschijnlijk niet goed bij zijn hoofd. Laten we wel wezen. Maar iemand die niet-katholiek is, is in ieder geval niet goed bij zijn hoofd. Het katholicisme geeft nog een klein sprankje hoop. Het enige en hoogst haalbare wat een mens in zijn leven mag verwachten.

Het Genie heeft nota bene een compleet boek moeten schrijven om uit te leggen hoe hij als intelligent mens kon toetreden tot de katholieke kerk. Het is toch wat. Terwijl een katholieke Van het Reve helemaal niet zo gek is als men wel denkt. De Van het Reves zijn een katholiek geslacht. De grootvader van de Volksschrijver heeft zich door de vernederende ervaringen in de Twentse textielindustrie afgerukt, 'gereefd', van de Moederkerk en is communist geworden. Kapelaan en kandidaat-heilige Alfons Ariëns is nog bij de Van het Reves langsgeweest om opa van het voornemen af te houden, maar Alfons maakte slechts een wanhopige en lijdende indruk op de familie. Misschien wel een zelfde soort indruk die kleinzoon Gerard er later juist toe bracht weer aan boord te stappen van het Moederschip: "'Wie was het dan, Die daar, in Zijn doodsangst... door een engel gesterkt moest worden...?' Ik haalde diep adem. 'Wie anders was dat... dan Godt zelf, Die wanhoopte en Die aan Zichzelf twijfelde...?'" (Moeder en Zoon – epiloog).

Sommige orthodoxe, Godt-hatende gelovigen, noemden onze Godtzoeker in de jaren zestig Godtslasterlijk. Maar op geen enkele manier gebruikte Gerard Reve in de gewraakte passage het begrip 'ezel' als 'lelijk', 'dom', of 'minderwaardig'. De ezel, en dan naar mijn persoonlijke mening vooral de muilezel, is hét toonbeeld van Nederige Berusting, Aanvaarding en Dienstbaarheid. Gelijk Christus aan het kruis wil ik maar zeggen.

Een ezel, en nogmaals, naar mijn persoonlijk inzicht vooral een muilezel, is zo onderdanig dat hij zelfs met een Twents accent balkt. Bij een ezel kun je altijd terecht. Er is een lied dat 'The Donkey Serenade' heet en door Mario Lanza in de onvergetelheid is gezongen. Een ontroerend lied waarin een dame geen boodschap heeft aan de liefdesverklaring van de zanger, waarna de jongeman, die toch z'n een en ander kwijt moet, een muilezel maar de liefde verklaart. 'But all that my lady can say is: ia'. Zeer aangrijpend.

Het lied wil naar mijn mening zeggen: als niemand nog luistert, luistert Godt nog. In dit geval, jawel, in de gedaante van een ezel. Wie dán niet huilt is geen mens. En dan te bedenken dat de 'ezelscène' uit *Nader tot U* nóg ontroerender is. En hoe kan iets in ezelsnaam Godtslasterlijk zijn als het weet te ontroeren? Een vraag die des te retorischer wordt als je het Aramese Onze Vader bekijkt. Dat spreekt niet van 'Onze Vader die in de hemel zijt', maar 'Bron van Zijn die ik ontmoet in dat wat mij ontroert.' Poëtisch gezien bijzonder lelijk, maar desondanks inhoudelijk wel juist, had ik zo gedacht. Al hou ik me, als dat mag, en dat doet het, wel bij de katholieke formulering, want: 'poëzie is de enige werkelijkheid, al de rest is flauwekul'.

En dan nog iets: op weg naar zijn lijden ging Christus op een ezel gezeten Jeruzalem binnen en wist zich zo gedragen door Godt. Zo, nou u weer.

En nou ik weer. Het besef van het onmogelijke van Tijd, van de vergissing van de waan van de dag, doet zowel kunst als religie ontstaan. Een heimwee naar iets dat men verstandelijk beredeneerd nooit gekend kan hebben. Dat andere kwetsbare jongetje, Willem Wilmink, liep als kind door de Javastraat. De straat waar hij was geboren en de enige straat waar hij ooit had gewoond. Tot zijn stomme verbazing voelde hij een sterk heimwee. Hoe kon dat nu? Nog nooit van zijn geboorteplek af geweest en toch heimwee. Naar wat?

Dat gevoel is de kiem van alle kunst en religie die die namen verdienen. Reve: 'Alle kunst is religieus'. En zo is dat dus. Of men eraan wil of niet. Uit 'Er is geen Godt' is nooit muziek of poëzie ontstaan. Hooguit 'een schilderij waar niets op staat' of 'een zeepbel die uit elkaar spat'. Dat wat niet hol is getuigt onlosmakelijk van dat 'verlangen dat vecht naar U'. Hoe mooi het ook zou zijn als het anders was, er helpt geen lieve moeder of Moeder aan. Kunst neemt een voorschot op de Dood die Waarheid is en ons verlost uit de dagelijkse, wezenloze zeepbel waarin je maar zou verwelken. Reve: 'Iedere morgen als ik wakker word, denk ik: is dat gesodemieter nu nóg niet afgelopen...?' Lijden is nu eenmaal, Kunst haar lieve broertje.

Op een zelfde leeftijd als Willem Wilmink en het communicantje Guy de Fontgalland, en met een vergelijkbaar, moeilijk te duiden verlangen, is de jonge Reve in een passage uit Moeder en Zoon waarin hij met een door hem bewonderd vriendje kerstbomen steelt: 'Vlak naast Nikie staande hoorde ik hem hijgen, werd ik op mijn gezicht zijn gloeiende adem gewaar, (...) Alles scheen op dit ene ogenblik geluk te zijn, dat echter op onbegrijpelijke wijze tegelijkertijd mateloos ongeluk en een diep verdriet inhield: (...) Ik probeerde tevergeefs iets te begrijpen van mijn gevoelens, die niet konden bestaan, maar die mij van de gehele schepping scheidden.'

De weg naar de Waarheid is een pijnlijk pad, dat begint bij een verlangen dat dóór de tijd heen reikt naar een dag en een plek die buiten tijd en ruimte liggen. Een dag en een plek buiten tijd en ruimte, jawel. 'Het kan niet en toch is het zo.' Dit besef wordt uitgedrukt in de Twentse taal, die van iemand die 'dood is' zegt dat hij 'oet de tied is kömmen'.

Naar mijn weten heeft Reve nooit gesproken of geschreven over zijn katholieke afstamming, maar hij zal zich er niet voor geschaamd hebben. Anders ligt dat denk ik met zijn Twentse wortels. Met een vader uit Enschede en een moeder uit Almelo was de grote Indoloog volbloed Tukker. Maar een romantisch decadent Schrijver zal wellicht weinig aanleiding zien trots te zijn af te stammen van een volk dat al een beroerte krijgt als het überhaupt één letter op papier ziet staan. Toch zit er naar mijn gevoel wel degelijk Twents in het werk van de Burgerschrijver. Om te beginnen kom je heel af en toe een woord of uitdrukking tegen die iemand buiten Twente onmogelijk kan kennen. Ik zei dit tegen Teigetje en Woelrat, met wie ik na afloop van de begrafenis in een Machelse eetgelegenheid terechtkwam. 'O ja?' zei Woelrat argwanend en hij keek me streng aan. 'Wat bijvoorbeeld?' 'Nou,' zei ik, 'bijvoorbeeld: bik-eers.' Woelrat begon in zijn handen te klappen en zei: 'Hoor je dat Teigetje? Hij zegt bik-eers.' 'O, da's grappig, Gerard had het ook altijd over een bik-eers.' 'Ja, dat is Twents.' 'O ja?' zei Teigetje ongelovig, 'Gerard zei altijd dat dat oud-Engels was.' Ter controle vroeg Woelrat me niet minder streng wat dan wel de betekenis mocht zijn van 'bik-eers'. Ik omschreef de betekenis en de herkenning was groot. Zij die willen weten wat een bik-eers is moeten dat maar opzoeken in een Twents woordenboek. In die van Dijkhuis staat het wel goed omschreven.

Maar veel belangrijker dan die enkele losse woorden en verdwaalde uitdrukkingen is het feit dat het Twents het één zegt en het ander bedoelt. Een Tukker zegt: 'Ik heb er niets teveel aan' ('ik heb der niks tevöl an') en bedoelt dat het hem teveel is. Hij zegt: 'Ik zal 't nog wa es bekieken' en bedoelt: 'Je kunt het wel vergeten'. Reve: 'De katholieke kerk zegt het een en bedoelt het ander.' Ze zegt: 'Seks voor het huwelijk is zonde en bedoelt: ga respectvol en behoedzaam met seksualiteit om.' En als Reve Christus omschrijft als 'die Zenuwlijder', bedoelt hij dat hij veel lotsverbondenheid voelt met Hem. En als hij Godt-onder-de-gedaante-van-ezel langdurig in zijn Geheime Opening bezit, dan bedoelt hij juist iets zeer verhevens.

'Bij Reve wist je nooit goed of je hem bij de kop of bij de kont had', is een veelgehoorde klacht. Een klacht die je ook over Chinezen en Tukkers hoort uiten. Een klagen overigens dat veel over de klager zelf zegt. Want hoezo moet 'ja' altijd 'ja' zijn en 'nee' altijd 'nee'? Daar kom je toch geen meter verder mee? Ongetwijfeld zaaide Reve verwarring, maar ik ben ervan overtuigd dat die verwarring uiteindelijk slechts een noodzakelijk bijproduct was, geen doel. Hij zaaide verwarring maar bedoelde ruimte te scheppen, een weldadig vacuüm waarin het onzegbare zich veilig kon laten vallen.

Daar aan die Machelse eettafel hoorde ik dat Teigetje de moeder van Reve niet meer gekend had, maar wel de vader. Dé kans voor mij om erachter te komen hoe het daar aan tafel bij de van het Reves geklonken moest hebben. Want geboren en getogen in Amsterdam, met twee Twentse ouders, hoe gaat zoiets? Gezien hun afkomst en de tijd waarin ze leefden kan het niet anders of pa en ma Van het Reve moeten Twents met elkaar gesproken hebben. Tenzij ze dat uit principiële redenen hadden afgezworen, want dat komt voor in communistische kringen, weet ik uit eigen ervaring. Eind jaren zeventig trad ik op in Enschede voor een afdeling van de CPN. Een oudere heer vertelde me na afloop dat hij welbewust geen Twents meer sprak en zelfs zijn tongval had afgezworen, omdat hij het Twents de taal van de slaafsheid en onderdanigheid vond. Beetje vreemde gedachtengang, dat wel. Alsof je als vrouw je borsten afsnijdt omdat ze symbool staan voor de sekse die zich altijd heeft laten onderdrukken. Maar Luther zei al: 'Jede Konsequenz führt zum Teufel.' 'Sprak Gerard senior met een Twents accent?' vroeg ik Teigetje. 'Nee hoor,' was het antwoord, 'zijn Nederlands klonk net als dat van jou.'

De volledigheid gebiedt mij te zeggen dat ik ook problemen heb ontmoet bij het lezen van 'Graads van 't Riw' (oud-Engels). Niet in alles wat mijn lievelingsschrijver te lezen gaf herkende ik Lijden, Verlossing en Troost. Geregeld liet hij zó in het zwartst van zijn geest kijken dat ik me voelde als die priester die een keer tegen me verzuchtte dat het afnemen van de biecht hem erg zwaar viel. Te zwaar. 'Na afloop voel ik me als een natte dweil waaraan iedereen zijn vuile voeten heeft afgeveegd.' Het is zeer moedig van de Burgerschrijver om zo openlijk bij zijn volk te biechten, dat wel. Zonder het genadeloos wrede sadisme als vaak terugkerend motief was het lezerspubliek ongetwijfeld groter geweest en had de winkel nog beter gedraaid.

Het boek dat ik het meest herlezen heb is *Moeder En Zoon*. In dat prachtboek zit een vrij lang stuk waarin een zachte, kwetsbare en onzekere jongen tot op het bot wordt vernederd en verkracht. Zonder dat je bij de Schrijver ook maar het begin van een greintje mededogen kunt ontdekken. En besef van schuld, anders altijd sterk aanwezig bij Reve, is op zo'n moment blijkbaar even een kop koffie halen. Weliswaar vervat in prachtige taal en met veel zinnen van waarheid, maar ook met 'een hoop gelul' dat me liever bespaard was gebleven en me als een volgesmeerde dweil achterlaat.

In *Oud En Eenzaam* staat een mooie verklaring voor het ontstaan van deze, zoals Reve het zelf noemt, 'seksuele mismaaktheid' en *Moeder En Zoon* laat ook zien met welk – uiteindelijk – zuiver verlangen het te maken heeft, maar het neemt niet weg dat het me steeds weer al lezende doet denken: de Schrijver doet nu erg zijn best mij een andere schrijver als lievelingsschrijver te laten nemen, maar het zal hem niet lukken!

En in die gedachte vond ik gelijk de oplossing voor mijn geworstel met hem. Want eenzelfde denken komt geregeld in me op als ik een kerkvorst hoor spreken of als ik sommige delen van de Bijbel lees. Dan denk ik: hier wordt erg geprobeerd me van mijn geloof af te brengen, maar het zal niet lukken! Was het niet de levensopdracht van de held van ons verhaal om Het Boek te schrijven dat alle andere boeken overbodig zou maken behalve de Heilige Schrift en het telefoonboek? Het telefoonboek is door internet inmiddels allang overbodig geworden, dus blijft slechts het andere Prachtboek als concurrentie over. En is dat meesterwerk niet doorspekt met onbegrijpelijke passages waar de honden geen brood van lusten en waarin de Schepper zich van een wrede, sadistische kant laat zien waarbij vergeleken Reve een halfzachte nicht is? Passages waar geen mens wat mee kan, tenzij van kwade wil? Kennelijk hoort dat bij een Boek dat alle andere boeken... etc. Dat mijn oplossing nog niet zo gek is haal ik uit hetzelfde geworstel dat Reve heeft met de Bijbel. Uit het einde van *Moeder En Zoon*: '"Er staat ook een hoop gelul in de Bijbel... Er staan ook stukken in die ik doorstreep, of die ik het liefste eruit zou scheuren..." Professor Hemelsoet leunde achterover, en klapte lachend in de handen. "Geslaagd!" riep hij uit.'

Eveneens overeenkomstig met elkaar weten de beide Schrijvers het zwartst van hun gedachten vorm te geven in een taal met een dermate fascinerende en zuigende kracht dat het me maar niet lukt de betreffende passages bij herlezing van de Werken over te slaan, hoe graag ik ook zou willen. 'De duivel is een mooie jongen en speelt prachtig viool.'

De kleine Guy de Fontgalland stierf op een zaterdag, de dag die toegewijd is aan de Heilige Maagd. Zijn eerste tandje, zijn eerste pasjes en zo ook zijn sterven, het gebeurde allemaal op een zaterdag. 'Iederen Zaterdagmorgen gaat O.L. Vrouw naar het Vagevuur om de zieltjes te gaan opzoeken en ze dan mede te nemen naar den hemel. Zo is het veel eenvoudiger dat ik op 'n zaterdag sterf. Dan hoeft Ze voor mij geen omweg te maken.' Ook Reve had zijn hele leven een bijzondere band met zaterdag en stierf op een zaterdag. Zaterdag de achtste, aan de vooravond van de Lijdensweek. Acht was zijn getal, omdat 't het getal is van de Dood. Daarom ook is de zondag de belangrijkste dag, het is immers de eerste en de achtste dag, de Alpha en de Omega. De cirkel is rond. Op de achtste dag van zijn sterven, wederom op een zaterdag, werd de Schrijver begraven. Geen gewone zaterdag, maar de paaszaterdag. De enige dag in het jaar dat de wereld van Godt verlaten is omdat wij zijn Zoon hebben vermoord en Hij in het graf ligt. Tot over de Dood mengde Reve stijl en mystiek tot een perfect onlosmakelijk geheel.

Na het geanimeerde dodenmaal liep ik weer door Machelen-aan-de-Leie, waar inmiddels de schemer al flink was gedaald. Schemeren wordt in het land van Reves voorvaderen 'twee-duustern' genoemd. Een woord dat door zijn gelijkenis met 'twilight' eveneens met oud-Engels kan worden verward, maar dat wel precies mijn gemoedstoestand op dat moment weergeeft en dat de uit de tijd gekomen Schrijver gekend zal hebben. In het weldadig vacuüm dat door de twee soorten duisternis werd geschapen viel me een helder idee in. Als ik nu eens terugging naar het kerkhof ? Normaal gesproken is een kerkhof na zonsondergang gesloten, maar dit was België en dat ligt dicht bij Frankrijk. De logica ontging me zelf ook maar daardoor wist ik des te zekerder dat 't het proberen waard was. En o wonder, ik had gelijk! Het hek stond open en ik liep in mijn eentje de donkere dodenakker op. Met kloppend hart liep ik langs het lelijke, in Stalinistische stijl opgetrokken Heilig Hartbeeld en stond even later moederziel alleen voor het pasgedolven graf van de dode Schrijver. Er lagen bloemen en kransen, Godtdank, maar bij een gemiddelde begrafenis in het dorp waar ik woon ligt twee keer zoveel. De Antwerpse stadsdichter van Palestijnse afkomst Ramsey Nasr was de enige Nederlandse schrijver die die middag de moeite had genomen de grootste schrijver van de twintigste eeuw de laatste eer te bewijzen. Een drammende jeugdverdovingsfabriek, in het dagelijks taalgebruik 'dancing' genoemd, die pal naast het kerkhof was gesitueerd, braakte een niet te harden zinloos gebonk uit. Aan het hoofdeinde van het graf lag een omgewaaid bidprentje met daarop de laatst genomen foto van Gerard Kornelis van het Reve. Een in een smetteloos wit overhemd geklede mooie oude man zond een holle, wezenloze blik van het papier. Een koude, verlaten huivering trok door me heen toen ik de situatie en de plek waar ik stond tot me liet doordringen. Op mijn mobieltje een sms-je van mijn beste vriend die toevallig ook Gerard heet: in de boekhandel in Eindhoven had men maar twee boeken van Reve op voorraad. De rest moest besteld worden. 'Vergeet mij maar. Doe mij maar weg uit uw herinnering,' klonk in mijn hoofd. 'Maar een kind van Maria zal nooit verloren gaan,' zei de Heilige Alphonsus. En 'die man zegt niet zomaar wat,' schoot ook door mij heen.

Een paar dagen later, weer thuis, trof ik bij de post een verzoek van uitgeverij De Bezige Bij om een verhaal te schrijven over Gerard Reve. Kun je, zo bedacht ik, in een muziekstuk Mozart bezingen? Hoe kun je dan in een schrijven de Schrijver beschrijven zonder hem onrecht te doen?

Bij diezelfde post een anoniem verstuurd boekje uit 1927 over het jongetje Guy de Fontgalland, met op de eerste pagina onder ALLE RECHTEN VOORBEHOUDEN: 'O.L.V. Middelares aller genaden'. In de envelop alleen het boekje, geen begeleidend schrijven, afzender of een kaartje met toelichting. De toelichting moest ik halen uit het voorwoord: 'Och, lees dit, ge zult erdoor leeren sterven en leeren leven. Want dit kind heeft u te zeggen wat de liefde vermag.'

Dit bracht me in een vertrouwde, geruststellende verwarring en ik dacht terug aan het verlaten, nachtelijke moment op het kerkhof. 'Troost' was het woord dat in me opkwam. Ik pakte Reve uit de boekenkast, sloeg *Nader Tot U* op een willekeurige plek open en begon te lezen. Over de liefde, en wat die vermag:

"Als niets meer zijn zal, zal nog de Liefde zijn, want de Liefde, en Godt, dat zijn twee woorden voor één en hetzelfde, onderling vervangbaar, en identiek. Als je het opschrijft, staat het meteen op papier ook."

The High-Higher-Highest Church

Op het moment van schrijven bevind ik mij op een Brits kanaaleiland, waar ik zojuist mijn zondagsplicht heb vervuld middels het bijwonen van een Anglicaanse eredienst. De Anglicaanse Kerk verdeelt zichzelf onder in een zogenaamde 'High' en 'Low' Church, waarbij High en Low slaat op de mate waarin rooms-katholieke, dan wel protestantse elementen zijn opgenomen in de liturgie. Voor een onverbeterlijke paap als ik, is het leuk te weten dat de Kerk zichzelf 'higher' acht naarmate ze méér roomse uitstraling heeft, terwijl de Low Church dan blijkbaar toch wel vindt dat ze door haar hervormde uitspattingen wat aan lager wal is geraakt. Al meerdere keren in mijn leven mocht ik een dienst van de Church of England bijwonen, maar ik moet zeggen, of ze nu hoog of laag springt, in míjn ogen is ze domweg protestant; al komt er af en toe wel iets typisch rooms om de hoek kijken. Zo heb ik vanmorgen tijdens de plechtigheid geknield. Niet demonstratief alleen en ook niet laf met ons achterste nog op de bank; nee, met de hele gemeente en uit de volle heup. Maar eenmaal op de knieën voelde ik me toch niet helemaal op m'n gemak; want voor wat knielde ik eigenlijk? Er was geen beeld, geen tabernakel, laat staan een uitgestald Allerheiligste en je moet toch wel voor íets knielen. Volgens mijn buurman in Nederland die ouderling is en met wie ik altijd bijzonder ontspannen en plezierige gesprekken voer over de roomse, dan wel de hervormde kant van een medaille, is het onzin om te knielen voor (en daarmee speciale eer te verlenen aan) één bepaald ding, want volgens de buurman is God overal en niet alleen in een geconsacreerde hostie of in een Mariabeeld. Ik denk wel dat de buurman gelijk heeft en dat God overal is, maar ja, je kunt toch moeilijk overál gaan knielen. Dat houdt zo op. Daarom vind ik een Mariabeeld of pakweg, een relikwie van de H. Antonius zo verrekte handig. Ik moet denken aan plaatsen elders op deze wereld, maar dichter bij huis, waar die vorm van aanbidding nog volop wordt beoefend. Ik denk aan de Sint Jan waar het bij Onze Lieve Vrouwe van Den Bosch een komen en gaan is van mensen die hun werkzaamheden even onderbreken om bij Maria aan te wippen. Huisvrouwen, zo van de markt met de bos prei uit hun boodschappentas en cabaretiers, vlak voor hun optreden gauw een kaarsje opstekend. Ik denk aan Maastricht, waar ik bij de Sterre der Zee een keer bijna van m'n sokken werd gereden door een auto die met gierende banden dwars op het trottoir werd geparkeerd, waarna een roze gepantoffelde vrouw uitstapte met krulspelden onder haar haarnetje en een filtersigaret in haar mondhoek, om in een enorme haast naar het heiligdom te rennen, haar wagen met openstaande portier en knipperende alarmlichten achterlatend. Ik dacht dat er iets ernstigs was gebeurd en dat ze een of ander familielid acuut op de hoogte moest brengen, maar ik had het mis. Vlak voor de ingang van de kapel trapte ze haar sigaret uit, gooide een gulden in het centenbakje (bakje gelijk vol), stak een kaars op, sloeg een kruis en vertrok met dezelfde haast als waarmee ze gekomen was. Zulke taferelen vervullen me niet alleen met ontroering maar ook met jaloezie. Het getuigt toch van een grote levenskunst om zo onbevangen met het geloof om te gaan dat je kunt zeggen: 'Ik heb het zo druk vandaag, ik moet nog naar de Albert Heijn, ik moet mijn haar nog doen en ik moet nog een kaars opsteken.' Hier vlak bij ons hotel is een rooms-katholieke kerk gewijd aan de H. Thomas en o, ik zal er wel naar toe gaan om de glas-in-lood ramen te bekijken, de geschiedenis te lezen en onder die dekmantel en passant ook nog even een kaars op te steken, maar het zou van veel meer klasse getuigen om alleen maar even naar binnen te gaan om bij Thomas mijn schietgebedje achter te laten. Maar ja, daar ben ik dan toch weer te 'Low' voor. Begrijp me goed: in tegenstelling tot de Anglicaanse kerk ben ik helemaal niet van mening dat protestanten lager in rangorde zijn, helemaal niet. Protestanten zijn niet minder, ze zijn anders. Al denk ik soms wel eens: 'Jezus, waren ze maar wat minder; wat minder anders.' Maar goed, ik kap ermee want ik moet nog postzegels halen, ansichtkaarten schrijven en ik denk dat ik dan toch ook maar gelijk even bij de H. Thomas langsga.

Koo wit de floo (go with the flow)

Et was koo wit de floo
in oons eig'nste, in oons eig'nste,
et was koo wit de floo
in oons eig'nste Almelo.

Buurvrouw Kloompjan har gen man
want zee was zo schel as water.
Joa zo lillijk as mer kan,
en toch zwanger alverdan.

Hil De Riet dee preut der van,
hoo of 't toch kon met buurvrouw Kloompjan.
Krig ja keend noa keend noa keend,
mer ja, de melkboer was ja bleend.

En ik wet nog op 't Veald
doar was Ginie, mooie Ginie.
En den leup 'n moal op stroat
in nylonkousen met nen noad.

En eer vaar den gung toch an,
zee was nen viezen en ne del,
mer hee perbeerden ze zölf een keer
en doe heurden ie vaar nie meer.

Van de Aa en de Loolee
kump ’t water, wat ’n water,
noar benee en löp zo
töt an miln in Almelo.

En ’t water van de Aa
stun ’n moal töt an’n nös,
en ja, ie könt wa water dreenken,
mer da’s jammer van’n dös.

Dus doar deun ze rap wat an.
O joa, wat dan, wat dan, wat dan?
’t water geet nog wa verdan
mer wit de floo, heanig an.

En Herácles hef ’t wier wunnen,
joa dat doot ze, joa dat doot ze.
En Herácles hef ’t wier wunnen
nog veur de wedstrijd is begunnen.

En verspölt ze ’t es een keer,
maakt niks oet ja, maakt niks oet.
En verspölt ze ’t es ’n keer,
token moal wint ze’t wa weer.

Want et is koo wit de floo
in oons eig’nste, in oons eig’nste,
et is koo wit de floo
in oons eig’nste Almelo.

Uitgebreide inhoudsopgave

De **vetgedrukte** titels zijn geschreven in samenwerking met Wilfried Finkers.
Duet is geschreven met Brigitte Kaandorp.
Het moderne kerklied met Willem Wilmink.

ET NESCIO QUID HIC SCRIPTUM EST